USA TODAY BESTSELLING AUTHOR

DALE MAYER

Une Arme dans les Gardenias

Jolis Jardins Maudits 7

Une arme dans les gardénias : Jolis Jardins Maudits, tome 7
Beverly Dale Mayer
Valley Publishing Ltd.
Traduit de l'anglais par Marie-Camille Brault et Valentin Translation.

ISBN-13 : 978-1-773366-35-7
Format Print

Résumé du livre

Un nouveau polar « cozy mystery », par Dale Mayer, auteure de best-sellers au classement du USA Today. Suivez les aventures de Doreen Montgomery, jardinière et détective en herbe, et de ses adorables assistants (un chat, un chien et un perroquet) dans leurs enquêtes criminelles dans la jolie ville de Kelowna au Canada.

Du luxe à la misère… De chaos en chaos… Le feu détruit les preuves… Ou du moins la plupart !

Forte d'avoir résolu une affaire d'enlèvement vieille de dix ans, Doreen a hâte de poursuivre sa croisade solitaire pour résoudre les mystères de Kelowna. Mais avant de pouvoir dénicher une autre affaire classée sur laquelle se faire les dents, elle doit régler les détails de la dernière en date.

Steve Albright, mécanicien du gang de motards local, a clairement indiqué qu'il en voulait à Doreen d'avoir envoyé son amie Penny Jordan en prison. Il suggère même qu'elle aurait pu tendre un piège à Penny. Bien que Doreen n'en soit pas capable, elle craint les rumeurs. Steve est une figure populaire en ville et il a beaucoup d'amis qu'elle préfère éviter.

Au moins, le mécanicien n'a plus d'arme à sa disposition, puisqu'il a laissé tomber la sienne dans le parterre de gardénias du voisin de Doreen pendant qu'elle le chassait de son jardin. Ce qui lui fait penser qu'il est peut-être temps de creuser dans le passé de Steve. Elle découvre ainsi qu'il est relié à trois affaires d'incendie criminel datant de plusieurs années. Aussitôt, l'officier Mack Moreau la met en garde.

Mais Doreen n'a jamais écouté Mack auparavant, et tout s'est toujours bien passé jusqu'à présent. Elle ne va pas tout de même pas se mettre à l'écouter maintenant, si ?

Inscrivez-vous ici pour être informés de toutes les nouveautés de Dale !
https://geni.us/DaleNews

Chapitre 1

Mercredi à l'heure du dîner… Plus tard le même jour, après avoir clôturé sa dernière affaire.

C'ETAIT FOU DE penser à la rapidité avec laquelle cette affaire s'était résolue. Et vraiment, la recette du succès dans cette affaire était simplement le temps.

Le temps.

Le temps que les gens réfléchissent à leurs actions. Le temps pour Crystal, 8 ans, d'atteindre la majorité et de choisir son propre avenir. Le temps pour les frères de continuer leur bon travail, en ce qui les concerne. Le temps pour les autres d'agir en fonction de ce qu'ils avaient fait et de poursuivre leur processus maléfique, en laissant d'autres indices. Et du temps pour que la peur grandisse dans leurs cœurs.

Doreen se tenait sur le pas de la porte, Mugs et Goliath à ses côtés, Thaddeus sur son épaule, les policiers toujours dans les parages, discutant avec Mary, la belle-mère de Crystal, sur le siège arrière de la voiture de police.

Elle fit face à Mack.

— Je suppose que Clara, la mère de Crystal, était au poste pour faire une déclaration, n'est-ce pas ?

— Elle est arrivée il y a des heures, admit-il avant de tourner son regard vers Doreen pour lui sourire. Est-ce que ça va aller ?

— Eh bien, cette histoire se termine sur une fin heureuse, au moins, dit Doreen avec espoir. Vous allez enquêter sur le père de Crystal et les frères de sa belle-mère, non ?

Le visage du policier se dégrisa.

— Certainement. Et nous ramènerons Crystal chez elle.

— Je ne peux pas demander mieux, dit Doreen en souriant.

Plusieurs voisins s'approchèrent, tandis que des camionnettes de presse s'arrêtèrent dans le cul-de-sac. En quelques instants, les caméras furent allumées.

— Je suppose que ça ne s'arrêtera jamais, n'est-ce pas ? gémit Doreen.

— Pas tant que tu continueras à fourrer ton nez là où il ne le faut pas, rétorqua Mack joyeusement.

Elle le regarda fixement.

— Si cela permet à une enfant de rentrer chez elle, et à plusieurs affaires d'être classées, c'est une bonne nouvelle.

Puis Doreen se radoucit.

— Au moins, je n'ai pas été blessée cette fois.

— C'est une bonne chose, marmonna-t-il. Tu as encore des points de suture à la tête à cause de Penny. Pourrais-tu s'il te plaît essayer de rester en dehors des problèmes pendant un moment ? Au moins jusqu'à ce que tu guérisses ?

L'un des voisins se précipita vers Mack, permettant à Doreen d'éviter sa question.

— Bonjour, bonjour, police ?

Mack se retourna pour le regarder.

— Oui, je suis le caporal Mack Moreau. Que puis-je faire pour vous ?

L'homme tendit un sac en papier.

— Vous pouvez emporter ça, dit-il. Il y a quelques jours, je jardinais, et je sais que ce n'était pas là avant. Mais quelqu'un a couru dans mon jardin vendredi soir ou samedi matin dernier, il était tard, enfin super tôt, je ne sais pas… Je dormais et quand je me suis réveillé je l'ai vu courir.

Les mots sortaient si vite qu'il était difficile de les comprendre, alors Mack leva une main.

— Ralentissez.

— Je ne savais pas quoi en penser. J'étais vraiment nerveux.

Le voisin semblait avoir au moins 70 ans. Le visage du petit homme aux cheveux poivre et sel se fronça d'inquiétude.

— Tenez, tenez, tenez, s'agita-t-il en poussant le sac vers Mack. Prenez-le.

Mack prit le sac et regarda à l'intérieur. Ses sourcils remontèrent jusqu'à la racine de ses cheveux.

— Où avez-vous trouvé cette arme ?

— C'est ce que je suis en train de dire. C'est ça. Je travaillais dans les gardénias, et je sais qu'il n'était pas là avant. Mais, après que cet homme a traversé mon jardin, je suis sorti pour continuer mon travail le jour suivant, et je l'ai trouvé. Je ne savais pas quoi en faire. J'ai pensé que peut-être il reviendrait le chercher, s'écria l'homme. Alors je l'ai laissé là. Je vis seul, et je savais que personne d'autre ne viendrait le prendre, mais quand je suis sorti ce matin, il était toujours là. Je n'en veux pas. Je n'en veux pas. Vous devez le prendre.

— Avez-vous une clôture marron foncé ? demanda Doreen en regardant l'homme reculer. Qui longe le ruisseau ?

Il se retourna et leva les yeux vers elle.

— Oui, oui, c'est chez moi. Je vous vois parfois vous

promener.

— J'aime cet endroit, acquiesça-t-elle. C'est un très joli chemin le long du ruisseau.

— Plus maintenant, dit-il en continuant à reculer. Plus maintenant. Pas quand les gens jettent des armes dans mon jardin. C'était un quartier sympa avant.

Il pointa un doigt dans sa direction.

— C'est vous qui attirez tous ces gens méchants ici.

Elle le regarda fixement, surprise.

— Ah bon ? s'enquit-elle. C'est moi qui ai découvert et mis en lumière toutes ces sales personnes qui vivaient ici bien avant mon arrivée.

— Eh bien, vous allez devoir en trouver une autre. Vous devez trouver celui qui a mis cette arme dans mon potager. Ce n'est vraiment pas bon pour le sol.

Il lui lança un regard dur, puis se retourna et partit.

— Je sais qui l'a fait tomber, dit Doreen à Mack.

Celui-ci se retourna très lentement, la regarda et dit :

— Comment ?

— Nous prendrons peut-être une tasse de thé et nous en parlerons un autre jour, répondit-elle avec un sourire. Je pense que je t'ai fourni assez de travail pour l'instant.

Elle fit un geste vers le chaos.

— Clairement un autre jour, continua-t-elle avant de se retourner pour appeler les animaux. N'oublie pas. Nous avons une leçon de cuisine dans deux jours. Fais attention à bien remplir tes papiers d'ici là pour pouvoir profiter du dîner.

Avec un grand sourire, elle rentra et ferma la porte avec force.

Elle s'appuya contre cette dernière et ne put s'empêcher de sourire. Mugs sauta sur ses pattes arrière, ses pattes avant l'atteignant à mi-cuisse, et il aboya. Elle se baissa pour le caresser. Goliath, pour ne pas être en reste, s'étira dans la même position. Elle glissa le long de la porte jusqu'à ce que les deux animaux puissent l'atteindre. Thaddeus sauta sur son bras pour se glisser dans le creux de son cou.

— Merci beaucoup de m'avoir sauvée aujourd'hui encore, leur dit-elle en les câlinant. Et pour avoir pris soin de Mack.

Elle apprécia la joie absolue de savoir que de nouveaux lendemains étaient à venir, encore plus maintenant que les animaux lui avaient sauvé la vie une fois de plus.

— C'est l'heure des friandises, annonça-t-elle.

Les animaux devinrent fous. Elle sauta sur ses pieds en riant, et dit :

— Vous le méritez aujourd'hui, les gars. Vous le méritez vraiment aujourd'hui.

Alors qu'elle distribuait des friandises, elle ne put s'empêcher de penser au pistolet dans les gardénias et aux soupçons qu'elle avait dans un coin de sa tête.

— Mais c'est l'affaire de demain, dit-elle en gloussant. Assurément, l'affaire de demain.

Chapitre 2

Jeudi, tôt le matin…

TÔT JEUDI MATIN, Doreen s'assit sur les marches de sa terrasse arrière avec une tasse de café frais. Elle admira l'immense étendue de son jardin, qu'elle adorait, mais en même temps, elle en détestait certaines parties. Elle avait beaucoup de travail ici, et elle ne semblait jamais y parvenir. Depuis qu'elle était arrivée à Kelowna, après avoir été remplacée par une potiche plus jeune, son monde n'était plus le même. Elle gloussa. C'était en fait, beaucoup, beaucoup mieux. Elle avait du mal à croire à quel point c'était plus réel, et à quel point elle se sentait plus acceptée et utile. Elle faisait quelque chose de sa vie maintenant.

Peut-être que tout le monde n'était pas heureux de ce qu'elle faisait. Le charmant caporal Mack Moreau, le détective avec qui elle aimait passer du temps, lui donnait l'impression d'être plus qu'une casse-pied. Mais en même temps, il l'appréciait assez pour lui donner des cours de cuisine. Elle sourit en pensant à leur dernière discussion. Elle lui avait simplement dit qu'elle avait des informations sur un pistolet que quelqu'un lui avait remis, puis elle lui avait fait comprendre qu'elle ne lui parlerait même pas pour le reste de la journée. Les dernières semaines avaient été brutales.

Elle avait besoin d'un jour de congé pour elle. Même une demi-journée ferait l'affaire.

Aujourd'hui, elle n'avait pas l'intention de faire grand-chose d'autre que de prendre un thé, de se reposer et de dormir dix heures de plus, comme elle l'avait fait la nuit dernière. Elle se sentait complètement revigorée après sa merveilleuse nuit. Elle s'était enfin pleinement installée dans la maison. Celle-ci avait encore besoin de beaucoup d'attention, mais les antiquités – les meubles, les livres et les tableaux – étaient parties. À présent, elle voulait vraiment vider le reste de la maison. Tout mettre dans le garage ou dans la cave, ou quelque part qui lui permettrait de faire un nettoyage impeccable de la maison de haut en bas.

Elle voulait s'assurer d'avoir tous les coins, recoins et fentes disponibles. Elle voulait tout trouver, trier, jeter ou essuyer. Elle se souvint du concept de vide-maison. C'était soit ça, soit plusieurs tours à la déchèterie. Il ne restait pas grand-chose dans sa maison, alors peut-être que tout irait en une seule fois à la décharge. Mais d'abord, elle avait besoin de manger, et de plus de café.

Doreen bâilla bruyamment. Mugs, qui était couché à ses pieds sur le pont, se retourna et étira son ventre vers le ciel avant qu'elle tende la main pour le caresser de tout son long.

— Tu as grandement contribué à me sauver la vie hier, remercia-t-elle. Ce jardin est si beau, et pourtant, si mortel.

Combien de fois avait-elle été attaquée dans son propre jardin ? Elle ne pouvait même pas s'en souvenir. Devait-elle aussi compter le journaliste qui l'avait accostée ? D'après Doreen, c'était un point négatif concernant son jardin. Mais Penny ? … Eh bien, cela allait au-delà des autres agressions. Mais là encore, Penny avait attaqué Doreen dans son propre garage. Bien que Penny ait pu être momentanément confuse parce que ça ressemblait à son ancien garage. Doreen avait déplacé tous les outils et les établis du mari de Penny, et les avait installés exactement de la même façon.

N'était-ce pas si drôle ? Et c'était parfait pour Doreen, qui avait maintenant un super atelier.

Bien qu'elle n'ait pas envie de rire de Penny pour le moment. Pas quand elle répandait des mensonges sur Doreen en inventant toute l'histoire de l'attaque. Penny causait des problèmes, même depuis la prison. Si elle était en prison. Peut-être qu'elle avait payé sa caution. Bien que Doreen n'ait vu aucun signe de Penny en ville. Et elle ne voulait pas la voir si elle mentait à propos de certaines choses.

Heureusement que Doreen avait un enregistrement de l'événement. Mais qui aurait cru qu'elle aurait besoin de quelque chose comme ça ? Qu'elle aurait besoin de se défendre légalement après avoir déjà dû se défendre physiquement ? Elle pensait encore à cette affaire. Et ce n'était pas la dernière affaire sur laquelle elle avait travaillé non plus.

Doreen accorda encore un peu d'attention à Mugs lorsque Goliath, son chat Maine coon adoptif, traversa et sauta sur ses épaules. Il miaula à son oreille, frottant sa tête contre ses cheveux. Elle posa sa tasse de café et tendit le bras pour pouvoir lui gratter les oreilles et frotter le ventre de Mugs en même temps.

— Tu as aussi été d'une grande aide, dit-elle. Je te dois une fière chandelle.

Juste à ce moment-là, un cri fut poussé à côté d'elle.

— Thaddeus est là. Thaddeus est là.

Elle gloussa et tourna légèrement la tête pour voir le grand perroquet gris africain qu'elle avait hérité de sa grand-mère, ainsi que de la maison et Goliath.

— Thaddeus, dit-elle, tu vas devoir attendre une minute. Ces gars-là ont aussi besoin d'attention.

L'oiseau tourna la tête et lui jeta un regard noir.

— Thaddeus est là. Thaddeus est là.

Doreen soupira et dut arrêter de frotter le ventre de Mugs pour caresser doucement les plumes de la poitrine de Thaddeus.

— Et tu es génial, Thaddeus, le complimenta-t-elle avec un sourire.

Puis elle rit. Combien de fois lui avaient-ils déjà sauvé la vie ? Et qui aurait su, avec les ennuis dans lesquels elle se mettait, combien de fois encore ils seraient amenés à le faire ? Elle ne pouvait plus imaginer la vie sans eux. Cela lui rappelait à quel point son existence précédente avait été vide et solitaire. Bien qu'elle ait été mariée à un homme d'affaires richissime, qu'elle ait organisé de nombreux dîners et voyagé avec d'autres élites sociales, elle se sentait sentie si vide à l'intérieur. Elle ne l'avait même pas réalisé jusqu'à ce qu'elle vienne ici.

Quand son téléphone sonna, elle regarda l'écran et sourit en répondant.

— Bonjour, Mack.

— Je ne t'ai pas réveillée, si ? demanda-t-il.

Elle entendit l'inquiétude dans sa voix. Cela ajouta un rayon de soleil à sa journée.

— Non, je suis assise sur la terrasse avec une tasse de café, répondit-elle. Je crois que j'ai dormi dix heures la nuit dernière.

— Eh bien, merci mon Dieu pour ça, dit-il. Maintenant, si tu pouvais t'accorder quelques jours de plus pour te reposer, te détendre et te relaxer, ce serait encore mieux. Tu as passé l'une des semaines les plus incroyablement chaotiques que j'ai jamais vues.

— Compte tenu de toutes les antiquités déplacées de ma maison et du cas de Crystal, dit Doreen, je suis d'accord. Et je dois admettre que je suis encore fatiguée. Je suis assise ici, je me sens très paisible, mais, en même temps, je n'ai pas vraiment l'énergie de me lever et d'attraper cette deuxième tasse de café qui m'attend.

— Donc, si je viens maintenant, je pourrai te la chiper ?

— Je suis sûre qu'au moment où tu arriveras dans mon allée, je trouverai l'énergie pour l'attraper à temps.

— Wouah, c'est méchant.

— Tu devras probablement *me* faire une tasse de café. Combien de cas supplémentaires avons-nous clôturés ?

— Les derniers détails ne sont pas encore connus, dit-il platement. Quelques affaires à Vernon et Kamloops pourraient être liées à l'affaire de Crystal. Les frères de Mary ont voyagé un peu partout, constituant leurs collections d'objets monnayables.

Son ton était ironique.

Elle se rappela que ces *objets de collection monnayables* étaient également susceptibles d'être volés dans de nombreux cas.

— Alors l'équipe chargée des cambriolages devrait s'occuper de ça aussi.

— Je pense que tout le département est sur le coup. Si tu es à la recherche d'une médaille, ne te fatigue pas, car ce n'est pas quelque chose que nous faisons.

— Non, je comprends. Mais je pourrais avoir un peu d'influence, si jamais j'ai besoin de quelque chose.

— J'espère que l'on n'en arrivera jamais là, car ce n'est pas quelque chose que nous aimerions particulièrement reconnaître. Évidemment, si tu as un problème, et que c'est un problème innocent et facile à résoudre, les gars peuvent venir t'aider. Mais, si tu t'attends à commettre un crime et à rester impunie, non.

Elle fronça les sourcils.

— Tu sais quoi ? Je ne pense pas que ce soit très généreux. Regarde le nombre de crimes que j'ai évité. Je devrais sûrement avoir le droit d'en commettre un ou deux.

— Doreen, l'avertit-il. Ne commence pas…

— Tu vois ? Je t'ai eu, plaisanta-t-elle.

Mack gémit dans le téléphone.

— Je suis content que tu sois de si bonne humeur ce matin, dit-il. Tu sais que je vais devoir venir prendre ta déposition aujourd'hui ? Et je dois aussi te parler d'autre chose.

— Le pistolet.

Elle réalisa alors qu'elle n'était pas encore prête. Elle voulait s'asseoir au soleil, se détendre, et oublier les affaires en cours et d'avoir été attaquée par des gens qu'elle aimait ou n'aimait pas, qui avaient ou non commis des crimes.

— C'est toi qui viens de me dire que j'avais besoin d'une semaine ou deux pour me reposer.

— Non, j'ai dit un jour ou deux.

— Alors tu pourras passer dans un jour ou deux.

— Eh bien, difficilement, car l'arme est là, au poste, et je vais devoir l'enregistrer en tant que preuve, sans oublier que certains des gars t'ont entendu dire que tu savais quelque chose à ce sujet.

— J'ai vraiment parlé aussi fort ? interrogea Doreen en fronçant les sourcils.

— Oh, oui. Les gars rigolent depuis que c'est arrivé parce que, dans presque tous les cas, je dois te parler. Je vais peut-être devoir te traîner au poste cette fois-ci.

— Pourquoi ? s'offusqua-t-elle. J'ai seulement dit que j'en savais quelque chose. Je n'ai pas dit que c'était le mien.

— Non, mais vu que nous essayons de faire correspondre l'arme à d'autres affaires, tu peux parier que, dès que les résultats reviendront, ce sera le chaos total.

— Peut-être pas, dit-elle. Qui sait où cette arme est allée ?

— Exactement. Maintenant, tu veux me le dire au téléphone, ou je viens te voler ton café ?

— Tu pourrais essayer de voler ce café, mais ça ne marchera pas.

— Tu veux parier ?

À ce moment-là, elle entendit la porte de la cuisine claquer. Elle se retourna, choquée. Mack se tenait là, une tasse de café à la main avec un énorme sourire sur le visage. Elle raccrocha et le regarda fixement. Mais Mugs, Goliath, et Thaddeus n'avaient d'yeux que pour lui. Elle ne pouvait pas être méchante. D'ailleurs, elle était ravie de voir Mack de toute façon.

— Ça, c'était un sale coup, se plaignit-elle avec bonhomie.

— Pas du tout.

Il se baissa et frotta les oreilles de Mugs.

— Tu dois beaucoup à ces gars.

— Je sais, reconnut-elle. C'est incroyable à quel point ils sont protecteurs et extrêmement doués pour me défendre.

— Ce qui est étrange, c'est qu'ils travaillent ensemble. Je comprends que le chien défende son maître, mais ce n'est pas seulement Mugs. C'est Mugs, Goliath, *et* Thaddeus. C'est comme si l'un d'eux enlevait l'arme de la main de ton agresseur, tandis que l'autre le mettait à terre, et ensuite Thaddeus le parcourt de haut en bas, en mettant des coups de bec. C'est vraiment bizarre.

— Eh bien, regarde ça, renchérit-elle avec un sourire. C'est presque comme si tu étais là.

Il gloussa.

— C'est bon. Ces gars méritent des médailles pour animaux.

— Oui, et ils les auront, bien sûr, mais moi, je n'en aurai pas ?

— Cela t'importe-t-il ? demanda Mack en la regardant avec curiosité. As-tu besoin de cette forme de reconnaissance ?

— Ciel, non. La dernière chose que je veux, c'est donner de nouvelles raisons aux médias d'être sur mon dos. Tu sais comment c'était hier.

— Si tu regardes devant chez toi maintenant…

Il lui lança un grand sourire en coin. Thaddeus en profita pour sauter sur son épaule et se blottir contre son cou. Mack s'assit sur la terrasse, les jambes croisées, se couvrant complètement de terre.

— Tu as vraiment de la chance, déclara-t-il en câlinant l'oiseau.

— Je sais. Thaddeus est tellement câlin, et je ne savais même pas que c'était possible. Qu'est-ce qu'il y a devant ?

— Si tu oses, tu peux jeter un coup d'œil à l'angle.

Elle lui lança un regard noir et soupira d'un air entendu.

— Ce sont les médias, n'est-ce pas ?

— Pourquoi ne pas jeter un coup d'œil ? s'enquit-il.

Chapitre 3

CROYANT MACK SUR parole, Doreen se faufila le long de la maison, en restant près de la clôture, avant d'arriver sur le côté où se trouvaient les buissons. Puis elle se cacha dans les buissons les plus éloignés et regarda par-dessus la clôture. Doreen grommela. Nombre de camionnettes de chaînes de télévision, de reporters et de cameramen remplissaient le cul-de-sac. C'était le chaos.

À côté d'elle, derrière la clôture du jardin voisin, l'un de ses voisins grommela, ce qui la fit crier.

— Vous voyez ? Je vous l'avais dit. Le quartier est parti en vrille depuis votre arrivée. Pourquoi ne pas déménager et prendre tous ces bruiteurs irritants avec vous ?

Elle ne se tourna pas vers la voix, mais elle entendit le bruissement des buissons, puis une porte claquer. Doreen gémit à nouveau. Pourrait-elle un jour être amie avec ses voisins ?

Résignée, elle retourna vers Mack.

— Les médias ont complètement pris le contrôle de la route, déclara-t-elle.

— La disparition de Crystal il y a dix ans a fait beaucoup

de bruit dans tout le pays. Nous n'avions aucune idée de ce qui se passait à l'époque, et maintenant qu'elle a été retrouvée…

— Tu as été en contact avec elle ? demanda-t-elle, inquiète. Je ne me trompe pas, si ?

— Nous avons parlé avec elle hier soir. Sa mère aussi lui a parlé.

— Oh, Dieu merci. Tu peux l'aider à rentrer chez elle ?

— Oui, mais nous devons lui obtenir des papiers. Le Mexique ne plaide pas en faveur de son droit de revenir au Canada, mais nous obtenons lentement les documents qui lui permettront de franchir les frontières.

— Bientôt, avec un peu de chance ?

— Je pense que oui. Elle est citoyenne canadienne, et nous avons un passeport et un certificat de naissance pour elle. Donc c'est juste la paperasserie qui retarde les choses.

— Bien. J'aimerais beaucoup la rencontrer.

— Je pense que c'est réciproque. Elle a déjà parlé de toi, dit Mack, puis il fit un geste vers ses animaux de compagnie. Elle est aussi au courant pour ces gars-là.

Doreen sourit.

— Ils font définitivement partie de tout ça. Ils ont été d'une grande aide pour la retrouver et pour résoudre son affaire.

Ils restèrent assis un moment dans un silence complice avant que Mack ne le rompe.

— Tu dois me dire ce que tu sais.

— Vraiment ? s'enquit-elle sur un ton taquin, mais plein d'espoir.

Comme le policier ne répondit pas, elle soupira.

— Tu ne me laisseras pas tranquille tant que je ne l'aurai pas fait, alors je vais te dire ce que je sais. Et, si ce n'est rien, alors ce n'est rien. Tu te souviens du cas de Penny ?

— Comment pourrais-je oublier ? rétorqua-t-il d'un ton pince-sans-rire. Crois-le ou non, c'était il y a seulement une semaine.

— Sérieusement ?

Elle réfléchit et secoua la tête.

— En effet. Mais à quel point est-ce fou ?

— C'est sérieusement fou, dit-il. Et Penny alors ?

— Tu te souviens quand il y a eu un intrus une nuit, et que je l'ai poursuivi dans le jardin et sur le chemin ?

Mack hocha la tête.

— Si je me souviens bien, tu ne m'as rien dit sur le moment, mais seulement plus tard.

— Oui, et ne te mets pas en colère contre moi maintenant parce que c'est probablement une bonne chose que je ne l'aie pas attrapé, dit-elle. L'un d'eux, qui que ce soit… Et tu te souviens ? J'ai dit que je pensais que c'étaient deux personnes, l'un d'eux a sauté par-dessus la barrière où vit ce type.

Elle appuya son propos en pointant du doigt.

— Et tu as pensé à ce moment-là que c'était le *Steve*, n'est-ce pas ?

Elle hocha la tête et sourit.

— Tu vois ? Tu te souviens.

— Ce dont je me souviens, grogna-t-il, c'est que tu as poursuivi un intrus toute seule à une heure et demie du matin.

— Je suis presque sûre que c'était Penny en premier. Et Steve était là, c'est lui qui a sauté par-dessus la barrière. Je suppose que Penny s'est enfui dans une autre direction. C'est pourquoi j'ai pensé que l'intrus était passé de petit à grand. Je ne sais pas si c'est dû aux ombres ou non, mais, quand il a sauté, j'ai cru qu'il avait quelque chose dans la main. Maintenant, je suis quasiment certaine que nous savons à qui appartenait l'arme. Ou du moins, il avait l'arme sur lui quand il était dans le jardin de mon voisin.

— Mais, s'il a sauté par-dessus la clôture, pourquoi aurait-il perdu l'arme ?

— Peut-être parce que, quand il a sauté, il est tombé de sa main, de sa poche, de sa ceinture, ou de tout autre endroit où il le gardait. Il faisait sombre dehors, et il n'a pas osé allumer une lumière parce que je l'aurais trouvé. En plus, quelqu'un de la maison aurait pu le voir, alors il est parti.

— Mais ne serait-il pas revenu le jour suivant ?

— Peut-être qu'il est revenu, continua Doreen. Et peut-être que Steve a vu le vieil homme jardiner. Qui sait ? Si ça se trouve, Steve ne se souvenait pas de quelle maison il s'agissait, et il était occupé à vérifier les autres jardins d'abord.

Mack se leva, Thaddeus toujours sur son épaule. Avec le chien et le chat sur ses talons, il marcha jusqu'au bout du jardin de Doreen.

Elle le suivit, sachant qu'il était en train de comprendre à quel point il serait difficile de vérifier les jardins de ses voisins.

Alors qu'il se tenait là, il hocha la tête.

— Tout le monde a une clôture, n'est-ce pas ?

— Tout le monde sauf moi maintenant, répondit-elle.

— Alors, peux-*tu* indiquer où le gars a sauté ?

Toujours munis de leurs cafés, ils arpentèrent le ruisseau.

— Cette pierre était ici, indiqua-t-elle. Je dirais que c'était cette propriété.

Il sortit son téléphone pour vérifier quelque chose, puis hocha la tête.

— Tu as raison. C'est là qu'on a trouvé l'arme.

Puis Mack la regarda fixement.

Elle écarquilla les yeux et dit :

— Alors maintenant, au lieu de me remercier comme tout gentil gentleman le ferait, tu es en colère contre moi ?

— Je ne suis pas en colère contre toi. C'est juste que ça m'étonne toujours que tu sois constamment au milieu des problèmes.

— Je ne suis pas au milieu des problèmes, rétorqua-t-elle. Je viens de te donner une très grosse avance sur une autre affaire. Qu'est-ce que ça a à voir avec le fait que j'aie des problèmes ?

— Aucune idée, dit-il joyeusement.

Mack se retourna, passa un bras autour de l'épaule de Doreen et la raccompagna chez elle.

— Je dois aller au travail maintenant et remplir quelques formulaires.

— Bien, parce que je suis en train de retourner la maison.

À ce moment-là, il s'arrêta.

— Quoi ?

Elle se contenta de hausser les épaules.

— Tout a l'air tellement mieux maintenant, mais j'ai encore beaucoup de choses à trier. Je sais que si je ne fais pas tout en même temps, je n'arriverai jamais à tout faire. Je me suis donc dit que j'allais désigner un endroit comme zone de stockage – le sous-sol ou le garage probablement – et sortir tout ce qu'il y a dans *toutes* les pièces. Je commencerai aussi à nettoyer et à récurer chaque pièce de fond en comble, une fois que tout aura été sorti. Ensuite, je ferai un vide-maison ou un tour à la déchèterie, après avoir trié ce que je veux garder et voir ce qui reste.

— Tu sais quoi ? Ce n'est pas une mauvaise idée.

Mack sourit avant de secouer la tête.

— C'est le problème quand on emménage dans une maison déjà pleine. Il faut faire avec les affaires qui sont encore là.

— Exactement, et certaines de ces choses sont vraiment vieilles. Inutilisables et peut-être n'ont-elles jamais été utilisables, dit Doreen. Personne n'a dit que Nan était toujours la personne la plus sensée.

— Exactement. La salle à manger devrait déjà être vide, n'est-ce pas ?

— Je pense qu'il reste une ou deux chaises. Je pense aussi qu'une table basse cassée est en bas au sous-sol. Je ne suis pas sûr. Mais je veux tout sortir, y compris les trucs dans le coin du cellier. Puis je m'assurerai qu'il n'y a rien d'autre à vendre pour que je puisse enfin m'occuper du reste.

— Ça devrait t'occuper toute la journée et t'éviter des ennuis. J'approuve.

— Hum, c'est ce que tu dis, dit-elle. Si ça se trouve, je pourrai trouver toutes sortes d'autres choses là-dessous qui m'enverraient sur d'autres affaires non résolues.

Il lui lança un regard noir.

— D'abord, tu vas te faire à manger. Et ensuite tu t'y mettras. Ne t'attaque pas à un gros travail comme celui-là sans avoir mangé un bon repas. Tu es déjà fatiguée, et ton corps est stressé, alors il a besoin d'être nourri correctement.

— En parlant de ça, tu sais comment cuisiner des côtes de porc, n'est-ce pas ? demanda-t-elle avec méfiance.

— En effet, répondit-il avec un petit rire. Et, oui, vendredi soir, les côtes de porc sont au menu.

— Parfait. Peut-être que d'ici là, tout sera rangé dans le garage. Je suppose qu'une partie devra aller dans la salle à manger et le salon, si je manque de place.

— Fais-en la salle à manger, suggéra-t-il. Il sera plus facile de déplacer les pièces dans le garage à partir de là.

— Bon point, acquiesça Doreen.

Puis elle l'accompagna dans la maison jusqu'à la porte d'entrée. Elle s'appuya sur la balustrade du porche pendant qu'il reculait dans l'allée et s'en allait. Tous les véhicules de presse, les caméras et les journalistes durent se déplacer lorsqu'il fit marche arrière. Dès qu'ils réalisèrent que Doreen se tenait là, ils tournèrent leur attention vers elle. Elle se précipita à l'intérieur de la maison, claqua la porte et la verrouilla. Ne sachant pas si quelqu'un allait vraiment pousser les limites, elle enclencha l'alarme sur cette porte et retourna à la cuisine pour se préparer une omelette avant de se mettre au travail.

Chapitre 4

Jeudi, en fin de matinée...

TROIS HEURES PLUS tard, Doreen avait déménagé tous les objets indésirables de l'étage, laissant son matelas sur le sol de la chambre principale. Mais, au lieu d'amener ces affaires jusqu'à la salle à manger, elle s'arrêta dans le salon. Elle avait vidé les placards et les salles de bains, et – à part ses affaires de toilette et les vêtements qu'elle avait déjà triés dans sa chambre et ceux qu'elle avait déplacés dans le placard de la chambre d'amis – elle avait complètement vidé l'étage.

Selon elle, c'était probablement tout ce qu'elle accomplirait pour le moment, alors elle prit les chiffons de nettoyage et remonta à l'étage, puis choisit la chambre d'amis pour commencer. Bien qu'elle fût pleine de vêtements qu'elle devait encore décider de garder ou non, elle essuya les étagères et le sol et lava les murs, les portes, les fenêtres et les corniches.

Lorsqu'elle eut terminé le nettoyage de printemps de tous les étages, elle se retrouva avec un tas de boîtes dans son salon. Elle essuya les escaliers en descendant. Puis elle fit un petit tour à mi-chemin pour atteindre la rampe où elle avait oublié quelques poussières. Arrivée au rez-de-chaussée, elle poussa un énorme soupir. Cela lui avait pris plus de temps qu'elle ne l'avait pensé, mais elle s'y attendait.

Elle se demandait si elle devait trier les piles ou continuer. Elle fronça les sourcils, puis se décida à se rendre dans la salle à manger pour y trouver une boîte de bric-à-brac. Elle la ramassa et la porta jusque dans le salon pour l'ajouter au reste et nettoya la salle à manger de fond en comble. Elle aurait aimé que quelqu'un vienne pour examiner avec elle les options de décoration. Elle voulait rénover cette pièce pour obtenir une disposition ouverte, qu'elle préférait. C'était quand même une pièce de plus de faite.

Elle fit une pause et établit une liste en mettant la bouilloire à chauffer. Elle nota rapidement ce qu'elle avait fait jusqu'à présent, puis les choses qu'elle devait encore faire. Après cela, elle entra dans la buanderie, qui donnait également ment sur le garage. Elle devait trier beaucoup d'objets ici aussi : des boîtes remplies d'affaires en tout genre, de vieux manteaux et de bottes. Elle ramassa et déplaça tout au centre du garage.

La plupart des choses laissées dans le garage pouvaient aller à la poubelle. Elle fit une deuxième pile au centre pour le contenu de la buanderie. Il y avait la lessive et tous ces sprays bizarres que Nan semblait collectionner. Ils n'avaient aucun sens pour Doreen. Puis elle retira la machine à laver et le sèche-linge du mur, pour pouvoir nettoyer derrière, et trouva une douzaine de pièces de linge perdues. Elle lança également la machine à laver vide pour faire un cycle d'autonettoyage intensif.

Cette pièce devenue étincelante, elle retourna à la cuisine.

— Eh bien, les gars ! Qu'est-ce que vous en pensez ?

Ils dormaient profondément, ronflant sur le sol, assez

près pour la voir, mais assez loin pour ne pas être dérangés par tout le bruit qu'elle faisait. Elle sortit dans le garage et regarda les piles qui s'y trouvaient. Elle commença par les choses faciles : la lessive et le spray qu'elle reconnut. Elle les prit et les remit sur une étagère dans la buanderie. Puis elle étudia le reste des affaires, se demandant si elle devait tout trier maintenant – ce qui la mettrait en retard – ou si elle souhaitait simplement continuer à nettoyer les pièces.

Le problème étant qu'elle avait laissé tout le reste du premier étage dans le salon. C'était pourquoi Mack avait suggéré de tout déplacer dans la salle à manger. Ou le garage au début. Elle retroussa ses manches et transféra tout ce qu'il y avait dans le salon dans le garage, à l'exception de ces deux fauteuils. Et quelque part, c'était presque symbolique. Elle retourna dans un salon entièrement vidé, en dehors de ce fameux placard de l'entrée. Elle s'en approcha, presque comme si elle ne l'avait jamais vu auparavant. Puis elle l'ouvrit, et les manteaux la submergèrent. Elle gémit et le referma en se penchant pour que son front repose sur le bois.

— Oh, Nan. Mais pourquoi ?

Elle l'ouvrit à nouveau et regarda fixement, mais il n'y avait rien à faire. Elle compta douze manteaux en tout. Il y avait une tringle dans le garage. Peut-être qu'elle les accrocherait là-bas, sans les trier d'abord, mais cela ne ferait qu'ajouter à sa charge de travail plus tard. Elle sortit les douze manteaux, les posa sur les fauteuils, et vida une couche du placard de devant. Encore des chaussures, des bottes, des chapeaux, des gants et des écharpes. Elle mit tout cela dans un énorme sac poubelle et le porta jusqu'au garage.

Quand elle revint, elle essuya l'intérieur du placard et la porte, laissant les étagères et les affaires empilées devant les étagères pour plus tard dans la journée. Autrement, il était à moitié vide, et, sur ce, elle ferma avec vigueur la vieille porte en bois et se tourna vers la fenêtre du salon. Les rideaux étaient fermés à cause des médias, mais elle ne voulait pas que cela l'arrête. Elle enleva les rideaux de la tringle, et s'empressa de les mettre dans la machine à laver. Il y avait assez de rideaux pour la remplir. Puis elle prit son nettoyant pour vitres et les frotta. Elle avait fait la même chose à l'étage, mais avait oublié d'enlever les rideaux. Elle le ferait juste après.

Mais, avec la fenêtre du salon nettoyée et dénuée de rideau, les flashs des appareils photo se mirent à s'allumer comme des fous. Elle monta à l'étage et retira tous les rideaux. Elle fit une pile devant la buanderie pour pouvoir les mettre à tourner dès que la première machine serait terminée. Puis elle se mit à trier les manteaux, les déplaça sur la table de la cuisine pour éviter de le faire devant la fenêtre nue.

Avant de commencer, elle se prépara un gros sandwich. Elle fut généreuse avec le jambon et le fromage pour elle et pour les créatures. Thaddeus savoura une tomate cerise et de la laitue. Cela ne la dérangeait pas qu'ils mangent beaucoup. Ils devaient avoir de l'énergie, au cas où elle aurait des ennuis et aurait à nouveau besoin d'eux.

Chapitre 5

Jeudi midi…

DES QUE DOREEN eut terminé son déjeuner, elle décida de finir de récurer le salon. Ainsi, plutôt que dé trier les manteaux, elle retourna dans la pièce à vivre, nettoya tous les murs, retira tout ce qui se trouvait sur la cheminée, puis termina en passant l'aspirateur et la serpillière. Elle avait maintenant tout fait sauf la salle d'eau, la cuisine, le placard de l'entrée et le coin bureau. Mais elle avait plus ou moins fait cette alcôve quand Scott, de Christie's, était venu avec Agatha et John, respectivement experte en art et expert en livres.

Elle se dirigea vers le coin bureau et ne vit rien d'autre à y faire que la fenêtre, les murs et le sol. Une fois cela fait, il ne lui restait plus que la cuisine, la salle d'eau, le placard de l'entrée et le garage. Difficile d'être mécontente de son travail quand elle en avait déjà fait une tonne. Sur cette remarque, elle se souvint du sous-sol, ce qui la fit gémir, car elle avait encore tout ça à trier aussi. Mais elle n'était pas sûre de la direction qu'elle voulait prendre. Son énergie diminuait.

Elle se dirigea vers l'escalier, alluma et descendit au sous-sol. D'un œil critique, elle examina ce qui restait du côté des meubles et pensa que quatre voyages suffiraient à tout monter jusqu'au garage. Puis elle alla vers la plus petite zone, la chambre froide, et fronça les sourcils. Il restait pas mal de choses sur les étagères. Elle pensait en garder une minorité. Elle aurait besoin de plus de cartons.

Elle chargea ses bras de ce qu'elle put trouver dans la pièce où les meubles étaient entreposés. Il manquait des pieds à la plupart de ces pièces. Elle trouva également les rallonges d'une table ; mais, elle n'était pas sûre d'être toujours en possession de la table. Il lui fallut cinq allers et retours, laissant un tas de déchets à la porte du grand garage, et elle ramenait chaque fois un carton vide avec elle. Puis, une fois le côté meubles terminé, elle se dirigea vers l'autre côté et emballa ce qu'elle put. Il lui manquait quelques cartons. Elle emmena ceux qui étaient pleins dans le garage, ce qui fit encore plus de déchets. Puis elle prit de grands sacs-poubelle pour le reste.

Au bout d'une heure, Doreen était épuisée, mais elle avait vidé les deux côtés de son sous-sol. Toutefois elle était également euphorique, car elle avait accompli un sacré travail. Il lui fallut encore une heure pour tout nettoyer, mais elle avait besoin d'un café avant.

Elle remonta du sous-sol à la cuisine, lança une cafetière, puis descendit un balai et une pelle avec ses produits de nettoyage ainsi que l'aspirateur, pour balayer et aspirer les étagères, les portes, les escaliers et les sols du sous-sol. Après cela, elle nettoya les fenêtres et les murs, puis passa la serpillière sur les sols en béton.

En traînant ses affaires à l'étage, elle se rendit compte qu'elle avait oublié de prendre une tasse de café. Mais le café était resté là pendant une heure entière.

— Voilà comment gaspiller du bon café, gémit Doreen.

Elle était quand même heureuse d'en boire un. De plus, elle ne le laisserait pas se perdre. Il était hors de question qu'elle gâche quelque chose comme ça. Et maintenant, le rez-de-chaussée était fait aussi. Elle ne voulait plus penser au garage pour l'instant. Elle venait de déplacer, transporter et jeter tout ce qu'elle pouvait là-dedans. En plus, il lui restait la cuisine à faire. Avec un peu de chance, ça pouvait attendre jusqu'à demain.

Elle rangea ses produits de nettoyage et se versa une tasse de café. Puis elle regarda à la fenêtre du salon pour voir si les médias étaient toujours dehors. Bien sûr, ils étaient encore tous là. Mais au même moment, elle vit un jeune homme qui essayait de traverser la foule, portant une énorme boîte dans ses bras. Il atteignit son allée, ignorant tout le monde derrière lui.

Doreen regarda les médias prendre des photos les unes après les autres, alors que le gamin arrivait devant chez elle. Elle ouvrit la porte et découvrit que trois autres cartons étaient déjà là. Il déposa le quatrième sur le dessus et lui sourit.

— Salut, dit-il. Je m'appelle Nathan. Et tout ça est pour vous. Bon débarras.

— Quoi ? Attendez, s'exclama-t-elle alors qu'il descendait les marches à toute vitesse. Une minute !

Il se retourna et répondit :

— Je veux partir d'ici avant qu'ils ne prennent d'autres photos.

— Mais que sont toutes ces choses ?

— Elles viennent de mon grand-oncle. Vous deviez vous y attendre. Il est à l'hospice, mais il voulait les sortir avant de mourir et que ses dossiers fassent partie de sa succession.

Sur ce, Nathan déguerpit.

Elle déplaça les boîtes, en gémissant à cause de leur poids. Elle les empila juste devant la porte d'entrée. Et là, Doreen comprit qui était son grand-oncle : le journaliste Bridgeman Solomon.

Elle voulait crier de joie, mais, en même temps, elle ne s'attendait qu'à un seul dossier sur le père de Penny et sa famille. Pas des cartons entiers. Une fois tout à l'intérieur et la porte d'entrée à nouveau sécurisée, Doreen se dirigea vers l'arrière de la maison et lança une nouvelle machine.

Elle regarda les rideaux encore humides et se demanda si elle ne pouvait pas simplement les raccrocher. Le poids aiderait-il à enlever les plis ? À son avis, elle n'avait pas de fer à repasser. Et elle ne savait pas comment repasser de toute façon. Se connaissant, elle les brûlerait. Doreen prit un risque et retourna dans le salon pour utiliser l'escabeau de la cuisine et raccrocher les rideaux. Avec ça, elle pouvait bloquer les médias.

Satisfaite, elle les tira et retourna dans la cuisine. Cette fois, elle allait s'asseoir et boire son café quoi qu'il arrive. Mais son téléphone sonna dès qu'elle s'assit. Elle répondit avec un gémissement.

— Salut, Mack.

Silence.

— OK, OK, cria-t-elle. Ça a été une journée très chargée.

— Je pensais que tu serais tranquille aujourd'hui, répondit-il d'une voix sévère.

— J'ai commencé à nettoyer, tu te souviens ?

— C'est pour ça que tu étais occupée ?

Elle entendit le soulagement dans sa voix et comprit qu'il craignait qu'elle ne soit impliquée dans une autre affaire ou qu'elle ne soit à nouveau en train de terroriser les gens.

— Oui, j'ai fait tout l'étage, le sous-sol et la majorité du rez-de-chaussée. Il ne me reste que la cuisine, dit Doreen triomphalement. Tout le reste a été vidé, nettoyé, dépoussiéré et lavé, même les rideaux. J'ai jeté les affaires qui ne sont pas à moi dans le garage pour les trier plus tard.

— Wouah, s'exclama-t-il, puis il se tut un moment avant d'ajouter : je suis choqué. Mais je ne sais pas pourquoi. Tu as déjà prouvé que tu pouvais faire des progrès incroyables en peu de temps.

— Eh bien, je n'en sais rien, mais c'était quelque chose que j'avais besoin de faire depuis longtemps.

— Oui, mais vas-y doucement. Tu es là depuis six, huit semaines peut-être ? Ce n'est pas comme si tu avais eu le temps de faire un grand nettoyage de printemps.

— Je sais. Et, quand on pense à comment cette maison était pleine quand j'ai emménagé, elle a l'air bien vide.

— Tu as aussi tout enlevé des murs ?

— Oui. Les photos, tous les trucs kitsch, tout. Tout est dans le garage. Même la salle de bain de l'étage était pleine de toutes sortes de choses. Les deux salles de bain en fait.

— C'est vrai. J'avais oublié que tu avais une deuxième salle de bain là-haut aussi.

— Oui, et heureusement, la petite salle d'eau au rez-de-chaussée n'était pas remplie. Je suis donc passé directement au nettoyage des murs et du sol. Maintenant, toute la maison a l'air plus propre, plus utilisable, expliqua-t-elle. Oh, et le lit dans la chambre d'amis a vraiment besoin d'aller à la déchèterie, mais je suis sûre qu'un tas de choses dans le garage peuvent aussi y aller. J'ai trouvé beaucoup de meubles cassés en bas au sous-sol, plus des rallonges de table. Si elles ne correspondent à rien pour l'instant, j'espère qu'un passage à la décharge permettra de nettoyer le reste.

— Je pense que c'est une excellente idée. Tu as fait du bon travail.

— J'ai aussi trouvé quelques trous et des murs endommagés. De la peinture grattée, on dirait. Je ne sais pas vraiment. Ce n'est pas du placoplâtre au sous-sol, mais le lambris semble endommagé. C'est un vieux lambris cependant, donc je ne suis pas sûre que ce soit du vrai bois ou pas.

— C'est du vrai bois, trancha Mack.

Elle avait l'impression qu'il souriait en parlant.

— À l'époque, ils ne savaient pas comment faire des imitations comme aujourd'hui.

Doreen pouffa.

— Donc, à part ça, as-tu une raison de m'appeler ?

— Oui, un de mes hommes est passé devant ta maison aujourd'hui et a dit que c'était toujours le cirque. Il a cru voir un gamin qui essayait de t'approcher, mais il n'était pas sûr de ce qui se passait.

— Oh, c'est bon. Et le gamin a réussi à passer.

Comme elle ne donnait pas plus d'informations, il demanda d'une voix étrangement neutre :

— Qui était ce gamin ?

— Oh, juste un petit-neveu d'un type qui est passé de Rosemoor à l'hospice.

— Oh. Y a-t-il quelque chose que je devrais savoir ?

— Bien sûr que non, dit-elle allègrement. As-tu parlé à Steve de son arme ou pas encore ?

— Non, répondit-il calmement. Mais je ne veux surtout pas que tu parles à Steve.

— Je serais pleinement heureuse de ne plus jamais revoir cet homme.

— Bien. En plus, tant que tu fais le ménage, ça t'évite des ennuis.

— C'est vrai, en effet. Il ne peut pas se passer grand-chose tant que je suis coincée dans la maison, n'est-ce pas ?

— Tu veux que je fasse fuir les médias ?

— Non, laisse-les, s'ils n'ont rien de mieux à faire, dit Doreen avant de rire. Je suis un peu désolée pour eux. On dirait qu'il va bientôt pleuvoir, ce qui signifie qu'ils vont être trempés d'ici quelques minutes. Je ne devrais pas être si méchante, mais honnêtement, la moitié du temps, je pense que je devrais me mettre à vendre du café. Je ferais un malheur.

Cette dernière remarque fit rire Mack.

— Tu sais quoi ? Tu devrais le faire.

Peu de temps après, Mack raccrocha, et Doreen resta assise, voulant désespérément ouvrir les boîtes livrées. Mais elle s'était promis de faire ce nettoyage de printemps et de le terminer. Le moins qu'elle pouvait faire était de passer en revue les douze manteaux d'abord. Elle en prit un et l'examina. C'était un long trench-coat vert forêt à la mode. Il faisait très *Avengers*. Elle l'essaya et rit.

— Nan, commença-t-elle en gloussant, c'est vraiment magnifique ! Je ne sais pas quand je le porterai, mais il me va comme un gant.

Il était agrémenté d'une ceinture, de jolis boutons et d'un col haut. Elle plongea ses mains dans les poches, surprise qu'elles soient si profondes. Arrivée au fond, elle retira ses deux mains et posa tout ce qu'elle avait récupéré sur la table de la cuisine. Il y avait non seulement 85 dollars et de la petite monnaie, mais aussi quelques bouts de papier, une clé et une autre de ces étranges choses en marbre qu'ils avaient trouvées dans le vase Ming. Chaque fois, elle oubliait d'en parler à Nan.

Elle prit un bol dans un des placards et déposa tout dedans. Puis elle fouilla le trench-coat plus attentivement. Elle trouva un tas de cartes de visite dans la poche supérieure et un billet de 100 dollars plié qui la fit crier de plaisir, incitant les animaux à se rassembler autour d'elle. Puis un mouchoir qui semblait être en soie. Elle n'avait pas vu une telle chose depuis longtemps. Il était brodé dans un coin, mais ce n'était pas le nom de Nan. Il ressemblait à un mouchoir de gentleman. Elle pensa aux jours merveilleux de Nan et à sa vie de célibataire incroyablement excitante, et pensa que cela venait peut-être d'un admirateur.

Après avoir soigneusement examiné ce manteau, y compris la doublure et l'ourlet, elle le remit sur un cintre et le suspendit dans le placard de l'entrée. Elle ne savait pas si elle allait beaucoup le porter, mais il était beau et lui allait parfaitement.

Elle retourna à la cuisine et attrapa ce qui ressemblait à un lourd manteau d'hiver. Il était pourtant très léger et lui arrivait presque à mi-mollet. C'était une doudoune d'après l'étiquette. Faisait-il si froid ici ? Elle pinça les lèvres en l'étudiant. Il était gris cendré et assez élégant. Nan avait vraiment bon goût. Doreen l'enfila et rit quand elle réalisa qu'elle pouvait le zipper. Elle ne put pas imaginer combien de fois dans sa vie elle le porterait, mais, si elle en avait besoin ne serait-ce qu'une fois, peut-être que cela valait la peine de le garder.

Hésitante, mais curieuse, elle enfonça ses mains dans les poches et poussa un cri lorsqu'elle en sortit à nouveau des poignées. Quand elle en sortit ses trouvailles, elle trouva encore une autre bille. Elle ne comprenait pas d'où venaient toutes ces billes en marbre. Elle trouva également d'autres petites notes, des cartes de visite, un billet de 50 dollars et un de 10 dollars. Elle jeta le tout dans le bol pour le trier plus tard.

Puis elle enleva le manteau et fouilla dans toutes les poches, vérifiant la doublure et tout le reste pour s'assurer qu'elle n'avait rien oublié. Elle repéra une épingle à nourrice juste sous l'aisselle et un trou dans la doublure. Il n'était pas très grand, mais, en regardant de plus près, elle trouva un billet de 100 dollars à l'intérieur. Elle le fixa avant de le retirer et d'épingler à nouveau la zone avec précaution. Elle le fit de manière à ce qu'il soit à peine visible. Après cela, Doreen mit la doudoune sur un cintre et la porta jusqu'au placard de l'entrée. Pendant qu'elle était là, elle vérifia le trench-coat aussi, se demandant si elle n'avait pas oublié une épingle quelque part. Mais sa deuxième vérification ne fut pas fructueuse.

Elle avait encore dix manteaux à examiner. Les deux suivants contenaient également des billets et de la monnaie, mais pas de grosses coupures : 15 dollars dans l'un, 12 dollars et 46 centimes dans l'autre. Cela la fit rire. Puis, dans le manteau suivant, elle trouva une paire de belles boucles d'oreilles en forme de cœur. Elle les tint devant ses yeux et se demanda comment elles avaient atterri ici. Il n'y avait pas d'argent dans ce manteau, juste plusieurs mouchoirs et quelques cartes de visite. Elle décida que ces deux manteaux iraient à Wendy, tandis que le manteau avec les boucles d'oreilles resterait avec elle. Il s'agissait d'un petit blazer chic au style assez contemporain. Il tombait magnifiquement sur ses épaules. Son mari l'aurait probablement qualifiée de décharnée, mais il l'aimait comme ça. Plus ses clavicules, les os de ses poignets et ceux de ses côtes étaient visibles, mieux c'était pour lui. Doreen accrocha le blazer, puis prit un grand sac poubelle pour y mettre les manteaux pour Wendy, mais ils étaient si grands qu'elle finit par les empiler.

Une fois cela fait, il lui restait sept manteaux. L'un d'eux était un imperméable, et il ne contenait rien d'autre qu'une noix. Elle ne comprit pas pourquoi, mais elle ne se posait plus de question. Un autre manteau contenait une jolie petite pierre. Elle scintillait de toutes les couleurs, comme une opale brute. Elle haussa les épaules et la déposa dans le bol, ainsi que 109 dollars et 41 centimes.

Lorsqu'elle eut terminé, elle se retrouva avec une veste de plus qu'elle pouvait porter tous les jours, et le bol était presque plein de bricoles. Il lui restait maintenant cinq manteaux à garder et sept à donner. Elle les plaça devant la grande porte du garage. Elle devrait les mettre dans sa voiture, mais cela signifiait sortir et affronter à nouveau le monde des médias. Elle n'était pas encore prête pour ça. Elle avait aussi un tas d'autres choses empilées dans le garage de toute façon. Des trucs dont elle ne s'était pas encore débarrassée.

Un jour, elle serait enfin débarrassée de tout ça. Un jour…

Chapitre 6

Jeudi après-midi…

DOREEN N'EN POUVAIT plus. Une nouvelle tasse de café à la main, elle se dirigea vers les quatre cartons qui se trouvaient dans le salon et qui avaient été livrés plus tôt dans la journée. Les seules choses qui restaient dans cette pièce étaient les deux fauteuils et ces boîtes. Elle traîna l'un des fauteuils jusqu'à la pile et ouvrit le carton du haut. Apparemment, les dossiers étaient classés par ordre alphabétique, et c'était le premier groupe. Le carton suivant contenait les lettres P à Z. Elle secoua la tête, puis posa les boîtes côte à côte sur le sol en soupirant. Elle chercha ensuite le nom de famille de Penny. Bien sûr, il y avait un dossier. Elle le lut et le trouva très intéressant, mais aussi très triste.

Le frère de Penny avait subi d'énormes abus de la part de leur père, mais leur cas semblait toujours passer entre les mailles du filet, et le frère n'avait jamais été retiré du foyer. Doreen se demanda pourquoi Penny elle-même n'avait rien dit à personne, mais il était toujours difficile de juger de la véracité des dires d'un enfant qui se trouvait dans la même situation et qui était probablement terrifié aussi. Au moins, leur père avait fini par être jugé, et Penny avait été assez courageuse pour témoigner contre lui. Doreen fut encore plus rongée par la culpabilité. Penny n'avait pas eu une enfance facile. Elle avait défendu son frère, et elle avait fait ce qu'elle pouvait. Mais ensuite, elle avait tué son frère dans le but de le sauver de cette vie, et son père avait fait de la prison pour le meurtre qu'elle avait commis. Sans aucun doute, il méritait une peine de prison pour ce qu'il avait fait à ses enfants, mais il n'avait pas été le coupable du dernier délit.

Doreen lut le dossier de Penny jusqu'au bout et ne trouva pas beaucoup de nouvelles informations. Elle le mit cependant de côté, prévoyant de le scanner pour ses propres archives, puis éventuellement de donner à Mack l'original ou une série de photocopies. Elle devait y réfléchir. En remettant ce dossier à sa place, elle regarda les quatre boîtes de Solomon. Il y avait une quantité astronomique de dossiers. Le vieil homme avait été journaliste, mais cela ne signifiait pas qu'il n'avait suivi que des affaires criminelles ou qu'il s'agissait d'affaires non résolues. Elle sortit son téléphone.

— Bonjour, Nan, salua Doreen.

— Il était temps que tu m'appelles. Tu sais que c'est la folie ici ?

— Devant chez moi aussi, déclara tristement Doreen. Les médias se promènent partout sur la pelouse.

— Chasse-les de la pelouse. On est déjà passé par là.

— Beaucoup d'entre eux sont là. Mack m'a raconté comment la disparition de Crystal avait causé tant de douleur à tout le monde et comment toute la communauté s'était mobilisée pour la rechercher lorsqu'elle a disparu. Et maintenant qu'ils savent que Crystal est vivante, qu'elle va bien et qu'elle va rentrer chez elle…

— Tu es une vraie héroïne, ma chère, la complimenta Nan avec chaleur. Tu devrais entendre tout le monde en parler.

— J'aimerais autant que ce ne soit pas le cas. Mais merci. Comment va Solomon ?

— Il est toujours en vie, répondit Nan d'une voix joyeuse. Je pense qu'il se bat juste pour contrarier sa famille. En ce moment, ils se disputent sur les actifs financiers qu'il laisse derrière lui.

Doreen grimaça en entendant ça.

— C'est terrible. Les gens devraient le laisser mourir en paix.

— Ou il aurait dû tout donner avant d'en arriver là, comme je le fais avec toi.

— En parlant de ça, dit Doreen, puis elle commença à expliquer tout ce qu'elle avait fait ce matin.

— Oh là là, je parie que la maison est magnifique.

Doreen scruta le salon presque vide.

— Eh bien, ça a vraiment l'air différent. Je n'ai pas encore fait la cuisine, et je travaille encore sur le placard de l'entrée.

— Oh, ce placard, dit Nan, la voix inquiète. Je dois admettre qu'il est très profond et plutôt bien rempli.

— Rempli de quoi ? demanda Doreen avec effroi.

— Tu le découvriras, dit Nan de sa voix chantante habituelle.

— Oh, au fait, le petit-neveu de Solomon m'a finalement transmis les dossiers.

Il y eut un silence pendant un moment, comme si Nan avait du mal à accepter ce changement de sujet.

— Le dossier sur la famille de Penny, ajouta Doreen.

— Oh, mon Dieu, ce n'est pas comme si tu en avais besoin maintenant.

— Non, mais je pense que ça sera utile pour Mack.

Peut-être utile pour la défense de Penny aussi. Elle a eu une enfance terrible. J'en ai lu des bribes, et elle a subi beaucoup de traumatismes et d'abus. Je me sens presque coupable.

— Et crois-moi, la défense va en faire tout un plat, alors tu n'as pas besoin de le faire, s'exclama Nan. Elle a essayé de te tuer. Ne l'oublie pas.

— Et elle a tué son frère, et elle a tiré sur Hornby, renchérit Doreen en souriant avant de poursuivre. Le neveu m'a apporté ce dossier parmi d'autres. Il m'a apporté quatre grandes boîtes *pleines* de dossiers.

Sa grand-mère poussa un petit cri, puis rit.

— Ce n'est pas drôle ! Je viens de nettoyer la maison, et maintenant je suis là avec quatre grandes boîtes pleines de paperasse.

— Oui, mais pense au nombre d'affaires qu'il y a dans ces boîtes !

— Bien sûr, mais ça ne veut pas dire qu'elles ne sont pas résolues ou qu'elles ont quelque chose à voir avec moi. Je comprends que ça fait partie de l'héritage de Solomon, mais je ne sais pas ce que je suis censée en faire.

— J'irai peut-être lui parler cet après-midi, proposa Nan. Ils m'ont laissé entrer il y a quelques jours. S'ils acceptent à nouveau, je pourrai lui demander. Ça dépendra du nombre de chiens de garde qu'il a autour de lui.

— Si ça ne te dérange pas, ce serait utile. Voir si l'une de ces affaires le dérange encore vraiment ou si je suis censée faire quelque chose. Si ce sont juste ses vieilles recherches journalistiques, ça ne vaut probablement pas la peine de les garder. Et, bien sûr, j'apprécie le dossier de Penny parce qu'il serait utile pour faire avancer l'affaire au tribunal, mais le reste…

— Ne t'inquiète pas pour ça. Je m'en occupe.

Après cette déclaration, Nan se contenta de raccrocher.

Au même moment, Doreen reçut un autre appel téléphonique et gémit.

— Tu sais que je pourrais me reposer davantage si je n'étais pas interrompue tout le temps.

— Darren dit que tu as reçu une livraison aujourd'hui, dit Mack, ignorant sa remarque.

— Qui est Darren, déjà ?

— L'arrière-petit-fils de Richie. Celui qu'on a rencontré à Rosemoor quand Nan et Richie ont eu des problèmes et que la police a été appelée. Tu as dit qu'un gamin avait traversé la foule jusqu'à toi, mais tu n'as pas dit ce qu'il livrait.

La voix du policier était trop suspecte et Doreen plissa le nez.

— Darren m'a dénoncée ?

— Pourquoi il moucharderait ? s'enquit Mack, d'une voix empreinte d'inquiétude. Qu'est-ce que tu manigances ?

— Eh bien, quelqu'un qui est à l'hospice – ce journaliste – a envoyé son neveu avec le dossier de Penny, celui que je n'ai pas reçu à temps pour nous aider puisque Penny m'a attaquée peu après, se précipita d'expliquer Doreen. Quoi qu'il en soit, Solomon voulait se débarrasser de ses dossiers de recherche avant qu'ils ne fassent partie de sa succession et ne soient marchandés par ses avocats et héritiers. C'est pour ça que le gamin a traversé la barricade des médias aujourd'hui.

Elle regarda les dossiers pendant qu'elle parlait à Mack, puis vit une note cachée au début de l'un d'eux et la sortit.

— Oh. Il m'en fait cadeau, d'après cette note. L'écriture est assez grossière et gribouillée, mais j'imagine que cela va de pair avec le fait qu'il se sent probablement assez mal. Il est écrit : « Chère Doreen, voici l'œuvre de ma vie. J'espère que cela vous aidera dans la vôtre. » Et c'est signé *Solomon*.

— Dans la vôtre ? demanda Mack. Depuis quand résoudre des affaires est le travail de ta vie ?

— Je ne sais pas, répondit-elle avec dédain. Qui sait ce que Nan lui a raconté ?

— Ou qui sait ce qu'il a déduit lui-même, renchérit Mack. Je doute fortement que cette documentation ait une quelconque valeur.

— Tu voudrais peut-être voir le dossier de Penny cependant. J'ai lu des choses intéressantes. Il n'y a rien de nouveau, mais ça prouve qu'elle a eu une enfance terrible. Il y a aussi des coupures de presse de ce que Solomon a trouvé au fil des ans sur son cas.

— Eh bien, peut-être que j'y jetterai un coup d'œil. Faute de mieux, nous devrions probablement le garder dans notre dossier pour le partager avec le procureur.

— Exactement. Ce sera mieux s'il sait ce que l'avocat de la défense sait aussi.

Mack ricana.

— Maintenant tu commences même à penser comme un flic. Seigneur, aide-nous.

— Mais je ne sais pas si le reste de ces dossiers sont intéressants ou non, dit Doreen. Avez-vous obtenu quelque chose sur cette arme ?

— Non, nous attendons toujours le rapport balistique.

— Intéressant. À ce propos, te souviens-tu du nom de famille de Steve ?

— Albright, répondit le policier, et Doreen se dirigea vers les cartons.

— Ahah !

— Qu'est-ce que ça veut dire ? interrogea Mack, d'une

voix plus forte.

— Il y a un dossier avec ce nom dessus.

— Doreen, l'avertit-il, ne t'avise pas de t'engager dans cette voie.

Elle gloussa.

— Comment pourrais-je ne pas m'y engager ? Quelqu'un m'a offert le travail de toute une vie de recherches sur les criminels. Tu devrais voir l'épaisseur de *ce* dossier.

— Eh bien, Steve Albright est un avocat d'affaires. Évidemment qu'il est épais. Ça ne veut pas dire que c'est quelque chose de criminel.

— Je sais, dit-elle, mais je vais quand même m'amuser à jeter un coup d'œil.

Sur ce, elle raccrocha, ramassa l'énorme dossier et alla dans sa cuisine. Puis elle gémit. Elle avait encore tellement de choses à faire ici, mais son énergie était complètement épuisée maintenant. Elle laissa tomber le dossier sur la table de la cuisine et se tourna vers ses compagnons.

— Qu'est-ce que vous voulez faire ?

Mugs aboya vers la porte. Ils avaient sûrement besoin de sortir. Ils n'avaient pas fait d'exercice aujourd'hui. C'est elle qui s'était démenée, en astiquant, nettoyant, et en montant et descendant plusieurs fois les escaliers. Pas eux. Elle prit une tasse et y versa le reste du café.

— Que diriez-vous d'une promenade le long du ruisseau alors ?

Elle ouvrit la porte et laissa sortir les animaux, mais se souvint de quelque chose. Les médias étaient dans le coin, et elle avait tous ces dossiers chez elle. Elle retourna à la porte d'entrée, déclencha l'alarme et se précipita dans la cuisine pour la régler également avant de sortir.

Nan lui envoya un texto juste à ce moment-là.

Pas de chance. Trop de chiens de garde.

Doreen comprit que Nan ne pouvait pas entrer pour voir Solomon et répondit rapidement.

Ne t'inquiète pas pour ça. Ce n'est pas grave.

Son esprit bourdonnait, et elle se demandait ce qu'elle devait faire. D'une manière ou d'une autre, elle devait garder les cartons en sécurité. Elle ne voulait pas que quelqu'un sache qu'elle les avait en sa possession. Elle y pensa trop tard, car elle l'avait déjà dit à Mack et à sa grand-mère. Mack n'en dirait rien, mais il voudrait les consulter. Et Nan ? … Eh bien, en vérité, Nan *vendrait la mèche*. Et, bien sûr, ce serait Doreen qui aurait des ennuis.

Avec cette pensée, Doreen écourta la promenade de ses animaux le long du ruisseau. De plus, ses muscles lui faisaient mal. Elle fit demi-tour et rentra prendre une douche chaude, puis se coucha tôt ce soir-là.

Chapitre 7

Vendredi matin…

DOREEN SE REVEILLA, se retourna et gémit. Qui aurait cru que nettoyer une maison causerait à son corps autant de stress physique ? Elle avait été arrogante et pensé que le travail de la semaine dernière dans le jardin de Penny l'aurait endurcie. Mais Doreen n'avait pas encore assez utilisé ses muscles pour supporter ce genre d'activité régulière. En se rappelant toutes les charges qu'elle avait portées de haut en bas et de bas en haut, elle réalisa qu'elle méritait vraiment d'être endolorie aujourd'hui. En plus de cela, elle avait frotté tout ce qui se trouvait dans la maison, à l'exception de la cuisine et du placard de l'entrée. Elle avait été déterminée à les faire pour que le travail soit considéré comme terminé. Puis elle grimaça parce qu'elle devait encore s'occuper de tout le garage.

Goliath sauta sur le lit à ce moment-là et lui donna un coup de tête. Son ronronnement guttural synonyme de besoin d'attention. Elle était plus qu'heureuse de la lui donner.

Avec ses deux mains, elle caressa doucement son cou, autour de ses oreilles et de ses joues, et au-dessus de son front. Puis elle lui gratta longuement le dos et la queue. Il s'étira complètement, sa queue se balançant d'avant en arrière. Il n'arrêtait pas de fouetter le visage de Mugs avec. Et il le faisait certainement exprès. Il finit par réveiller le chien, qui se retourna. Quand la queue du chat repassa devant lui, Mugs ouvrit la gueule et la referma rapidement. Goliath miaula et se tourna vers Mugs. En un instant, une course-poursuite s'engagea. Ils coururent dans le couloir et dans l'autre chambre, puis firent demi-tour et descendirent les escaliers.

Doreen gémit en entendant ce bruit, car Mugs n'arrêtait pas d'aboyer et Goliath lui faisait savoir exactement ce qu'il pensait de ce traitement. Mais si ce dernier avait chassé Mugs de la chambre de Doreen, ce fut Mugs qui fit revenir Goliath. Elle se mit à rire.

— Vous faites ça juste pour vous amuser, dit-elle.

Elle se redressa et regarda sa chambre propre, en souriant. Elle avait toujours le drôle de cintre qu'elle avait créé et suspendu au plafond pour que Thaddeus s'y perche. L'oiseau se reposait calmement dessus, regardant les animaux faire la course. Elle s'approcha de lui et le câlina. Immédiatement, il se pencha dans la paume de sa main. Elle le prit et le serra contre sa poitrine.

— Thaddeus est là. Thaddeus est là.

Elle gloussa et le souleva plus haut, puis l'embrassa dans le cou.

— Et Doreen est ravie que Thaddeus soit là.

Doucement, il remonta le long de son épaule, où il se blottit contre ses cheveux. Même ces mouvements subtils la faisaient souffrir. Comme elle avait déjà pris une douche chaude la veille au soir, elle prendrait un relaxant musculaire ce matin. Elle s'habilla, trouvant facilement quelque chose de nouveau à porter dans la pile de Nan qu'elle avait gardée pour elle. Elle n'avait pas beaucoup d'affaires, alors ce fut un choc de découvrir la collection de mode éclectique de Nan. Même après avoir réduit sa collection, beaucoup des vêtements occupaient encore une pièce entière. Des choses que Doreen devait maintenant inspecter une fois de plus pour voir si elle allait les garder ou non.

Thaddeus toujours sur son épaule, elle descendit à la cuisine, désactiva les alarmes, ouvrit la porte de la cuisine et regarda le chat et le chien courir vers le jardin. Elle rit en sortant et vit le soleil du matin se refléter sur sa pelouse.

— Bonjour le monde ! s'écria-t-elle joyeusement.

C'était vraiment une belle journée. Personne n'était après elle. Toutes les personnes impliquées dans des affaires désagréables étaient peut-être en prison, et sa journée lui appartenait pleinement. Bien sûr, elle avait ces dossiers de Solomon, mais elle allait les examiner de plus près avant que Mack n'arrive. Il avait promis de venir cuisiner des côtes de porc le soir même. Elle voulait avoir une copie numérique complète de tout ce qui avait été fait, juste au cas où Mack aurait des projets sur ces cartons. Avec cette idée en tête, elle lança une cafetière, attrapa le gros dossier sur Penny et empila autant de pages qu'elle put, puis les passa au scanner. Le temps que ce dossier soit terminé, le café l'était aussi. Elle renomma les PDF et envoya une copie à Mack puis en garda une pour elle. Après cela, elle remit le dossier dans la boîte et emporta son café à l'extérieur.

Goliath et Mugs couraient en rond à côté d'elle, tandis que Thaddeus gazouillait d'un ton joyeux et animé. Doreen se dirigea vers le ruisseau en souriant et y enfonça un orteil nu.

— *Brr,* dit-elle. Pas le temps idéal pour se baigner.

— Thaddeus aime l'eau. Thaddeus aime l'eau.

— C'est vrai, dit-elle.

Elle le souleva de son épaule et le posa sur l'un des gros rochers contre le rivage.

— Tu peux t'asseoir là et regarder l'eau couler, dit-elle.

Mais au lieu de regarder, il se dirigea de l'autre côté du rocher, qui baignait dans le ruisseau, et plongea sa tête pour boire. Elle le reprit après qu'il eut bu, puis marcha plus loin le long du ruisseau. Ses deux autres animaux la suivirent. C'était une journée vraiment magnifique. Alors qu'elle se rapprochait de l'eau, elle retira ses tongs et entra pleinement dans l'eau fraîche cette fois.

— Froide, mais agréable, répéta-t-elle avec un sourire.

— Thaddeus aime l'eau, murmura l'oiseau contre son oreille. Thaddeus aime l'eau.

— Tu veux t'asseoir sur les rochers ?

Sa tête bougeait de haut en bas, ses plumes se déployant puis s'aplatissant à nouveau. Elle savait qu'il avait un langage complexe pour chacun de ses mouvements, mais elle ne comprenait pas vraiment toutes ses nuances. Elle l'aida à descendre de son épaule et le plaça soigneusement sur l'un des plus gros rochers plats du ruisseau. Il pouvait toujours marcher jusqu'à la terre ferme s'il le voulait. Mais immédiatement, il se dirigea vers la partie peu profonde et pencha la tête pour boire une autre gorgée d'eau fraîche.

— Ça a bon goût, n'est-ce pas ? lui demanda-t-elle.

Mais il était trop occupé à boire pour répondre. Puis il picora un objet invisible sur le rocher, pleinement heureux. Doreen regarda Goliath, couché sur le chemin, la queue battante, tandis qu'il observait Thaddeus. Elle pouvait presque lire les pensées du chat. Il pensait que l'oiseau était *fou*. Pendant ce temps, Mugs semblait prendre un grand plaisir à rebondir. Puis il fit marche arrière, fit plusieurs bonds et sauta dans l'eau. Une vague vint s'écraser sur Thaddeus, qui poussa un cri et battit des ailes. L'oiseau trébucha en arrière avant de se redresser. Après cela, il commença à s'en prendre à Mugs et à le réprimander férocement.

Doreen rit.

— Je sais que c'est mal de se moquer de vous, dit-elle, mais vous rendez vraiment ma vie amusante et excitante.

— Assurez-vous que ça reste ainsi, cingla la voix sévère d'un homme derrière elle. Parce que fouiner dans les affaires des autres va couper court à votre petite scène idyllique.

Elle se raidit, mais ne prit pas la peine de se retourner. Elle avait déjà reconnu la voix.

— Bonjour, Steve. Toujours dehors à causer des problèmes ?

— C'est vous qui causez des problèmes. J'ai engagé un excellent avocat criminel pour Penny. Vous regretterez d'avoir inventé ces histoires.

— Je n'ai rien inventé, répliqua-t-elle. C'est bien que vous ayez aidé votre amie. Après tout, je suis sûre qu'elle n'avait pas vraiment l'intention de tuer son frère ou d'attaquer Hornby ou moi.

— Ce ne sont que des mensonges.

— Donc, je suppose que vous étiez amants. Je ne vois pas d'autres raisons pour que vous continuiez à la défendre, même face à toutes les preuves.

Un silence affreux s'installa avant qu'il ne réponde.

— Et maintenant vous portez atteinte à son honneur. Vous êtes peut-être mauvaise, mais pas moi.

— Tournure de phrase intéressante, donc vous l'aimiez, mais de loin, dit Doreen en riant, avant de se tourner pour le regarder.

Il était habillé d'une tenue entièrement noire, et ses mains étaient dans les poches de son sweat à capuche. C'était comme une grande poche de kangourou, et elle s'inquiétait de la possibilité qu'il ait une arme à feu à l'intérieur. Elle s'était toujours demandé pourquoi les gens sortaient une arme d'une poche quand ils pouvaient tirer à travers.

Un silence gênant suivit pendant qu'ils se fixaient l'un l'autre.

— Elle a gardé des secrets pour vous.

Il y avait quelque chose de maléfique dans son regard.

— Je suis un avocat d'affaires. Je garde toutes sortes de secrets pour mes clients.

— Exact, comme tous les avocats d'affaires. Ils aident les entreprises à économiser de l'argent. Et ils trichent et volent aussi.

— Non, ce n'est pas vrai, aboya-t-il. Et je ne vous laisserai pas ternir ma réputation. C'est de la diffamation.

— C'est vrai, tout tourne autour de votre réputation, n'est-ce pas ? Je me demande comment votre réputation va tenir, sachant que vous avez été pris en train de courir dans mon jardin avec une arme – puis de perdre ladite arme pour que les flics la trouvent ?

Quand elle vit le choc sur son visage, elle hocha lentement la tête.

— Vous pensiez vraiment que je ne vous reconnaîtrais pas ?

Il fit un pas en arrière.

— Vous feriez mieux d'y aller, continua-t-elle. Je sais que vous êtes de mèche avec Penny. La question est de savoir si vous serez accusé de complicité de tentative de meurtre.

— Vous avez tout faux, déclara-t-il en secouant la tête.

— Mais je n'ai pas faux quand je dis que vous vous êtes introduit sur ma propriété avec une arme. Je vous ai poursuivi jusqu'au ruisseau. Penny est allée dans une direction, et vous dans l'autre. Il était facile de vous reconnaître tous les deux. Et puis, comme un idiot, vous avez perdu l'arme.

Doreen fit une pause.

— Vous savez qu'elle a été remise aux flics ?

Elle n'avait jamais vu un homme devenir pâle comme un linge. Elle avait entendu l'expression de nombreuses fois, mais n'avait jamais vu cela. Elle hocha lentement la tête.

— Vous avez intérêt à avoir une explication, dit-elle, et vite. La police va bientôt frapper à votre porte.

— Je n'ai rien à voir avec tout ça, cracha-t-il.

— Bien, bien. Alors pourquoi êtes-vous si terrifié ?

Il secoua à nouveau la tête.

— Vous ne savez rien. Et votre ingérence gâche tout. Arrêtez de vous mêler de la vie des gens. Vous ne comprenez pas.

— Aidez-moi à comprendre alors, suggéra-t-elle d'une manière cajoleuse. Sérieusement. Aidez-moi à comprendre. Je ne comprends pas comment vous pouvez continuer à me dire que vous êtes gentil et innocent alors que vous vous êtes introduit sur ma propriété avec une arme, ce qui signifie que vous aviez l'intention de tuer quelqu'un.

Elle savait qu'elle inventait certains termes juridiques, car que savait-elle ? Elle aimait juste regarder les séries policières. Ça ne voulait pas dire qu'elle en comprenait le langage. Mais elle étudia le langage corporel de Steve et hocha la tête.

— Vous êtes terrifié par quelque chose. Je vous suggère fortement de retourner d'où vous venez et de réfléchir à votre position dans tout ça et aux problèmes que vous pourriez avoir en vrai maintenant.

— En vrai ? s'enquit-il d'un air moqueur. Vous avez quoi, 16 ans ?

— Pas du tout. Mais j'avoue que les jours comme aujourd'hui, j'ai l'impression d'avoir 16 ans. C'est agréable. C'est aussi bizarre et gênant. Mais bon, vous devez avoir au moins 58 ans – ou peut-être un ou deux ans de moins, mais pas beaucoup moins. Peut-être que vous étiez le plus jeune amant de Penny. Qui sait ? dit Doreen en haussant les épaules. Je n'ai pas tellement envie de me soucier de votre vie sexuelle.

Il marmonna en secouant à nouveau la tête. Puis, comme il n'avait rien d'autre à dire, Steve, d'habitude très éloquent, tourna les talons et se précipita presque sur le chemin. Doreen le regarda partir et se demanda si elle ne devait pas ajouter quelque chose, comme une réplique percutante.

Mais rien ne lui vint à l'esprit. Ce qu'elle voulait vraiment, c'était lui crier de rester en dehors de tout ça. Mais il était déjà tellement loin qu'il ne l'aurait pas entendue.

Elle remarqua tardivement comment ses animaux s'étaient rassemblés autour d'elle. Goliath s'était levé et s'était assis à côté d'elle, regardant fixement Steve s'éloigner. Mugs n'éclaboussait plus non plus, insouciant dans l'eau. Il se tenait à côté d'elle, les poils de sa nuque tout hérissés. Même Thaddeus avait traversé le ruisseau pour être à proximité.

Elle tendit une main de chaque côté et caressa doucement les deux animaux de compagnie.

— Il est parti pour l'instant, les gars. Espérons qu'il reste à l'écart.

Chapitre 8

Vendredi en milieu de matinée…

DOREEN RETOURNA LENTEMENT chez elle et se demanda si elle devait parler de Steve à Mack. Elle lui avait déjà envoyé un e-mail plus tôt dans la matinée, mais il serait logique de vérifier à nouveau s'il venait manger des côtes de porc ce soir. La seule pensée des côtes de porc au barbecue – enfin, peut-être pas au barbecue puisqu'elle n'en avait pas – ou de toute autre recette de côtes de porc, lui mettait l'eau à la bouche. Sans se poser de questions, elle appuya sur la touche pour appeler Mack et attendit qu'il réponde. Doreen tomba sur son répondeur. Elle se demanda en fronçant les sourcils si cela signifiait qu'il était en réunion ou qu'il était sur une autre affaire.

L'idée qu'il fut sur une autre affaire si tôt la fatiguait à moitié. Mais en même temps, cela suscita son intérêt. Puisque l'affaire de Crystal était potentiellement liée à d'autres affaires, Mack pouvait encore avoir un tas de papiers à remplir, d'entretiens à mener et de détails à régler dans chacune de ces affaires. Il était probablement trop occupé pour répondre au téléphone. Elle raccrocha sans laisser de message. Son téléphone sonna alors qu'elle se dirigeait vers sa petite terrasse. C'était Millicent, la mère de Mack.

— Pourriez-vous venir demain au lieu d'aujourd'hui ? demanda Millicent d'un air inquiet. J'apprécie vos visites, mais j'ai plusieurs rendez-vous médicaux ce matin. Je préférerais rester à la maison, mais je dois y aller.

— Oh, pas de problème, la rassura Doreen en souriant. Je peux venir samedi matin. Ça ne me pose pas de souci.

Mentalement, elle était heureuse d'avoir du temps libre aujourd'hui. Cela lui permettrait de travailler dans sa maison.

À l'intérieur maintenant, elle se contenta de toasts avec du fromage pour son petit déjeuner, puis elle alla dans le salon et fixa les cartons remplis de dossiers. Si elle s'y plongeait, elle ne finirait jamais la cuisine. Elle voulait que celle-ci soit terminée avant que Mack ne soit là pour dîner ce soir. Elle repoussa donc les boîtes de dossiers le long du mur, à côté de la porte d'entrée, afin que Mack ne trébuche pas en entrant, les mains pleines de sacs de courses, lui bloquant la vue du sol.

Puis, une fois l'espace libéré, elle vida tout de la cuisine vers le salon. C'était le seul moyen de tout trier. Elle commença par les placards sous la cuisinière et fit de même avec les autres. Pendant ce temps, Thaddeus était assis sur la rôtissoire à dinde. Il poussa un cri dans sa direction, et Doreen sourit.

— Tu devrais faire attention, dit-elle. Je pourrais avoir des idées si tu t'assieds là-dessus.

Il cria à nouveau, puis battit des ailes et sauta. Elle gloussa et revint avec un autre chargement de plats de cuisson de toutes formes et de toutes tailles. Elle aimerait bien apprendre à cuisiner, mais pour l'instant, la cuisine n'était qu'un grand mystère. De plus, certains de ces plats semblaient avoir de gros trous. Elle ne comprenait pas à quoi ils étaient destinés. Ils ne ressemblaient pas à des moules à muffins ou à beignets. Il était écrit « cake pops » sur le côté. Elle secoua la tête, ne sachant pas ce que c'était, ni pourquoi Nan les possédait. Quand Doreen eut fini de tout déménager, son salon était à nouveau encombré, et elle gémit.

— Nan, c'est ridicule ! Tu as amassé beaucoup trop de choses. Surtout si on considère que tu ne cuisines presque jamais.

Mais, ceci fait, elle nettoya toutes les armoires à l'intérieur et à l'extérieur, les comptoirs, et les fenêtres. Le réfrigérateur était en grande partie vide, donc elle le nettoya également. Le seul élément qu'elle n'avait pas frotté était la cuisinière, car elle était toute neuve. Il lui restait donc à nettoyer le sol et la fenêtre près de la table.

Quand elle eut fini, Doreen sourit à ses animaux, la serpillière toujours à la main.

— Ta-da, s'exclama-t-elle. J'ai fini !

Elle alla ranger ses produits de nettoyage, se rappelant qu'elle avait encore le reste du placard de l'entrée à faire. Elle regarda de nouveau le salon et toutes les conserves et la vaisselle qu'elle devait trier et haussa les épaules. Il valait mieux tout sortir maintenant. Qu'elle en trie le contenu tout de suite ou non, au moins elle aurait enfin vidé toutes les pièces, tous les placards et toutes les armoires. Heureusement, elle avait déjà fait le garde-manger la dernière fois que Scott était là.

Il lui fallut un nombre incroyable de voyages pour vider le placard de l'entrée et poser le tout sur le sol du salon. Elle isola cette pile. Ce placard était profond. Nan l'avait prévenue, mais bon sang de bonsoir !

Un vieil aspirateur se trouvait au fond. Quand elle le sortit, elle trouva un autre aspirateur derrière en piteux état.

Celui-ci ressemblait à une boule avec beaucoup de tuyaux attachés. On aurait dit qu'il sortait d'un film de science-fiction. Enfin, le placard fut vide. Pourtant, en regardant les étagères, elle gémit. On aurait dit qu'elles étaient toutes tachées. Elle retourna à la cuisine et prit ce dont elle avait besoin, puis commença à frotter. Quand elle monta sur un escabeau pour atteindre l'étagère du haut, elle trouva une autre porte de grenier. Elle était déjà montée dans le grenier en passant par la chambre d'amis, donc elle n'avait aucune idée d'où cela menait. Elle regarda de plus près et réalisa que ça menait sous les escaliers.

Elle fronça les sourcils et l'ouvrit en faisant glisser la trappe en bois sur le côté. C'était gênant, car elle se trouvait au-dessus de l'étagère supérieure de ce placard. En essayant de monter plus haut sur l'escabeau, elle réalisa que les étagères sortaient.

— Doreen, tu es une idiote, annonça-t-elle à tous ceux qui voulaient bien l'entendre.

Puis elle fit un pas en arrière jusqu'au sol et retira complètement les étagères, les déposant dans la cuisine pour pouvoir les essuyer plus tard, et déplaça l'escabeau dans le placard avant d'attraper son téléphone pour allumer la lampe torche et vérifier ce qu'il y avait en haut. Elle trouva des boîtes. Des boîtes, et encore des boîtes dans des boîtes. Elle les regarda avec consternation, se demandant ce qu'elles pouvaient bien contenir. Puis, comme s'il avait compris ce qu'elle était en train de faire, son téléphone sonna. Elle éteignit la lampe torche et répondit à l'appel.

— Bonjour, Nan, salua-t-elle.

— Oh, ma chère, dit sa grand-mère. Il est presque midi.

— Je sais, gémit Doreen, mais j'ai décidé de finir ce travail une fois pour toutes.

— Quel travail ? demanda Nan d'un ton guilleret. Tu as trouvé un autre emploi ? Quelle merveilleuse nouvelle !

— Non, dit Doreen. Je nettoie tout ce qui est à l'intérieur de la maison. Je viens de vider tous les placards et de les nettoyer, ainsi que les comptoirs de la cuisine. Je suis en train de faire la dernière partie de la maison, c'est-à-dire le placard de l'entrée. Je l'ai complètement vidé, et je le nettoyais quand j'ai trouvé cette petite trappe au-dessus.

— Ah bon ? s'enquit Nan avec curiosité. Qu'est-ce qu'il y a là-haut ?

Doreen fixa le téléphone.

— Nan, je crois que je suis censée te poser cette question.

— Je ne sais pas, répondit Nan d'une voix irritée. C'est presque comme si tu attendais de moi que je me souvienne de tout ce que j'ai fait dans cette maison au cours des quarante dernières années.

— Désolée. Je suis peut-être un peu fatiguée.

— C'est l'heure d'un autre café, annonça Nan. Vraiment, tu devrais prendre plus soin de toi, ma chère.

— J'essaie. C'est pour ça que je fais ça. Pour que je puisse tout nettoyer et me sentir bien à ce sujet.

— C'est une façon de voir les choses. Mais je pense que tu devrais tout laisser et venir ici pour le déjeuner.

— Le déjeuner ? demanda Doreen avec espoir. Pourquoi le déjeuner ?

— Parce qu'on a fait un tour à la boulangerie et à l'épicerie allemande ce matin. Tu sais, celle qui se trouve à l'angle de Capri et Sutherland ?

— Bien sûr, je connais celle-là. Mais je n'y suis jamais entrée. Je pensais que c'était cher.

— Évidemment que c'est cher, rit Nan avec une voix de

crécelle. Mais ils ont de belles choses. J'ai pris du très bon pain de campagne et acheté de la viande et des fromages. Je suis sur le point de faire une salade et des sandwiches. Je veux que tu viennes partager le festin avec moi.

— J'adorerais, dit Doreen, en jetant un coup d'œil au salon.

— Pas de mais, intervint Nan. Tu pourras continuer tout ça quand tu reviendras.

— Tu as raison.

Puis son estomac gargouilla. Nan rit, ayant apparemment entendu le bruit.

— On dirait que tu as besoin de venir bientôt. Ton estomac est vide.

— Je serai là dans un petit moment, dit Doreen.

Elle raccrocha et étudia à nouveau les boîtes dans le grenier, mais elle ne pouvait même pas les atteindre. Elle aurait besoin d'une échelle. Ou de quelqu'un de grand. Et, évidemment, aussitôt elle pensa à Mack, qui venait ce soir pour cuisiner des côtes de porc. Elle descendit de l'escabeau, regarda tout ce qu'elle avait fait jusqu'à présent et sourit avec satisfaction.

— Je ne vous ai peut-être pas encore tous triés, mais je suis fière.

Concernant la moitié des objets de cuisine, elle aurait besoin de l'aide de Mack pour lui dire ce qu'elle devrait garder. Qui savait quel âge avaient certains articles de cuisine et ce qu'elle allait en faire ? Puis il y avait les conserves... Elle n'avait jamais entendu parler de pommes de terre en conserve avant. Elle retourna dans la cuisine, se lava les mains, puis courut à l'étage, dans la chambre, pour changer ses vêtements sales. Elle redescendit et trouva les animaux qui la regardaient du bas de l'escalier. Elle sourit.

— Vous voulez aller chez Nan ?

Mugs aboya et se dirigea vers la porte d'entrée, mais Doreen les rappela.

— Prenons par le ruisseau. Venez.

Mais d'abord, elle vérifia que l'alarme de la porte d'entrée était toujours enclenchée et verrouilla la porte de derrière. Puis elle se dirigea vers le ruisseau pour rendre visite à Nan. C'était l'un des meilleurs moments de la vie ici.

Raviver cette relation n'avait pas semblé important auparavant, mais c'était à l'époque où elle avait vécu différemment. Ça allait de pair avec la personne vide et creuse qu'elle avait été et qui ne distinguait pas le bien du mal apparemment. Si elle comprenait une chose maintenant, c'était à quel point c'était mal d'avoir ignoré Nan. Et combien il était bon qu'elle soit aussi proche et aimante qu'à présent.

Chapitre 9

Vendredi midi...

LES ANIMAUX CONNAISSAIENT le chemin vers la maison de Nan aussi bien que Doreen. Et apparemment, ils avaient hâte d'y aller, surtout Goliath et Mugs. Doreen avait du mal à les suivre, tout comme Thaddeus. Finalement, il vola devant les autres, mais il faillit se faire écraser. Elle gloussa et se pencha pour lui offrir le dos de sa main. Il sauta dessus sans hésiter.

— Je sais que tu veux marcher avec nous, mon grand, dit-elle, mais parfois c'est plus facile si tu suis le mouvement.

Il roucoula contre sa tête doucement, se jetant presque sur le côté pour s'allonger.

Doreen sourit et le câlina.

— On va aller voir Nan, Thaddeus.

— Thaddeus aime Nan. Thaddeus aime Nan, cancana-t-il et Doreen gloussa de plaisir.

— Je ne t'ai jamais entendu dire ça avant ! J'aimerais bien pouvoir t'enregistrer quand tu parles comme ça, déclara-t-elle avant de l'exhorter. Tu veux bien répéter ?

Mais, bien sûr, Thaddeus n'en fit rien. Au coin de la rue, Mugs et Goliath coururent sur les marches pour saluer Nan, qui les attendait. Doreen sourit quand sa grand-mère s'accroupit pour câliner les deux animaux. Le temps qu'elle arrive aux côtés de la vieille dame, celle-ci riait et s'asseyait sur le bac à fleurs en essayant de donner à chacun une attention égale.

— Ça ne fonctionne pas, tu sais ? dit Doreen avec un petit rire. Peu importe ce que tu leur donnes, ils en veulent toujours plus. Et dès que tu essaies d'être juste, ils ont immédiatement l'impression que ce n'est pas juste. On ne peut pas gagner.

— Peut-être pas, ajouta Nan avec un beau sourire. Mais c'est une merveilleuse façon de perdre.

Elle leur donna à chacun un baiser sur le dessus de la tête et se redressa. Elle serra ensuite Doreen dans ses bras et s'approcha pour accorder son attention à Thaddeus. Ce n'était pas assez pour l'oiseau non plus. Il grimpa sur la main de Nan et remonta son bras pour s'asseoir sur son épaule, où il se blottit dans le creux de son cou. Nan passa un moment les yeux fermés, le tenant contre elle.

— Impossible pour moi de vous oublier, dit-elle. Je crois que je ne me lasserai jamais de ces gars-là.

— Je suis désolée que tu ne puisses pas les avoir avec toi ici, s'excusa Doreen.

— C'est l'une de ces méchantes petites règles, pesta Nan. Et parfois ça ne me dérange pas, mais ensuite ils me manquent tellement. Mais assez parlé de ça. Le déjeuner est prêt.

Doreen haleta en voyant ce que Nan montrait derrière elle.

— Wouah, ça a l'air délicieux.

Il y avait des tranches épaisses de pain moelleux avec une assiette pleine de viande, de cornichons, de fromages, de tomates, et de légumes, comme des concombres, sur le côté.

— C'est un super assortiment, Nan.

— Et je ne voulais pas m'asseoir et le manger seule. Mangeons et prenons une tasse de thé après.

Ce fut donc ce qu'elles firent. Après sa première tranche de pain, Doreen s'émerveilla de la simplicité et de la satisfaction d'un tel repas. Quand elle le dit à Nan, sa grand-mère admit :

— J'avais peur que tu ne veuilles pas venir pour un repas aussi simple.

— Différents pains, différentes viandes, différents fromages ! s'exclama Doreen en riant. Je n'ai jamais mangé tout ça en même temps. Et je suis à court de légumes marinés.

Elle en prit un, le croqua, et secoua la tête suite à l'explosion inhabituelle de saveur.

— Qu'est-ce que c'est ?

— Des cornichons, répondit Nan. Ton mari n'aimait pas les cornichons ?

Doreen secoua la tête.

— Pas de cornichons. Il n'aimait pas le vinaigre. Mais on avait des olives. On avait toujours plusieurs sortes d'olives.

— C'est bien beau, dit Nan en reniflant, mais les cornichons sont moins chers.

— Je n'ai pas acheté d'olives depuis que je suis partie. Mais, si les cornichons sont moins chers, j'envisagerai d'en acheter.

— As-tu trouvé quelque chose d'intéressant en fouillant la cuisine ?

— Toutes sortes de choses *dites* intéressantes, répondit Doreen avec un sourire. Je ne savais pas ce qu'étaient la moitié de ces casseroles et de ces plats de cuisson. Et, en ce moment même, tout est empilé dans le salon.

— Ça doit faire un énorme tas.

— Eh bien, laisse-moi reformuler ça. Tout ce qui vient de la cuisine et du placard de l'entrée se trouve dans le salon, tandis que tout le reste de la maison est dans le garage. Je ne sais pas combien de temps il faudra pour trier ces piles. Je vais commencer par la cuisine et le placard de l'entrée, et peut-être que ce week-end je m'attaquerai à la pile dans le garage.

— Oh, avant que j'oublie, dit Nan en s'illuminant, as-tu trouvé ton prochain cas dans les dossiers de Solomon ?

— Pas vraiment, répondit Doreen lentement, réticente à spéculer si l'arme de Steve était un cas sur lequel elle pouvait travailler. Mais on ne sait jamais.

— Exactement. Je me suis dit qu'il y aurait toutes sortes de choses qui pourraient t'attirer des ennuis.

— Oui, et tu crois qu'il n'y a qu'un seul dossier, renchérit Doreen. Tu n'as pas le droit de parler de tout ça, mais j'ai quatre boîtes pleines de dossiers.

Nan frappa dans ses mains avec plaisir.

— Solomon et moi en avions parlé plus tôt, mais je ne savais pas que c'était si important.

— Il y a beaucoup d'informations, donc il me faudra beaucoup de temps pour les parcourir.

— Mais tu prendras le temps, l'encouragea sa grand-mère. Je sais que tu leur rendras justice.

— Ça ne veut pas dire qu'il y a quelque chose à trouver.

Doreen croqua un morceau de fromage, puis ferma les yeux.

— C'est un très bon gruyère.

— Je me suis souvenu que tu l'aimais, dit Nan avec complaisance. Et bien sûr, c'est cher, mais ça vaut la peine de l'acheter.

À ce moment-là, Doreen prit un deuxième morceau, en

faisant un clin d'œil à Nan. Elles profitèrent de leur déjeuner, et quand elles eurent fini, il ne restait plus grand-chose à part un morceau de jambon pour Mugs et un morceau de fromage pour Goliath, qui le jeta par terre comme si c'était une souris. Pendant ce temps, Thaddeus se servit une rondelle de tomate. Puis, la table étant nettoyée, elles mirent la bouilloire à chauffer.

Alors que Doreen s'asseyait, Nan revint avec une assiette pleine de quelque chose qui avait l'air succulent, recouvert de chocolat et rempli de crème.

— Tu sais quoi ? s'enquit celle-ci en souriant. Je pensais que je n'avais plus faim, mais je crois qu'il me reste un peu de place.

— Ils ont été fraîchement préparés ce matin. Savourons-les.

— Avec plaisir.

Quand elles eurent fini, Doreen était complètement rassasiée et satisfaite.

— Maintenant, je peux rentrer chez moi, m'asseoir au bord du ruisseau, et lire un livre.

— Fais-le, insista Nan. Il n'y a rien d'autre dans ta vie en ce moment. Tu n'as pas à travailler comme une esclave toute la journée à nouveau.

— Non, répondit Doreen avec un soupir. Je veux finir de trier et nettoyer la maison avant de me plonger dans les dossiers de Solomon. Il y a tellement d'informations là-dedans, mais, si j'arrête ce que je fais, je ne finirai jamais le nettoyage de printemps. Et je suis déterminée à finir le tri et ce nettoyage.

Nan secoua la tête.

— Tu es très concentrée, ma chérie. J'ai entendu dire que tu avais aussi trouvé l'arme de quelqu'un.

— Oui, à quelques maisons de chez moi.

Nan hocha la tête.

— À qui était-elle ? demanda-t-elle avec une lueur maline dans le regard.

— Aucun indice, mais j'ai ma petite idée.

À ce moment-là, Nan sortit son stylo et un bloc de papier, attrapa ses lunettes posées sur le côté, puis prit quelques notes.

— Des détails, des détails, exigea-t-elle de Doreen. J'ai besoin de détails, ma chère.

Doreen lui raconta ce qu'elle savait, soit pas grand-chose.

Les lèvres de Nan prirent la forme d'un *O*, et elle s'assit.

— Je sais pourquoi tu veux rentrer chez toi et fouiller dans le dossier de Steve, s'exclama-t-elle. Je pensais que tout cela avait à voir avec Penny.

— J'ai scanné tout le dossier de Penny et l'ai déjà envoyé à Mack. Il s'assurera que celui qui en a besoin l'obtienne.

— Tu l'as lu ?

— Oui. Mais ce n'est pas une lecture agréable. C'était très triste. Penny a eu une enfance terrible, et je pense qu'un jury compatissant la laissera s'en sortir avec une peine légère.

— Mais elle t'a attaquée, s'indigna sa grand-mère. Et elle a tiré sur Hornby.

— C'est vrai. Et elle finira probablement par purger une peine pour ces deux actions, mais je ne pense pas qu'elle sera très lourde. En plus de cela, la plupart des jurés seront très compatissants quant à ce qu'elle a fait pour son frère.

Nan hocha lentement la tête.

— C'est compliqué.

— Je ne peux pas m'empêcher de penser qu'elle aurait dû aller voir la police au sujet de son frère. Elle aurait dû l'aider à sortir de la maison et appeler quelqu'un parce qu'elle était la grande sœur. Elle aurait dû faire plus.

Nan agita son doigt vers elle.

— Je sais que je ne devrais pas être si catégorique, acquiesça Doreen. Je comprends qu'elle était aussi terrifiée que les autres, mais une partie de moi se demande si elle n'a pas fait ça juste pour être sûre que son père se fasse prendre.

— Je n'y avais même pas pensé, dit Nan fronçant les sourcils. La façon dont ton esprit fonctionne, ma chère…

Doreen haussa les épaules en sirotant sa tasse de thé.

— Je ne suis même pas sûre qu'il marche bien. Il *vomit* juste des idées.

— Oh, s'esclaffa sa grand-mère. J'adore parler avec toi. C'est tellement amusant !

Chapitre 10

Vendredi en milieu d'après-midi…

DOREEN RENTRA CHEZ elle en milieu d'après-midi, et elle se sentait agréablement satisfaite. Les travaux de sa maison étaient la dernière chose à laquelle elle pensait, car Nan avait maintenant relancé son intérêt pour le dossier de Steve. Mais elle avait un peu peur que quelqu'un vienne voler le dossier avant qu'elle n'ait eu le temps de le scanner. C'était une raison suffisante pour la presser de terminer son nettoyage. Cela lui permettrait de mettre ces boîtes dans le placard de l'entrée, hors de vue. Elle fronça les sourcils puis se rendit dans la cuisine, mais décida qu'elle avait trop bu et mangé pour boire une autre tasse de thé. Elle attendrait que Mack vienne et prépare du café.

Doreen entra dans le salon et gémit. Il y avait tellement de choses à régler. Elle commença par la vaisselle et se choisit un service de six assiettes assorties parmi la multitude d'assiettes cassées, vieilles et dépareillées. Elle les rangea dans le placard, puis mit les autres sur le côté. Elle avait besoin de plus de cartons. Elle s'occupa ensuite des couverts et choisit un service pour huit personnes. Comment se faisait-il que Nan eût dix sortes de cuillères différentes ? Doreen les regarda d'un air confus et secoua la tête, puis elle les plaça avec les plats bizarres.

Les couverts terminés, elle s'attaqua aux ustensiles de cuisine. Mais elle s'arrêta et se demanda si elle était la bonne personne pour faire ça. Elle n'avait utilisé que des spatules jusqu'à présent. Il y en avait deux : une en métal et une en plastique. Décidant qu'elles étaient toutes deux en bon état, elle les remit dans le tiroir de la cuisine et laissa le reste à Mack pour qu'il l'aide à les trier. Elle ne savait vraiment pas quoi utiliser d'autre. Elle se tourna donc vers les rôtissoires et autres plats, mais n'avait pas la moindre idée de leur utilité. Une fois de plus, toutes les casseroles et les poêles furent laissées à Mack pour qu'il fasse son choix. Il y avait aussi des saladiers – en verre, avec des poignées, et certains avec des marques de mesure sur le côté. Elle secoua la tête et marmonna :

— Heureusement que Mack vient.

Juste à ce moment-là, son téléphone sonna.

— Salut, dit-elle. Je parlais justement de toi.

— De manière positive, j'espère, répondit-il légèrement.

— J'aurai besoin de ton aide quand tu seras là.

— Encore ? demanda-t-il, d'une voix résignée.

— Des trucs faciles. J'ai finalement vidé la cuisine et nettoyé la pièce elle-même de fond en comble, mais j'ai tout le matériel dans le salon, et honnêtement, je ne sais pas ce que sont la plupart de ces choses. Il y a tellement de casseroles, de poêles et de bols différents, et je ne sais pas pourquoi quelqu'un aurait besoin de tous ces trucs.

Il gloussa.

— Je m'en occuperai. Je voulais savoir quand tu souhaitais dîner.

— Un peu plus tard, ça ira. Je viens de rentrer d'un bon

déjeuner avec Nan.

— Bien. J'ai quelques cas supplémentaires sur lesquels je dois travailler. *Quelqu'un* n'arrête pas de jeter de vieux dossiers sur mon bureau, déclara le policier qui appuya sa remarque d'un soupir. Et, avant de pouvoir les clore, nous devons vérifier s'il y a d'autres incidences connexes.

— De rien, dit Doreen joyeusement. Pourquoi ne pas me passer un coup de fil avant de partir ?

— D'accord, acquiesça-t-il avant de raccrocher.

Doreen retourna scruter le reste des conserves et elle haussa les épaules.

— Mack, tu viens de signer pour m'aider à trier tout ce bazar.

Elle retourna à la cuisine pour nettoyer les étagères sales, puis les déposa à côté du placard de l'entrée.

Cela fait, Doreen sourit et alla examiner les dossiers de Solomon. Elle prit le gros dossier sur Steve, sortit sur le porche arrière, dossier en main, et le lut. Le journaliste s'était inquiété que Steve fasse du blanchiment d'argent. Doreen ne comprit pas comment cela pouvait être possible parce qu'il était avocat, mais elle se dit que les avocats pouvaient être véreux. Ils avaient probablement des comptables dans leur poche de toute façon. En tout cas, son mari en avait un.

Cela lui rappela un autre avocat : le frère de Mack. Elle prit un bloc-notes et commença une liste de choses à faire. La cuisine et le salon étaient en tête de liste, tandis que les deux piles dans le garage arrivaient en deuxième et troisième positions. Le placard de l'entrée suivit. Puis elle ajouta le frère de Mack.

Après cela, elle prit des notes sur Steve sur une nouvelle feuille. Le journaliste avait des notes manuscrites résumant la vie de Steve. Tout y était : où et quand il avait obtenu son diplôme d'études secondaires, où et quand il était allé à l'université, où et quand il était entré à l'école de droit, et quand il avait passé son examen du barreau. Elle fut fascinée en le lisant. Tout semblait parfaitement organisé. Elle ne comprenait pas pourquoi le journaliste s'était tant intéressé à Steve.

Quand elle arriva à la partie où Steve avait environ 30 ans, Doreen apprit qu'il s'était associé à une société dénommée Brownwell. Apparemment, il y était devenu davantage un homme de main qu'un avocat d'entreprise. Une remise d'argent en échange de silence. Selon les notes manuscrites de Solomon, Steve payait des gens pour qu'ils arrêtent les poursuites. Elle se demanda si c'était considéré comme un travail juridique normal, puis haussa les épaules. Le monde ne fonctionnait pas de la façon qu'elle attendait.

Quoi qu'il en soit, Doreen était heureuse d'étudier les dossiers. Elle n'avait pas besoin de prendre beaucoup de notes, car le journaliste avait fait un très bon travail. Elle avait l'impression de travailler avec un professionnel. Réticente à se retrouver sans, elle se leva et scanna le résumé. Si le journaliste avait mis les fichiers sur un disque, cela aurait été parfait, mais elle ne savait pas s'il était féru d'informatique pour ce faire. Ou peut-être y avait-il dans les boîtes des disques qu'elle n'avait pas encore découverts. Elle parcourut de nouveau les dossiers de Steve, examinant les notes, les interviews et les contrats. Ces derniers auraient dû fournir d'immenses sommes d'argent, mais étrangement, elles étaient divisées par deux lors de la signature des paiements finaux. Elle parcourut à nouveau les pages de résumé. C'était une lecture fascinante. Mais ce n'était pas très utile pour comprendre si Steve était un escroc ou non, car, en ce qui la concernait, tous les avocats étaient des escrocs.

Certains d'entre eux jouaient à la limite de la loi. Cependant, elle ne pouvait pas détacher ses yeux des pages.

Le temps qu'elle termine de parcourir toute la pile de dossiers concernant Steve, l'après-midi était presque terminée, et le soir approchait à grands pas. Son téléphone sonna, Mack lui annonça qu'il était en route pour chez elle, puis il raccrocha.

Elle jeta un regard noir à son écran.

— Je suis presque sûre que je t'ai dit de me dire quand tu partais.

Mais une brève consultation de son téléphone prouva qu'il l'avait fait, avec un message, et qu'elle l'avait manqué. Elle se leva d'un bond et prépara du café, puis remit soigneusement les dossiers de Steve dans le carton. Puis elle décida de tout scanner d'abord. Ainsi, lorsque Mack franchit la porte d'entrée, elle était toujours en train de travailler sur ce projet, avec plus des deux tiers de la pile à faire.

— Ça fait un sacré tas dans le salon, dit Mack en souriant.

— C'est vrai, en effet, acquiesça Doreen.

Il regarda le dossier qu'elle tenait, et leva les sourcils.

— À qui est ce dossier ?

— À Steve, répondit-elle d'un air sombre.

Mack tendit la main instantanément.

— Je le veux.

— Je sais. Et tu pourras l'avoir après que je l'aurai scanné. La possession vaut titre, et il m'a été donné.

— Dans une affaire criminelle, tu n'as aucun droit, déclara-t-il en secouant la tête.

Quelque chose dans son ton était doux, mais aussi assez vindicatif.

— Verse-nous du café, s'il te plaît.

Il la regarda fixement, et elle haussa les épaules.

— Je suis en train de scanner ce dossier, au cas où quelqu'un essaierait de les voler.

— Dans ce cas, assure-toi de m'envoyer le PDF aussi.

— De rien pour le dossier de Penny, dit Doreen, en essayant de détourner ses pensées de ce qu'elle faisait.

— C'est vrai. J'ai oublié ça. J'aurais dû te remercier.

— En effet. Je ne sais pas si l'entièreté pourra être utilisée, mais je sais que cela aidera la défense. Peut-être que le procureur pourra s'en servir pour ne pas se faire surprendre avec des informations dont il n'a pas connaissance.

— Bonne idée, accorda Mack quand il revint avec deux tasses de café avant de les poser sur la table. Il t'en reste beaucoup ?

— La plupart de ces documents, à partir de maintenant, sont sur le même format de papier, répondit Doreen en remplissant la goulotte et en appuyant sur le bouton Scan. Après ça, je pense qu'il reste une pile de plus. Jetons un coup d'œil à ce qui se trouve dans le salon.

Quand ils arrivèrent dans le salon, Mack resta planté là, le regard fixe.

— Tout ça vient de la cuisine ? demanda-t-il.

— Tout ça. Les armoires ont toutes été nettoyées, elles attendent d'être remplies, répondit Doreen, puis elle sourit. Il y a aussi le garage, que je dois te montrer après.

Trop absorbé par le désordre devant lui, Doreen pensa qu'il n'avait pas compris ce qu'elle venait de dire à propos du garage. Il commença à trier les affaires.

— C'est toujours bon d'avoir des pinces, lui dit Mack, avant de prendre un autre objet avec un long manche. Tu as besoin de ça pour la purée de pommes de terre.

Après ça, il pointa quelque chose du doigt.

— Et ça, c'est une écumoire pour récupérer les légumes cuits à la vapeur.

Puis il continua sa litanie en déplaçant une pile sur le côté et en laissant un tas sur place.

— Voilà, conclut-il. La plupart des autres sont cassés et n'ont aucune valeur.

Doreen pensait que Mack avait fini de commenter, mais il désigna les plats.

— Tu vas te débarrasser de ça ?

Elle hocha la tête.

— Je suis encore à court de cartons.

— Je ne suis pas surpris. Tu as retiré tellement de choses. Il faut presque une usine de boîtes en carton pour tout faire.

Il ajouta les ustensiles aux plats, puis s'attaqua aux saladiers.

— Celui-ci est un verre doseur. Ce n'est pas un saladier, et avec un peu de chance, il devrait y en avoir deux autres.

Il chercha dans la pile, puis repéra quelque chose qui suscita son intérêt.

— Ahah ! s'exclama-t-il et il souleva trois gobelets emboîtables similaires avec des poignées, puis les empila. Tu peux garder cet ensemble.

Il les plaça sur le côté avec les ustensiles qu'elle devait garder. Après ça, il fit le tri dans les vrais saladiers.

— Tu as besoin de cul-de-poule. Ceux en acier inoxydable dureront, mais ceux-là sont assez cabossés et ont l'air d'avoir été raclés.

Puis il trouva des saladiers en verre aux couleurs vives.

— Lesquels préfères-tu ?

— Les colorés, répondit Doreen.

Tel un magicien, il sortit de la pile une série de quatre qui s'emboîtaient les uns dans les autres.

— Tiens. Tu peux garder ceux-là. Oh, et tu devrais garder un des grands saladiers aussi, juste au cas où.

Il en sortit un et le posa sur le côté. Puis il continua son inspection.

— Tu as aussi un set de saladiers en bois. Et un set en verre. Lequel préfères-tu pour tes salades ?

Quand elle réalisa que c'était à ça qu'ils servaient, elle choisit le set en bois. Elle le posa sur le côté, et il ajouta les saladiers qui allaient avec.

Doreen rit de plaisir.

— Je n'y voyais rien là-dedans.

— Pourquoi n'irais-tu pas les ranger, comme ça je trie les plats maintenant ?

Elle se leva d'un bond et plaça ce qu'il avait trié dans les armoires où elle pensait que ça irait bien. Elle revint pour le voir marmonner à lui-même devant les casseroles. Il vérifiait leur état, principalement leur fond, et si elles avaient ou non des couvercles adaptés. Puis il se tourna vers Doreen et lui dit :

— Range celles-là. Elles sont en bon état et solides. Tu as deux bonnes marmites sans couvercle et une énorme marmite qui n'est pas nécessairement faite pour la mise en conserve, mais tu pourrais l'utiliser comme telle.

— À quoi servent ces couvercles troués ?

Mack fronça les sourcils, mais ses lèvres tressaillirent.

— Ne te moque pas, le prévint-elle en pointant un doigt dans sa direction.

— Ce sont des couvercles de boîtes de conserve.

Il s'éclaircit la gorge. Puis d'une voix très douce, il continua :

— Autrefois, on mettait les aliments en conserve. Ils mettaient les aliments dans des boîtes en métal, et ça devenait des « conserves », mais de nos jours, on les met dans des bocaux. Tu peux acheter des bocaux et des couvercles hermétiques, et tu utiliseras une marmite comme celle-ci avec la grille qui convient.

Il tendit le bras et sortit des pinces.

— Ces pinces vont avec. Pourquoi ne pas la garder ? Tu voudras peut-être faire des conserves de fruits ou des purées de fruits frais.

Rien que le fait d'y penser lui mettait l'eau à la bouche. Doreen hocha la tête avec enthousiasme.

Il posa la marmite sur le côté avec toutes les pièces qui allaient avec.

— Les rôtissoires. Tout le monde en a besoin d'une ou deux. Je te sélectionne deux tailles différentes, et tu peux te débarrasser du reste. Elles sont soit déformées, soit pliées.

En plus de l'ensemble à conserves, il y avait autre chose qui l'intriguait.

— C'est quoi ce truc rond ? demanda-t-elle.

— Ça a fait fureur pendant un moment, répondit Mack. On faisait ces sucettes de gâteau et on y insérait un bâton pour que les enfants aient une petite boule de gâteau sur le bâton.

Elle le regarda fixement.

— Personnellement, j'aime que mon gâteau soit fait de six couches et recouvert de glaçage, mais chacun son truc.

Il haussa les épaules, puis les posa sur le côté. Il prit un truc bizarre en plastique rouge vif.

— Ce sont des moules en silicone.

— Comment suis-je censée utiliser ça ? Ça va vaciller et tomber à coup sûr.

— Je n'ai jamais vraiment eu le coup de main. Mais certaines personnes les adorent.

Il haussa à nouveau les épaules, puis attrapa un tas de plaques à biscuits, de moules à muffins et de moules à pain.

— Tu n'utiliseras probablement jamais aucun de ces objets, mais ils sont tous en très bon état, et je ne veux pas te priver du plaisir de cuisiner si tu te retrouves à faire de la pâtisserie.

Doreen apprécia la façon dont il dit ça et elle sourit.

Puis, alors que tout était trié parmi les fournitures de cuisine, elle s'arrêta pour regarder le scanner. Elle sortit la pile terminée, puis lança la nouvelle pile, mais son regard se posa sur une photo de Steve et Penny. La photo était posée sur le dessus de la pile de dossiers qu'elle était censée scanner. Leurs bras étaient enlacés. Doreen prit la photo et la retourna, lisant la note au dos. Et elle fut surprise.

Reste loin de Penny… C'est ma femme, pas la tienne.

Chapitre 11

Vendredi en début de soirée…

— QU'EST-CE QU'IL y a ? demanda Mack derrière elle, en versant une nouvelle tasse de café.

— C'est une note d'avertissement destinée à Steve pour qu'il reste loin de Penny, répondit Doreen en lui tendant la photo.

— Les photocopies vont s'avérer compliquées, si des notes figurent au dos de certains de ces documents.

— Je pensais avoir trié tout ce qui avait des trucs au dos, mais peut-être pas, dit Doreen en fronçant les sourcils, puis vérifia le reste du tas. Oh, c'est le seul qui a été mal placé.

— Intéressant, ajouta Mack en fronçant lui aussi les sourcils et en posant la photo sur la table de la cuisine. Tout ce que ça prouve, c'est que Penny et Steve ont eu une relation.

— Et elle a menti à ce sujet. Et George le savait-il ?

— Aucune idée. Mais comme George se serait suicidé, ça peut être une des nombreuses raisons.

— Je détesterais penser que George était au courant de l'infidélité de sa femme. C'est un sentiment affreux.

— Et tu comprends ça mieux que quiconque. Je suis

désolé.

Doreen acquiesça.

— Mais ça n'a plus d'importance, car cette partie de ma vie est terminée.

Mack tapota le bloc-notes devant elle.

— Oh, s'exclama Doreen en se souvenant de sa liste. Ça me revient. Tu as déjà parlé à ton frère ?

Le policier secoua la tête.

— Nous avons parlé il y a quelques jours ou peut-être la semaine dernière. J'ai été tellement occupé que je n'ai pas eu de nouvelles de lui sur la radiation du barreau de ton avocate pour le divorce.

— Désolée, s'excusa Doreen. Je suis clairement responsable de la charge de travail qui t'attend.

— C'est vrai, dit-il en gloussant. Mais je ne me plains pas. Crystal rentre chez elle ce week-end.

L'esprit trop occupé par Penny et Steve, Doreen mit un moment à se rappeler qui était Crystal. Quand cela lui revint, elle cria et courut à ses côtés.

— Vraiment ?

— Oui, répondit-il en lui souriant. Le projet actuel prévoit qu'elle atterrisse demain matin.

— Bien. Je pensais que ça prendrait beaucoup plus de temps !

— Eh bien, le fait est qu'elle est Canadienne, alors l'ambassade au Mexique l'a aidée à rentrer chez elle immédiatement.

— C'est si tôt.

— En effet. Pendant que tu continues de scanner, allons trier d'autres affaires de la cuisine.

Ils continuèrent avec les conserves. Il gloussa en voyant les pommes de terre, puis les mit de côté.

— Ce que nous allons faire, proposa-t-il, c'est séparer tout ce qui a dépassé la date de péremption. Si la date est inférieure à un an, la banque alimentaire le prendra. Si c'est davantage, c'est pour la poubelle.

La plupart des aliments étaient périmés. Pendant qu'ils s'affairaient, Mack dit :

— On voit souvent ça chez les personnes âgées. Ils oublient qu'ils ont acheté quelque chose, et ils continuent à le racheter.

Il accompagna cette remarque d'un gloussement.

— Cette farine est assez vieille, et certains de ces aliments ont l'air rances. Je suggère que nous prenions des sacs-poubelle et que nous en jetions la majeure partie. Quand tu voudras pâtisser, tu pourras recommencer à zéro et acheter le nécessaire en petites quantités.

Toute cette étape leur prit vingt minutes. Et dès qu'ils mirent tous les déchets dans des sacs, Mack sortit et jeta les sacs dans la poubelle. Il ignora les médias qui le prirent en photo.

— Désolé, dit-il en rentrant. Mais les médias vont penser que nous sommes en couple ou autre.

— Ils n'abandonnent jamais, gémit-elle.

— Ils finiront par partir. Peut-être que tu peux trouver des sacs pour mettre le reste de ces plats et de ces choses. Au moins, ils seront un peu emballés.

— Maintenant, mes placards sont vides, déclara Doreen en s'exécutant.

— Bien sûr, mais tu as ce dont tu as besoin, dit-il en haussant les épaules. Et ce que l'on a jeté n'était pas nécessaire.

— Ça me plaît, conclut-elle en souriant.

Elle se dirigea vers le scanner et déposa le dernier groupe

de pages à photocopier. Puis elle monta la garde à côté des dossiers et regarda Mack pendant qu'il préparait les côtes de porc.

Sans lever les yeux, mais sentant qu'elle le regardait, il demanda :

— Vas-tu laisser Steve tranquille ?

Doreen se figea, et Mack fronça les sourcils avant de se tourner vers elle.

— Je ne voulais pas te contrarier, mais je veux que tu prennes ça au sérieux.

Elle voyait qu'il se préparait à lui faire la leçon, alors, d'une petite voix, elle répondit :

— J'ai oublié.

Le policier plissa le regard, et ses mains, couvertes de jus de viande, faillirent se poser sur ses hanches. Il s'arrêta au dernier moment et se dirigea vers l'évier, comme s'il essayait de garder son sang-froid. Il prit son temps pour se laver les mains avant de se retourner et de s'appuyer contre le meuble. Puis il croisa ses bras sur son torse et, d'une voix très douce, il demanda :

— Qu'est-ce que tu as oublié ?

Elle fronça le nez.

— Je l'ai croisé ce matin.

— Et tu me le dis que maintenant ?

— J'ai essayé de t'appeler, se défendit Doreen. Je te le jure. Mais je suis tombée sur ta boîte vocale, donc tu étais occupé, et je me suis dit que peut-être je t'avais donné plus qu'assez de travail, et que tu ne voulais pas me parler.

Mack leva les sourcils et elle haussa les épaules.

— De plus, il n'y avait pas grand-chose à dire.

— Laisse-moi en juger par moi-même, répliqua Mack. Dis-moi ce qui s'est passé.

Elle relata une partie de l'événement et essaya de le minimiser.

— Et l'as-tu pris comme une menace ?

Elle le regarda fixement, se demandant ce qu'elle devait répondre, puis décida d'être franche.

— Oui, je crois que oui.

— *Tu crois* ?

Elle hocha la tête.

— OK, donc c'était probablement une menace. Mais il ne sait pas ce que je sais. Il ne sait pas que j'ai ces dossiers. Il ne sait rien du tout.

— Mais tu as parlé de l'arme. Il a reconnu que c'était la sienne, c'est exact ?

Elle haussa les épaules.

— Eh bien, il n'a pas dit, « Oui, c'est mon arme » ou « Oui, je l'ai laissée tomber quand j'ai sauté par-dessus la clôture », mais il était choqué que je le sache. Et il n'a pas aimé que je lui dise que vous alliez le poursuivre.

— Tu ne lui as pas vraiment dit ça, n'est-ce pas ?

— Eh bien, je lui ai dit qu'il ferait mieux d'avoir des réponses claires avant que la police ne l'attrape.

— Tu réalises qu'à l'heure qu'il est, il est probablement à l'autre bout du pays ?

— Peut-être pas, dit-elle joyeusement. Honnêtement, je pense qu'il va plutôt rester dans les parages et s'assurer que je ne parle à personne d'autre. En plus, il a l'intention de dire à tout le monde comment j'ai inventé tout ça à propos de Penny.

Chapitre 12

Vendredi soir...

C'ETAIT UNE BONNE façon de terminer une conversation, et ce n'était pas une mauvaise accroche. Mais, pour énerver Mack, Doreen n'aurait probablement pas pu choisir mieux. Il marcha lentement, très lentement, vers elle.

— Qu'est-ce que tu viens de dire ?

Son ton était bas et inquiétant, mais son regard brûlait d'un feu sombre.

Elle essaya de faire marche arrière et de détendre l'atmosphère devenue soudainement électrique.

— Hé, je ne voulais pas le dire de cette façon.

— Il n'y a pas d'autre moyen de le dire, déclara-t-il. Tu penses que tu es en danger à cause de ce type ?

Elle s'enfonça dans une chaise de cuisine et réfléchit sérieusement à la question.

— Je ne pense pas. Même si je ne le vois pas comme un fuyard, je ne suis pas sûre de le voir comme quelqu'un de violent non plus. Je pense que tu as raison dans le sens où c'est un gratte-papier.

— Les gratte-papiers peuvent avoir des profondeurs cachées, rétorqua Mack d'un ton dur. Ne t'avise pas de te fier à cette évaluation stéréotypée. C'est un caïd, et il ne lui faudrait pas grand-chose pour te maîtriser s'il le voulait.

— Avec une arme, il n'aurait même pas besoin de faire ça, si ?

Puis Doreen grimaça en voyant le visage de Mack s'empourprer de rage.

— Écoute. Je ne pense pas être en danger, se hâta-t-elle. J'ai quand même besoin de parcourir son dossier, pour voir si quelque chose là-dedans pourrait particulièrement l'inquiéter.

— Tu as déjà trouvé la photo de Penny et lui.

Elle se contenta de hausser les épaules.

Il n'avait pas l'air rassuré, mais il se remit à cuisiner les côtes de porc.

— Je rate ma leçon de cuisine.

Elle bondit de sa chaise et démarra une vidéo sur son téléphone.

— Tu es censé me dire ce que tu fais, cria-t-elle. Tu n'es pas censé juste cuisiner pour moi. Tu es là pour m'aider à apprendre !

— Pour que cela se produise, dit Mack, retrouvant un peu de sa bonne humeur, il faut être là pour regarder.

— Je regarde maintenant.

Il attrapa quelque chose, et elle le surprit en train de grimacer.

— Comment va ton épaule ? Tu as pris un sacré coup en sortant de la route.

— Je ne suis pas sorti de la route, la corrigea-t-il patiemment. Je sais que c'est comme ça que tu veux le voir, mais j'ai tourné pour éviter ça.

— Bien sûr, mais j'imagine que le coup du lapin était terrible même si tu n'as pas évité un choc direct. Les blessures aux épaules ne sont pas si graves.

— Les blessures à l'épaule ne sont pas si agréables non plus, dit-il avec amertume.

Elle acquiesça.

— Je t'ai vu grimacer.

À ce moment-là, il lui lança un regard noir, alors elle haussa les épaules et se tut. Comme tous les hommes, il détestait qu'on lui désigne les choses qu'il essayait de cacher. Il la guida dans sa recette, qui semblait être de plonger les côtes de porc dans de l'œuf et ensuite dans le parmesan râpé.

Elle huma l'air.

— Ça sent merveilleusement bon, et elles ne sont même pas cuites, dit-elle. Comment ça marche ?

— C'est la richesse des ingrédients.

Rapidement, il plaça les éléments sur une plaque à biscuits puis enfourna le tout. Elle continua à filmer pendant qu'il apportait des légumes, qu'il transforma ensuite en une grande salade.

— J'aime vraiment les salades, murmura-t-elle.

— C'est une bonne chose, vu que c'est probablement ce que tu manges le plus.

— J'en mange beaucoup parce que je les aime.

Quand il eut fini, Doreen annonça :

— Il y a encore des choses dans ce salon, mais il y a quelque chose d'encore plus important pour lequel j'ai besoin de ton aide.

Il lui lança un regard las, mais se lava les mains et dit :

— Allons-y.

Elle se dirigea vers le placard.

— Tu te souviens de ce désordre ?

Il la regarda, hocha la tête, puis siffla.

— Qui aurait cru que c'était un placard si profond ?

— Exactement. Bref, j'ai enlevé les étagères.

À la mention des étagères, Mack attrapa la plus proche.

— Non, dit Doreen. Ce dont j'ai besoin, c'est de ça, expliqua-t-elle en désignant le plafond à l'intérieur du placard.

Les sourcils du policier bondirent.

— Mais on se trouve sous les escaliers ici.

— Je sais, mais les boîtes sont là-haut, et j'en ai besoin ici.

— Sais-tu ce qu'il y a à l'intérieur ?

— Non, répondit-elle. Je ne suis pas assez grande, même avec un escabeau, pour les atteindre.

Sur ce, il prit une chaise de cuisine, la posa dans le placard, et grimpa.

— On dirait qu'il y a cinq ou six boîtes.

Il s'approcha du bord et descendit avec précaution. C'était un processus de récupération délicat, et il lui fallut six voyages.

— C'est une petite cachette intéressante, dit-il après coup. Mais c'est assez difficile d'accès.

— Impossible pour moi.

— Ce qui signifie aussi impossible pour ta grand-mère, ajouta-t-il en haussant les sourcils.

Ils fixèrent les cartons. Ils étaient couverts de poussière, mais semblaient en bon état, sans trous de souris ni excréments autour, mais qui savait ce qu'ils contenaient ? Ils étaient tellement couverts de poussière que Doreen prit l'aspirateur, le brancha et aspira le dessus et les côtés.

— Pourrais-tu remettre les étagères en place ? demanda-t-elle après avoir terminé.

Pendant qu'il faisait cela, elle rangea son aspirateur. Puis, comme si elle se rendait compte de quelque chose, Mack regarda le reste des affaires sur le sol du salon, en dehors des boîtes et des affaires de cuisine, et demanda :

— Est-ce que tout ça vient de ce placard ?

Elle lui lança un regard narquois.

— En effet. Et je n'en ai encore rien trié.

Il secoua la tête.

— Wouah. Mais ouvrons d'abord les cartons pour voir ce qu'il y a dedans.

Elle se dirigea vers le premier, l'ouvrit et le regarda. Du papier blanc recouvrait les objets contenus dans la boîte. Elle sortit ce qui semblait être de très vieilles assiettes et soucoupes en porcelaine.

— De la vaisselle, annonça Doreen.

— Je me demande de qui elle vient, dit Mack en fouillant lui aussi dans la boîte. Dommage que ce papier d'emballage ne soit pas du papier journal, on pourrait avoir une date.

— Je sais. Je ne suis pas sûre que toutes ces boîtes contiennent de la vaisselle, mais une fois que j'aurai ouvert chacune d'elles, je prendrai des photos et je verrai ce que ça vaut.

Mack ricana.

— Tu pourrais avoir un joli service à vaisselle ici.

— Je pourrais.

C'est alors qu'elle aperçut un morceau de papier journal au fond. Elle sortit les éléments pour pouvoir déballer une autre tasse du même ensemble. Ils l'ignorèrent et étalèrent le journal sur le sol.

— C'est écrit 1896, dit Mack en sifflant. Je ne savais même pas qu'ils avaient du papier journal à l'époque.

— Bien sûr que si. Mais cela nous aide à cerner la date potentielle à laquelle elles ont été emballées.

Elle regarda les boîtes.

— Il n'y a aucune marque d'identification sur aucune d'entre elles, et les boîtes en carton existaient-elles à l'époque ?

Il sortit son téléphone et fit une recherche rapide.

— Crois-le ou non, le carton ondulé a été inventé en 1895, un an plus tôt. Wouah. Je ne le savais pas.

Doreen alla à la cuisine, prit une serviette en papier, remballa la tasse qui se trouvait dans le papier journal et replaça le tout dans la boîte. Puis elle se dirigea vers la boîte suivante. Elle contenait de la vaisselle supplémentaire. Cette fois, c'était une assiette qui était emballée dans le papier journal, qui datait de la même année. Elle secoua la tête. Cela ressemblait à la vaisselle du dimanche de quelqu'un.

Elle ouvrit la troisième boîte, et fut surprise de trouver du linge de maison soigneusement emballé dans une matière souple. Elle le sortit et siffla.

— Wouah, c'est magnifique.

— Eh bien, on dirait du lin. Des taies d'oreiller et des draps, dit Mack après s'être assis.

Elle hocha la tête.

— Mais ils sont magnifiquement brodés à la main.

Elle examina tout, puis sourit.

— Tu sais quoi ? Je me demande si ce n'était pas le contenu d'un trousseau. Peut-être que quelqu'un a eu besoin du coffre en lui-même et a tout remballé dans des cartons, expliqua Doreen.

Puis elle réfléchit un instant avant de reprendre :

— Nous sommes-nous débarrassés d'un coffre ?

— Il y en avait un avec un sommet arrondi et un autre avec un sommet plat dans le sous-sol.

Elle acquiesça.

— Je vais devoir poser la question à Scott à ce sujet. Je me demande si l'un d'eux date de cette période.

— Pas nécessairement. Ils ont pu être remballés plusieurs fois, ajouta Mack avant de demander, qu'est-ce que tu entends par un trousseau ?

Doreen lui adressa un sourire radieux.

— Dans le temps, il n'y a peut-être même pas si longtemps, c'était une tradition. Les jeunes filles rassemblaient tout ce dont elles auraient besoin pour leur mariage, et tout était conservé dans un grand coffre. Habituellement, ils étaient conservés au pied de leur lit et étaient appelés trousseaux. Ils comprenaient des nappes brodées à la main, du linge de lit et de la vaisselle – des choses comme ça – de sorte que, lorsqu'elles passaient de la maison de leurs parents à celle de leur mari, elles avaient le nécessaire.

Le policier hocha la tête pensivement.

— Ça me paraît cohérent. Il y a de la vaisselle et du linge de maison là-dedans.

— Avec ça, il devrait y avoir des couverts et tout ce qu'elle aurait pu vouloir ou garder de spécial.

Ils ouvrirent la quatrième boîte et, bien sûr, ils trouvèrent des couverts et un peu plus de vaisselle. Cette fois, il y avait des plats de service et les ustensiles qui allaient avec. Quand ils arrivèrent à la cinquième boîte, Doreen ne put s'empêcher de pousser un cri.

— Ce sont des nuisettes cousues à la main !

Doreen en souleva une et la montra à Mack. Elle était longue et faite de l'étoffe la plus douce qu'elle ait jamais tenue ; elle était simple, modeste et complètement innocente.

— Peux-tu imaginer la jeune femme qui les fabrique ? s'enquit Doreen avec un sourire.

— Oui. Bien sûr, le mari va lui arracher ça dès la première nuit.

Doreen le poignarda du regard et il gloussa.

— Ne gâchons pas ce moment, d'accord ?

Son gloussement se transforma en un rire franc et fort. Elle l'ignora et passa en revue les autres vêtements. En effet, il n'y avait que des sous-vêtements – des chemises de nuit aux jupons, en passant par les jarretières et les bas.

— C'est un aperçu fascinant de la vie de quelqu'un, chuchota Doreen.

— As-tu pensé au fait que tout est entreposé dans ces cartons et que cette femme ne s'est peut-être jamais mariée ?

— Ce serait triste, non ? s'attrista Doreen en s'affaissant.

— Quelle autre explication serait raisonnable ?

— Je ne sais pas, mais ce serait fascinant de le découvrir.

— Eh bien, voilà. Un autre mystère pour te tenir occupée pendant un moment.

— Tu veux dire, me tenir occupée et hors de tes affaires pour un moment. C'est ce que tu espères.

Son rictus apparut lentement, mais il était sur le point de fendre son visage. Il l'accompagna d'un rire.

— C'est trop demander ?

— Non, répondit Doreen en tirant la sixième boîte. Je me demande ce qu'il y a dans celle-là.

Quand elle l'ouvrit, elle y trouva plein de lettres. Elle souleva une liasse attachée avec un ruban rouge.

— Oh, dit-elle. Qu'est-ce que c'est ?

— Je soupçonne qu'il s'agit de la correspondance avec l'éventuel mari, et que soit ça ne s'est pas fait parce qu'il a trouvé quelqu'un d'autre, soit il est décédé.

Doreen ouvrit la première et sourit.

— C'est clairement une lettre d'amour d'une Nadia pour un Tom, déclara-t-elle en secouant la tête. Mais il n'y a pas de noms de famille.

— Il y a des enveloppes là-dedans ? interrogea Mack.

Doreen regarda dans le carton et répondit :

— Je suis sûre qu'il y en a, mais la boîte est littéralement remplie de paperasse.

— Cela pourrait être tout ce dont tu as besoin pour éclaircir ton mystère.

— Je me demande si Nan sait quelque chose à ce sujet.

— Bonne question. Ça faisait peut-être partie d'un lot de boîtes qu'elle a achetées.

— Mais pourquoi l'entreposer là-haut ? demanda Doreen pensivement.

— C'est à toi de régler ça, dit-il en se levant. En ce qui me concerne, c'est l'heure du dîner.

Elle leva les yeux vers lui.

— Déjà ?

— Déjà. Les côtes de porc ne prennent pas beaucoup de temps, surtout si elles sont cuites au four. Celles-ci n'étaient pas trop épaisses non plus.

Elle le suivit en démarrant une nouvelle vidéo. Bien sûr, les côtes de porc étaient dorées et croustillantes.

— Oh mon Dieu ! s'exclama Doreen. Elles ont l'air divines.

— Espérons que le goût y soit.

Il s'arrêta et regarda d'abord la table de la cuisine, puis dehors.

— Où veux-tu manger ?

— Dehors, s'il te plaît, dit Doreen en se précipitant vers la porte de la cuisine avant de la pousser.

Puis elle mit la table à l'extérieur pendant qu'il servait. Elle regarda la salade et les côtes de porc.

— On dirait que ce n'est pas assez pour toi.

— Je n'ai pas cuisiné de féculents, dit-il en haussant les épaules. Mais, on a mangé pas mal de pizzas au déjeuner avec les gars. Beaucoup de pizzas, donc ça me va de manger de la nourriture de lapin pour le dîner.

Doreen gloussa en entendant cette phrase.

— Je mange régulièrement de la nourriture pour lapins. Ça ne m'a pas encore fait de mal.

— Non, et ça ne t'a pas ralenti non plus, répliqua Mack avec un soupir. Ce serait bien si c'était le cas ?

— Hé, tu es reconnaissant pour tout ce que je fais, rétorqua-t-elle. Même si je suis probablement une casse-pieds, et que tu dois remplir des quantités infinies de paperasse à cause de moi.

— Oui, mais je ne l'admettrai pas.

— C'est bon. Je connais la vérité.

Le policier leva les yeux au ciel.

— Alors, qu'est-ce qu'on va faire pour Steve ? demanda Doreen.

Mack la regarda fixement, puis pointa du doigt le salon.

— C'est ton affaire classée. Ça n'a rien à voir avec mes affaires.

Elle acquiesça.

— Tu devrais interroger Penny sur sa relation avec Steve. Même si je pense simplement que ce dernier en voulait plus, mais son cœur à elle était dévoué à George. Celui-ci n'était probablement pas impressionné par les rapprochements de Steve.

— D'où la note derrière la photo. Tu m'en as fait une copie au fait ?

— Je le ferai, dit Doreen. Je t'envoie aussi tout ce qu'il y a dans le dossier de Steve.

— Bien, mais ce n'est pas parce qu'il a perdu une arme

dans le jardin de quelqu'un qu'il a commis un crime.

— Il est entré sur ma propriété avec une arme à la main, manifestement dans l'intention de faire quelque chose de criminel, fit-elle valoir.

— Et pourtant, tu ne l'as pas signalé à la police, répliqua Mack, en plissant les yeux.

— Mais si, déclara Doreen en faisant de même. Je te l'ai dit.

Chapitre 13

Vendredi en fin de soirée...

APRES LE DINER, Doreen et Mack firent le ménage. Puis elle récupéra tous les papiers du scanner et les mit dans le dossier.

— J'ai fait le dîner, tu fais le café ? proposa-t-il en prenant le dossier dans sa main.

Elle haussa les sourcils, réfléchissant à sa question avant de parler.

— Ça me paraît équitable.

Elle mit du café à couler tout en regardant Mack s'asseoir dehors et parcourir le dossier. Il semblait décidé à lire le résumé du journaliste en premier. Peut-être qu'il comprendrait mieux les choses de l'entreprise qui y était mentionnées. Mais peut-être pas. Elle se concentra sur le café.

Quand elle arriva à côté de lui, Mack lisait attentivement une autre série de résumés qu'elle n'avait pas vus.

— Où as-tu trouvé ça ?

— Dans le dossier, répondit-il, occupé à lire.

Doreen attendit, mais comprit que ça ne servait à rien. Elle pourrait aussi bien faire la vaisselle. Non seulement il avait cuisiné et lui avait expliqué la recette, mais en plus il l'avait fait plusieurs fois. Elle fit donc la vaisselle et, quand le café fut prêt, elle apporta deux tasses à l'extérieur. Il était toujours occupé. Maintenant, elle se demandait ce qu'elle avait manqué.

Quand il eut fini, il la fixa d'un regard qu'elle ne reconnut pas.

Elle fronça les sourcils en le regardant.

— Qu'est-ce qu'il y a ?

— Steve a travaillé pour les Devil Riders, dit Mack, d'une voix dure. Et c'est une très mauvaise nouvelle.

— Le gang des motards ? J'ai entendu dire qu'ils représentaient un groupe important dans cette ville.

— Ils sont partout, répliqua-t-il. C'était une chose de travailler légalement, mais c'en était une autre de travailler avec l'autre côté. Il semble que Steve, dans son travail juridique, ne traite qu'avec eux, presque exclusivement. Du moins d'après les notes.

— Je n'avais pas vu ça, se plaignit Doreen.

— Tu étais tellement occupée à en faire une copie et à avoir peur que je la vole, dit-il en esquissant un sourire, que tu n'as pas eu le temps de la lire.

— C'est vrai. Alors qu'est-ce que ça veut dire ?

— Cela pourrait signifier que Steve va disparaître – volontairement ou non – ou, s'il a peur que quelque chose comme ce dossier soit dévoilé, et qu'il reste dans les parages, il sera confronté à de plus gros problèmes.

— C'est un truc de mafieux ? Est-ce que le gang va le tabasser si cette information sort ?

— Oui, répondit Mack. Même s'ils ont essayé de légitimer le gang, il y a toujours une ramification où ils se croient au-dessus de la loi et peuvent faire ce qu'ils veulent.

— Ils sont toujours dans la drogue, le trafic sexuel, la prostitution, et toutes ces choses désagréables ?

Il la dévisagea.

— Tu parles des pires choses possibles.

— J'ai fait beaucoup de recherches sur ces vieilles affaires récemment. Bien sûr, j'ai trouvé toutes sortes d'informations fascinantes. Je savais aussi que ce gang de motards était une composante de la ville, mais je n'avais jamais imaginé à quel point ils étaient mauvais.

— Je ne suis pas sûr que ce soit un mauvais gang dans ce sens, mais Steve travaille avec eux depuis longtemps. Il se peut qu'ils ne soient même pas impliqués actuellement dans ce qui nous préoccupe, mais Steve peut connaître quelque chose de leur passé. Et, s'il a peur que tu fasses tout foirer, c'est un problème.

Doreen frissonna.

— Le fait qu'il soit leur avocat ne veut pas dire qu'il fait quelque chose d'illégal, non ?

— Non, pas du tout, mais, selon l'ampleur des recherches, le journaliste pourrait très bien avoir découvert des activités illégales. Selon son résumé, il a suggéré que le gang blanchissait de l'argent par le biais de leurs sociétés, tout en achetant et en vendant des propriétés dans toute la province.

— Et donc il a utilisé la société pour faciliter cela ?

— Oui.

— Et vraisemblablement, ajouta Doreen, ils blanchissent leur propre argent sale provenant de la drogue et de la prostitution ?

— Exactement.

Il lui tendit le résumé qu'elle n'avait pas encore lu.

Elle le remercia d'un signe de tête et parcourut le résumé, puis remit les pages à l'intérieur, ferma le dossier et le poussa vers le policier.

— Alors coincez-le, dit-elle calmement. Et de rien.

Il la regarda fixement.

— Ce n'est pas si facile.

— Je sais. Tu vas me dire que ça dépend d'un tout autre service de la GRC, c'est ça ?

Les lèvres de Mack tressaillirent.

— Nous travaillons tous ensemble. Mais, oui, il y a des divisions spécialisées dans le crime.

— Alors ne gère pas cette affaire tout seul, proposa-t-elle. Au lieu de cela, confie-le aux bonnes personnes.

— J'aimerais bien, sauf que maintenant tu menaces Steve avec la police, et Steve connaît beaucoup de membres de gangs qu'il peut appeler pour te menacer en retour.

Doreen le dévisagea. Alors qu'elle s'affaissait lentement sur sa chaise, elle dit :

— Oh. Il y a des chances que le journaliste ait découvert toutes sortes de foutaises, n'est-ce pas ?

— Oui, mais si Solomon avait des preuves réelles d'un crime, il les aurait remises à la police.

— À moins qu'il n'ait eu l'intention d'écrire un livre et de le faire de cette façon ?

— Non, il l'aurait quand même donné à la police.

Elle n'apprécia pas la pensée qui lui vint à l'esprit. Elle ouvrit la bouche, puis la referma.

Mack la regarda avec curiosité.

— Ce n'est pas ton genre de ne pas divulguer tes théories, dit-il. D'accord, tu n'es pas aussi libre de partager des faits avec moi.

À ce moment-là, Thaddeus sauta sur la table, s'approcha et picora le dossier.

— Laisse ça tranquille, pesta Doreen vers l'oiseau. Il y a

plein de vilaines choses là-dedans, et si tu l'ouvres…

— C'est exactement pour ça que j'essaie de te mettre en garde, dit Mack. Si nous poursuivons notre enquête de cette manière, cela pourrait nous amener à penser que c'est toi qui avais le dossier.

— Ce qui ferait de moi une cible.

— Qu'allais-tu dire ? demanda-t-il après l'avoir fixée un long moment.

Elle secoua la tête.

— J'ai oublié. Je suis presque sûre que c'est à propos de Steve. Et d'être consciente qu'il pourrait être dangereux.

Mack se leva brusquement et posa le dossier sur le comptoir de la cuisine.

— Je veux regarder le reste de ces dossiers.

Doreen courut derrière lui.

— Tu pourrais demander d'abord.

Il lui lança un regard noir, et elle leva les mains en signe de soumission.

— Je ne t'ai jamais rien caché.

À ce moment-là, il tourna sur ses talons et dit :

— Comment ?

Elle leva ses mains plus haut.

— Bon, d'accord. Je ne te cache rien depuis très longtemps.

Il leva les yeux au ciel et tira un des fauteuils.

— Pourquoi ne pas poser les dossiers de façon à ce que tous les noms sur les étiquettes soient visibles, et ensuite les prendre en photo ? demanda Doreen.

— C'est une excellente idée, acquiesça Mack en hochant la tête.

Ce fut donc ce qu'ils firent. Ils sortirent tous les dossiers d'une boîte, puis les disposèrent de manière à voir tous les noms, sans rien d'autre pour les distraire, et prirent plusieurs photos.

— J'ai presque envie de passer tout cela au scanner pour que nous l'ayons aussi au format numérique, proposa Mack.

— Je pourrais le faire, mais ça me prendra un jour ou deux, si ce n'est plus.

— Je sais, et je déteste te le demander parce que j'ai peur que quelqu'un entre chez toi et te les vole maintenant. Mais je pense que tu seras plus rapide à faire ça seule que si je passe par les procédures au travail.

— Je sais, dit Doreen. Je suis peut-être assise sur une mine d'or ou une bombe susceptible de m'exploser au visage.

— Peut-être que je devrais parler au journaliste moi-même.

— Tu pourrais essayer, mais il est dans un hospice. Il a demandé à son petit-neveu de m'apporter tout ça pour que ça ne fasse pas partie de la succession. Et je ne sais pas si les autres membres de la famille savent que le petit-neveu a fait ça.

— Intéressant. C'est logique de le faire maintenant avant qu'il ne meure. Et puis nous pourrions découvrir plus tard que quelqu'un a attendu que Solomon meure pour mettre la main dessus. Je vais voir, si j'ai le temps, j'y passerais. Ce n'est pas un crime de remettre ces documents et il est peu probable qu'il transmette des informations vitales qui ne sont pas dans le dossier étant donné sa santé.

— Dans ce cas, dit Doreen, je pense que je vais commencer à scanner.

Pendant que Mack remettait tous les dossiers dans la première boîte, Doreen étala tous les dossiers de la deuxième boîte.

— Posons tous les noms pour avoir des photos de ce qui

était ici.

Plus tard, Doreen gémit lorsque les photos des fichiers de la deuxième boîte furent enfin terminées.

— Rien que ça, ça prend du temps, dit-elle.

— Continuons, déclara-t-il avant de faire une pause. Pourquoi je ne finirais pas de prendre des photos des fichiers de ces deux derniers cartons ? Pour l'instant, pendant que tu passes tout ça au scanner, tu veux que je jette un œil à la pile de trucs dans le garage ?

Doreen acquiesça.

— J'avais complètement oublié ça. Il y a encore des tonnes de choses.

Elle installa un autre dossier, dont tous les papiers étaient heureusement de taille normale, sur le plateau de numérisation, et appuya sur le bouton avant de se diriger vers le garage avec lui. Il siffla quand il vit le monticule au milieu.

— Tu sais quoi ? Je savais que tu t'en occupais, dit-il, mais je n'avais pas réalisé l'ampleur du travail que ça allait représenter. Il y a beaucoup de déchets.

— Je suis d'accord, mais je ne sais pas comment je vais me débarrasser de tout ça. Ça représente beaucoup d'ordures chaque semaine.

Mack déplaça quelques affaires.

— On peut en recycler une partie. Le reste, on peut probablement le donner à des œuvres de charité. Mais les vieilles bouteilles de shampoing ouvertes ? Poubelle.

— Exactement. Et encore, je ne sais même pas ce que je peux recycler.

— Veux-tu garder quoi que ce soit là-dedans ?

Elle secoua la tête.

— Peut-être que tu vois des choses que tu penses être précieuses ou utilisables et que je ne vois pas.

— Nous pouvons commencer par séparer ce qui est à recycler et ce qui est à jeter. Ensuite, nous pourrons évaluer à nouveau.

Mack attrapa plusieurs sacs et commença à jeter les vieilles bouteilles de shampoing. Doreen sourit et retourna à l'intérieur pour préparer la prochaine pile de dossiers à numériser. Allers-retours, allers-retours – le temps qu'ils fassent une pause, il était déjà 20 heures.

— Je suis surpris qu'il ne soit pas en train de fumer, lança Mack en regardant le scanner.

— Ne dis pas ça, gémit Doreen. Je n'ai pas l'argent pour le remplacer.

— Tu as travaillé chez ma mère aujourd'hui ? demanda Mack. Tu y vas normalement le vendredi, n'est-ce pas ?

— Normalement, oui. Mais ta mère avait des rendez-vous et m'a demandé de venir demain. Et j'étais trop fatiguée pour faire quoi que ce soit aujourd'hui à part ce nettoyage de printemps.

— Ce n'est pas grave. Je ne savais pas si je te devais du jardinage ou pas.

Doreen fronça le nez.

— Non, mais je le ferai demain matin.

— Je vais là-bas pour jardiner aussi, donc, si tu veux, on peut s'y retrouver en même temps, et je te paierai à la fin.

— Parfait, dit-elle, à nouveau joyeuse. Ou je ferai le jardinage gratuitement si tu m'aides à me débarrasser de toutes ces ordures.

— On verra.

Quand Doreen revint après avoir examiné le deuxième carton, elle vit que presque tout était posé contre la porte du garage.

— Alors, ce n'étaient que des ordures ?

— Je dirais que oui, répondit Mack, puis il désigna une deuxième pile tout aussi grande. On pourrait faire un tour des organismes de charité avec ceux-là.

— Où ?

— Il y en a un gros sur Springfield. En dehors de ça, d'autres endroits se font de l'argent avec les dons également.

Doreen sourit.

— Je peux probablement faire rentrer tout ce qui est ici dans ma voiture. Si je savais où aller, je pourrais tout déposer.

— Je suggère Rutland. Tu te gares, tu ouvres ton véhicule, et ils le déchargent pour toi. Tu ne reçois pas d'argent, mais tu te débarrasses de tout ce que tu emmènes.

Elle s'esclaffa.

— Tu sais quoi ? J'aime vraiment cette idée.

Ils ouvrirent donc la porte du garage et chargèrent sa voiture. Doreen sourit quand tout fut à l'intérieur.

— Je me demande si l'un de ces conteneurs en plastique dans notre tas d'ordures pourrait leur être destiné. Si c'est le cas, je pense qu'on pourrait se débarrasser d'un tas d'autres de ces trucs.

Ils réduisirent la pile d'ordures d'un autre tiers. Alors que sa voiture était complètement remplie et qu'il ne restait que quelques sacs-poubelle, Mack dit :

— Tes ordures sont ramassées le lundi. Si tu remplis à nouveau les poubelles après le ramassage, tu pourras te débarrasser de tout ça.

Doreen sourit encore et attrapa plusieurs sacs. Ensemble, ils remplirent sa poubelle jusqu'à ce que le couvercle ne puisse plus être fermé. Il ne restait plus qu'un seul sac.

— C'était assez facile.

— Oui. Je vais emporter le dernier sac chez moi, dit

Mack en le ramassant avant de le jeter devant le garage. Ma poubelle est vide.

— J'ai aussi des déchets dans la cuisine. Je vais peut-être te donner deux sacs de plus, si ça ne te dérange pas.

Mack se retrouva avec trois sacs supplémentaires, ce qui permettrait à Doreen de se débarrasser de ses ordures d'ici lundi. Il avait également chargé plusieurs cartons remplis de déchets dans la benne de son pick-up.

— Je vais les emmener à la déchèterie. Quand tu seras sûre de vouloir te débarrasser du lit d'appoint, j'y ferai un autre tour. Tu me diras quand le moment sera venu.

Fatiguée, mais euphorique, elle sourit et ouvrit grand ses bras.

— Merci. Je n'arrive pas à croire qu'on ait réussi à faire ça !

— Je n'arrive pas à y croire non plus, admit Mack. Tu n'as plus que le sol de ton salon à gérer maintenant.

Doreen gémit.

— Et le contenu du placard. D'accord. Mais c'est seulement le placard. Ma maison a été vidée, mis à part quelques meubles.

— À peine. On va peut-être devoir te trouver des meubles d'occasion.

— Peut-être, mais je ne sais pas non plus où aller pour ça.

— Il y a des magasins de meubles d'occasion dans le coin, dit Mack. Je ne pense pas que ce sera un problème une fois que tu auras décidé ce que tu veux. Mais vis avec ce que tu as pendant un moment et vois ce que tu en penses. Tu veux peut-être faire quelques travaux dans la maison avant de la remplir de meubles. Même la peindre donnerait à l'ensemble un aspect différent.

— Tu as raison, acquiesça Doreen.

Sur ce, Mack partit. Elle retourna à l'intérieur, sachant qu'elle avait scanné la moitié des papiers, mais qu'une autre moitié l'attendait. Elle avait aussi une voiture chargée d'affaires dont elle devait se débarrasser, le jardinage chez Millicent le lendemain, et les affaires du placard de l'entrée à trier. Elle ne savait pas comment sa journée avait pu s'écouler si vite, mais c'était le cas.

Elle régla les alarmes, plaça une chaise de la cuisine sous la porte du garage pour empêcher quiconque d'entrer chez elle, et alla se coucher. Cela avait été une autre bonne journée de travail. Mais elle était épuisée.

Chapitre 14

Samedi matin…

DOREEN SE REVEILLA le lendemain matin à nouveau endolorie et fatiguée, mais presque euphorique cette fois-ci devant la quantité de travail qu'elle avait accompli. Elle avait aussi un nouveau mystère sur lequel travailler. En descendant les escaliers, elle se rappela qu'elle n'avait pas demandé à Nan ce qu'il en était des boîtes du grenier au-dessus du placard de l'entrée, et qu'elle devait encore examiner le reste du contenu du placard. Mais il était également 8 heures passées, et elle voulait terminer le jardinage de Millicent.

Elle sortit dans son garage et sourit.

— Wouah, s'exclama-t-elle. Regardez ça. C'est stupéfiant !

Doreen voulait ouvrir la porte du garage pour que le monde entier puisse le voir, mais désirait-elle vraiment que les médias le photographient ? De plus, elle avait son petit déjeuner à préparer, et ensuite le jardinage de la mère de Mack parce qu'elle avait besoin d'argent pour payer ses factures. Son compte en banque en avait pris un coup maintenant qu'elle en avait payé un tas. Mais elle avait déposé l'argent pour les pièces de voiture vendues, donc les choses allaient encore bien.

Elle se prépara une omelette, et rit presque tellement ce fut facile, avant de se souvenir de la côte de porc restante de la veille. Elle se demanda si elle pouvait justifier de la manger maintenant, mais décida qu'il valait mieux la garder pour le déjeuner pour l'accompagner d'une salade ou autre. Assise face à son assiette et les animaux devant leurs gamelles, Doreen ouvrit son ordinateur portable et naviqua sur Internet pendant quelques minutes, à la recherche de gros titres.

Incapable de s'en empêcher, elle chercha sur Google le gang de motards nommé Devil Riders qui s'était installé à Kelowna. En dehors du fait qu'ils semblaient posséder une tonne de propriétés du côté de Know Mountain, elle ne trouva pas grand-chose sur eux. Du moins pas dans les dix ou quinze dernières années. Et ça lui convenait.

Ensuite, elle tapa le nom de Steve Albright, toujours en référence au gang de motards des Devil Riders, car ce serait intéressant d'en savoir plus. Elle voulait quand même parcourir le reste des dossiers que Solomon lui avait laissés. Et elle n'avait même pas encore commencé à scanner les deux dernières boîtes. Refusant de partir chez Millicent tant qu'elle n'avait pas au moins terminé une partie du travail, elle ouvrit le troisième carton et découvrit qu'il s'agissait de dossiers assez fins. Elle se fixa un délai de trente minutes et travailla sans relâche. Lorsque ce temps fut écoulé, il ne lui restait que quatre dossiers un peu plus épais. Elle les termina en un quart d'heure.

Doreen devait encore renommer tous ces fichiers scannés, mais c'était un autre problème. Cela nécessiterait une heure de plus, qu'elle n'avait pas le luxe d'utiliser à cette fin pour le moment. Elle prit les trois boîtes déjà scannées et les déplaça dans l'alcôve du bureau, où se trouvait le scanner. Elle empila la quatrième boîte qui restait à faire sur le dessus. Puis elle ouvrit le couvercle et réalisa que ces dossiers étaient beaucoup plus épais et prendraient plus de temps. Peut-être demain. Ou peut-être même à son retour cet après-midi. Elle ferma sa maison, régla les alarmes, appela les animaux et se dirigea chez Millicent.

En entrant dans la cour depuis la porte latérale, elle interrompit Mack et sa mère qui étaient assis sur le porche.

— Désolée, s'excusa Doreen en leur faisant signe. Je déteste vous déranger. Je voulais juste me mettre au travail tôt ce matin.

Millicent était ravie. Elle prit son thé et se dirigea au bord du porche.

— Alors dites-moi. En quoi consiste votre nouvelle affaire ?

Elle entendit Mack gémir à côté de sa mère, ce qui fit sourire Doreen.

— Eh bien, nous avons trouvé six boîtes dans le grenier de Nan de ce qui ressemble à un trousseau vieux de plus d'un siècle, mais je n'ai même pas encore demandé à Nan si elle sait quelque chose à ce sujet.

— Un trousseau, s'émerveilla Millicent. Votre maison a fini par devenir un véritable trésor, n'est-ce pas ?

— Je m'amuse bien, reconnut Doreen.

Puis celle-ci s'agenouilla et se mit à arracher les mauvaises herbes.

Quelques jours seulement après avoir désherbé, ces vermines étaient revenues un peu partout. Elle fit en plusieurs tas et avança aussi vite et aussi efficacement que possible. Millicent continua à parler avec Doreen tout le temps, avide de détails sur tout ce qu'elle avait trouvé. Lorsque cette dernière lui parla des chemises de nuit, elle leva les yeux et vit le visage de la femme plus âgée s'adoucir.

— Je me souviens avoir fabriqué des choses comme ça, dit-elle. J'ai aussi cousu à la main ma première chemise de nuit pour mon mariage.

— Heureusement que ce ne fut pas mon cas, plaisanta Doreen. Je doute que ça aurait tenu le coup après la première nuit.

C'est alors qu'elle se souvint des paroles de Mack. Elle gémit, mais, bien sûr, le policier avait déjà pris note de cela et lui sourit comme un fou. Elle lui lança un regard noir, puis retourna désherber.

— Je t'avais dit qu'elle était douée, dit Millicent à son fils. Regarde-la bouger. Comment peut-elle être aussi rapide ?

Doreen n'entendit pas la réponse de Mack, mais elle n'était probablement pas très gentille. Il s'était retrouvé dans une tonne d'ennuis à cause d'elle et elle lui avait fourni une tonne de travail supplémentaire avec son efficacité, alors Doreen pouvait comprendre qu'il ne soit pas terriblement ravi.

Quand elle eut fini le jardin arrière, il lui restait environ vingt minutes. Elle prit un seau et ramassa toutes les mauvaises herbes qu'elle avait entassées à différents endroits. Puis elle se tourna vers Mack et sa mère.

— Je vais passer devant pour voir la charge de travail.

En chemin, elle s'arrêta ponctuellement pour arracher les mauvaises herbes qui dépassaient du gravier le long du trottoir. Lorsqu'elle arriva à destination, elle fit le tour de la première plate-bande. Elle avait l'air en bon état, alors Doreen se contenta d'arracher quelques mauvaises herbes, puis se dirigea vers la deuxième et la troisième.

Le troisième lit avait été omis la semaine précédente, et il avait l'air un peu plus mal en point. Doreen prit ses outils et déterra certaines des mauvaises herbes par les racines afin de les empêcher de se développer à nouveau.

Elle les jeta ensuite dans le bac à compost, puis dit à Millicent :

— Il faudrait envisager de séparer certaines de ces plantes ou au moins de diviser les racines et peut-être trouver un moyen de garder les plates-bandes propres. Je sais que les hémérocalles ont l'air en pleine forme, mais, après leur floraison, vous voudrez peut-être les disperser.

— Oh, ma chère, absolument. Et les glaïeuls ! Quel désordre !

Doreen gloussa.

— Vous savez quoi ? J'ai toujours pensé que c'était là qu'ils étaient heureux. Mais, une fois qu'ils commencent à pousser plus haut, comme maintenant, nous devrions probablement les couper et les séparer. Peut-être que vous pouvez créer une nouvelle plate-bande le long de la clôture. Vous avez cette étrange bande d'herbe là, dit Doreen en la désignant du doigt. Je n'en vois pas vraiment l'utilité, sauf si vous voulez la garder.

— Oh, je déteste cette bande, s'écria Millicent. C'était l'œuvre de mon mari. Il pensait que ce serait bien d'avoir une allée autour de la maison, mais honnêtement, ça a juste fini par être difficile à tondre.

— Réfléchissez-y, dit Doreen en montrant la vaste clôture. Nous devrions creuser un peu et enlever une partie de la pelouse, mais vous pourriez certainement commencer à diviser un grand nombre de plantes. Je ne sais pas exactement ment ce qui a besoin d'être soulagé, mais vous pouvez commencer par les hémérocalles et les glaïeuls.

Puis elle fronça les sourcils.

— Si je me souviens bien, vous aviez beaucoup de tulipes, continua-t-elle. On pourrait en déterrer quelques-unes et en mettre une belle rangée le long de la façade.

Millicent ne répondit pas, semblant y réfléchir profondément, alors Doreen en profita pour conclure.

— Pensez-y. Il n'y a rien à faire pendant un long moment, dit-elle avant de terminer en lui faisant un signe de la main. Je vais rentrer à la maison.

Mack sortit la tête.

— Comment se fait-il que tu sois si pressée aujourd'hui ?

— Oh, tu sais. Des choses à faire, des dossiers à lire.

Mack lui téléphona dès qu'elle franchit la porte.

— Tu ne te mêleras pas de ces dossiers, hein ? demanda-t-il d'un ton sinistre.

— J'ai scanné le troisième carton ce matin, répondit-elle avec aisance. J'ai l'intention de scanner le quatrième aussi.

Il y eut un silence à l'autre bout du fil avant qu'il ne dise, à contrecœur :

— OK. C'est logique. Assure-toi de m'envoyer une copie numérique de tout ce que tu as.

— Promis, mais je dois tout renommer, et ça va me prendre beaucoup plus de temps. Rien que ça me prendra toute la journée.

— D'accord. Oh, et si tu veux chercher des meubles d'occasion, fais-le-moi savoir.

— Entendu, dit-elle joyeusement.

Elle démarra le scanner pendant que le café coulait. Elle étudia la cafetière, un peu inquiète de devenir dépendante. Elle était seulement un peu inquiète parce que, même si elle était accro, elle ne ferait rien pour y remédier. Comme elle l'avait aussi découvert, depuis qu'elle avait quitté son futur ex-mari, une des joies de sa vie était de prendre un café dehors dans son jardin. Elle n'était pas prête à y renoncer. Elle avait perdu une tonne de choses en le quittant, mais c'était un de ces petits réconforts qu'elle comptait garder.

En entrant dans le salon, elle fronça les sourcils. Bien qu'elle ait déplacé les quatre boîtes de dossiers de Solomon hors de la pièce, il restait encore tout le contenu du placard de l'entrée. Elle se mit à trier les multiples manches à balai ainsi que leurs têtes, puis réalisa qu'elle aurait dû demander l'aide de Mack pour cela aussi. Il y avait toutes sortes de serpillières, balais et autres.

Une fois que le plus important fut réglé, Doreen sépara la nourriture du chat de celle du chien, puis réfléchit à l'endroit où elle allait entreposer tout ça. Il n'était pas nécessaire que tout soit dans ce placard, et certainement pas dans son salon. Elle retourna à la cuisine, ouvrit un tas de placards vides et trouva un endroit qui lui semblait parfait. Les grands sacs de nourriture de Mugs furent placés en bas, avec ceux de Goliath, tandis que les graines de Thaddeus furent placées sur l'étagère du haut.

Tout cela bien sécurisé, elle retourna dans l'entrée et s'attaqua à la pile de paperasse dans le placard. Les animaux s'assirent à côté d'elle, l'observant avec curiosité, probablement attirés par l'odeur persistante de la nourriture qui n'était plus étalée à côté d'elle. Thaddeus s'installa confortablement sur la pile de papiers, ce qui ne l'aida pas, mais Doreen retira une grosse pile de sous ses pattes. Des recettes, et encore des recettes. Elle secoua la tête.

— Nan, je ne pensais pas que tu cuisinais autant.

Des trucs et astuces pour être une bonne épouse. *Eh bien, ça peut aller à la poubelle.* Elle chiffonna du papier en une boule et l'envoya voler sur le sol du salon. Goliath se précipita dessus et la frappa plus loin dans la salle à manger. Elle rit de ses pitreries. Mais Thaddeus ne voulait pas être laissé de côté. Il la regarda, alors elle prit un autre morceau de papier inutile, le déchira en deux, en fit une plus petite boule et l'envoya voler vers lui.

S'ensuivit une heure passée à jouer à la balle et à regarder les animaux se disperser dans la pièce. Ça ne l'aida pas à travailler, mais son humeur n'en fut que meilleure.

Elle termina la première pile, dont la totalité pouvait être jetée, mais elle prit le temps de s'assurer que rien n'était important. Quand les gens de Christie étaient venus, Doreen avait trouvé beaucoup de documents de valeur et aussi des recettes sur les étagères du garde-manger de sa cuisine, alors elle ne savait pas pourquoi d'autres recettes se trouvaient aussi dans le placard de l'entrée. Toutes les recettes auraient dû être ensemble. Cela n'avait aucun sens pour elle. Mais Nan avait-elle les idées claires en ce moment ?

Chapitre 15

Samedi midi…

APRES AVOIR PARCOURU la moitié de la paperasse, Doreen dut prendre un autre sac poubelle pour ensacher son désordre croissant. Elle pourrait peut-être demander à Mack de prendre ces déchets avec lui, la prochaine fois qu'il viendrait. Ça devrait aller au recyclage. Elle y réfléchit, puis hocha la tête. Elle avait encore beaucoup de choses à trier. Alors, déterminée à aller au fond des choses, elle se servit une autre tasse de café et s'assit.

Son regard revenait sans cesse sur les boîtes du trousseau alors qu'elle s'interrogeait sur les lettres. Elle devait aussi déballer la vaisselle et envoyer des photos à Scott car, même si elle ne savait pas si elle avait une valeur financière ou historique, elle savait que cette vaisselle signifiait ou avait signifié beaucoup pour quelqu'un. Elle n'avait toujours pas contacté Nan à ce sujet. Sur ce, elle prit son téléphone.

— Enfin, dit Nan. J'ai délibérément attendu que tu aies fini chez Millicent pour t'appeler.

— Comment sais-tu que je ne suis pas allée chez Millicent hier ?

— Le bouche-à-oreille n'a pas de prix, gloussa sa grand-mère. De plus, tu étais déterminée à finir de nettoyer la maison, n'est-ce pas ?

— Et j'ai presque fini, s'extasia Doreen. J'ai quelques piles de papiers du placard de l'entrée que tu avais fourrées au fond des étagères, mélangées avec beaucoup de graines pour oiseaux.

— Oh mon Dieu, dit Nan. Je n'ose pas imaginer ce qu'il y a là-dedans. Ce n'est probablement rien d'important.

— La première pile était composée majoritairement de recettes.

— Tu peux t'en débarrasser. Ce n'est pas comme si tu cuisinais.

— Je m'améliore, réfuta Doreen. Bien sûr, j'ai encore besoin de leçons de cuisine.

— Comment ça se passe, au fait ? demanda la vieille dame d'un ton décontracté.

— Mack m'a montré comment cuisiner des côtes de porc au parmesan hier soir.

— Oh là là, s'exclama Nan, ravie. Ça a l'air charmant.

— De plus, j'avais vidé ta cuisine, et il m'a aidé à trier et à me débarrasser d'environ la moitié des équipements. La dernière chose à trier est ce gros tas provenant du placard de l'entrée. À part ça, toute la maison a été vidée et nettoyée de fond en comble. C'est génial.

Nan partit d'un petit rire.

— Oh, je suis quand même triste que ce soit fini.

— Moi aussi, bizarrement, dit Doreen. J'ai passé en revue presque tous les vêtements aussi. Et j'ai encore ce bol rempli de toutes sortes de choses cachées dans les vêtements.

— Comme quoi ? interrogea Nan avec curiosité.

— Comme ces petites boules, qui ressemblent à des billes, qui étaient aussi dans le vase Ming, et des pièces de monnaie, des clochettes, des petits bouts de papier, quelques cartes de visite… Un mélange.

— Ah, des souvenirs, dit Nan. Prends ton temps pour fouiller dans ces trucs. Je ne me souviens pas de tout ce qu'il y a là-dedans, mais il pourrait y avoir quelque chose de précieux.

— En parlant de ça, j'ai trouvé une paire de boucles d'oreilles. Je les ai mises dans le bol, mais je dois y jeter un nouveau coup d'œil.

— Des boucles d'oreilles… commença sa grand-mère d'un air pensif, avant de demander. Tu te souviens à quoi elles ressemblent ?

— Des diamants, je crois, en forme de cœur, avec une larme suspendue.

— Oh ! s'exclama Nan dans un souffle. Cela fait une éternité que je les cherche ! Où étaient-elles ?

— Dans l'un des douze manteaux du placard de l'entrée, répondit Doreen. Je crois que j'en ai gardé cinq, et il m'en reste sept à donner à Wendy.

Elle fronça les sourcils et réalisa que ceux-ci étaient encore dans le garage, mais que maintenant sa voiture était pleine de dons pour la friperie.

— J'ai complètement oublié. J'ai encore tout ça à déposer aussi.

— De beaux souvenirs. Ce sont de vrais diamants, alors prends bien soin de ces boucles d'oreilles. C'est un cadeau d'un admirateur.

Doreen leva les yeux au ciel.

— Nan, on dirait que tu t'es bien débrouillée avec tes admirateurs.

— Ce n'est pas ma faute s'ils vivaient à une époque où les hommes offraient des cadeaux aux femmes simplement parce qu'ils étaient heureux d'être avec elles.

Cela stoppa net Doreen dans son élan.

— C'est une belle façon de le dire. Dommage que mon mari n'ait pas ressenti la même chose pour moi.

— Ton mari était rasoir, répliqua sa grand-mère. Pour rester poli.

— J'ai trouvé autre chose, dit Doreen, en pensant aux six coffres composant le trousseau. Tu te souviens de la trappe que j'ai trouvée, dont je t'ai parlé ? Dans le placard de l'entrée, dans le grenier, mais sous l'escalier ?

Dans le silence qui régnait à l'autre bout du fil, Doreen pouvait presque entendre l'esprit de Nan qui essayait de résoudre ce problème.

— Je ne suis pas sûre de m'en souvenir, du moins je ne pense pas l'avoir déjà vu, dit Nan pensivement. À vrai dire, j'ai du mal à l'imaginer.

— Ce réduit n'est pas vraiment dans le grenier car, bien sûr, le premier étage est situé au-dessus. Et ce n'est pas un grand espace, plutôt une alcôve sous l'escalier. Je ne sais pas vraiment comment l'expliquer. Il faut le voir, expliqua Doreen, en étudiant le placard de là où elle était assise. Mais dans ce petit espace au-dessus, j'ai trouvé six boîtes.

— Oh, comme c'est charmant. J'adore un bon mystère, déclara Nan.

— Moi aussi, dit sa petite-fille avec un petit rire. Le contenu de toutes ces boîtes ressemble à un trousseau.

Il y eut un nouveau silence.

— Un trousseau ? s'enquit Nan, perplexe.

— Oui, plusieurs boîtes sont pleines de porcelaine. Il y a du linge, et des nuisettes qui ont l'air d'être cousues à la main. Ces vêtements étaient très blancs et très virginaux, donc je suppose qu'ils étaient destinés au mariage de cette femme. La dernière boîte est pleine de lettres et de papiers que je n'ai pas encore eu l'occasion d'examiner, mais les journaux à l'intérieur étaient datés des années 1800.

Nan haleta, puis elle pleura de joie.

— Oh, quel plaisir. Je veux dire, triste d'une certaine façon parce que nous ne trouverons jamais la personne à qui tout cela appartenait parce qu'elle n'est plus en vie, mais peut-être que certains de ses descendants le sont.

— Donc, tu ne sais rien à propos des boîtes ? demanda Doreen.

— Non, pas du tout. Mais j'aimerais en savoir plus.

— Quand j'aurai le temps, je trierai les lettres dans la boîte. Mais d'abord, je finis de trier tout ce qu'il y a dans ce placard, et ensuite je scanne le reste des dossiers que j'ai reçus du petit-neveu de Solomon.

— D'accord. Sage décision. Nous ne devons pas prendre le risque que quelque chose arrive à ces fichiers.

— Non. Sais-tu beaucoup de choses sur Steve ?

— Steve, l'ami de Penny ? Cet avocat dégoûtant ?

— Je n'avais pas réalisé que tu le trouvais dégoûtant, mais, oui. Je pense que nous parlons de la même personne.

— Je ne sais pas grand-chose sur lui, répondit la vieille dame d'un ton sinistre. J'aime avoir affaire à des gens bien.

Doreen éclata de rire.

— Comment sais-tu qu'il n'est pas gentil ?

— Il est de mèche avec cette Penny. Tu sais que c'est une meurtrière, gronda Nan.

À ce moment-là, Doreen s'assit et lâcha un long soupir.

— Oui, Nan, je comprends. Je me demandais juste si tu savais quelque chose sur les affaires de Steve.

— Oh.

Quelque chose de malin se glissa dans la voix de sa

grand-mère.

— Tu es sur une nouvelle affaire, n'est-ce pas ?

— Non, pas du tout, s'empressa de répondre Doreen. Mais Solomon a un dossier sur lui, et Steve a jeté son arme dans les gardénias six maisons plus bas.

— Et il fait partie de ce gang de motards, tu sais ? ajouta Nan.

— J'en ai entendu parler. Je suis surprise que tu le saches.

— Tout le monde pense que je ne sais rien, mais c'est un tort. J'entends beaucoup de choses. De plus, à l'époque, la région de Kelowna n'était pas très grande. Elle s'est agrandie au cours des vingt dernières années.

— Mais Mack dit que même si Steve a eu quelque chose à voir avec le gang de motards des Devil Riders, ça ne fait pas de lui un criminel, dit Doreen en reprenant les mots du policier qui reflétaient aussi les siens.

— Non, en effet. Mais verser des pots-de-vin aux gens pour qu'ils se taisent, c'est une autre paire de manches.

Doreen se redressa.

— Connais-tu par hasard quelqu'un pour qui il a fait ça ?

— Les Helmsman, quand leur maison a brûlé, annonça Nan. Il a dédommagé Annette. Mais je crois que ce n'était pas grand-chose.

— Pourquoi leur maison a brûlé, et pourquoi il lui a donné un dédommagement ?

— Je ne sais pas. Elle ne parle pas. Parce que, quand tu prends l'argent du gang, c'est en échange du silence.

Doreen grimaça.

— Tu es sûre qu'il n'était pas juste un avocat de la compagnie d'assurance ?

pagnie d'assurance ?

— Eh bien, tu vois, c'est le problème avec l'incendie. La maison n'était pas assurée, expliqua Nan. Ils ne pouvaient pas s'en payer une. Donc ce dédommagement a fait toute la différence dans sa vie. D'autant plus que c'était un incendie criminel.

Puis, la voix de la vieille dame changea, et elle se mit à parler à quelqu'un.

— J'arrive. J'arrive ! Je dois y aller, chérie. Je suis sûre que tu vas t'amuser avec ces dossiers. Tiens-moi au courant pour ce trousseau.

Chapitre 16

Samedi en début d'après-midi…

— INCENDIE DE la maison Helmsman.

Doreen nota rapidement les petits bouts qu'elle tira de cette conversation. Parfois, avec Nan, il fallait saisir les bribes quand elles apparaissaient. Sinon, elles disparaissaient à jamais. Doreen n'était peut-être pas mieux, car elle était si dispersée avec tant de choses à faire, parfois. Elle avait elle-même du mal à garder le fil.

Les informations dans son bloc-notes, elle se mit au travail, essayant de scanner la dernière boîte. Lorsque tout fut terminé, elle fut soulagée, car elle devait encore ouvrir tous les PDF et les enregistrer sous le nom des fichiers correspondants. Mais scannés, ils étaient préservés, et elle pouvait envoyer une copie à Mack. Elle envisagea de s'envoyer à elle-même une copie de tous les PDF et pensa qu'elle devrait peut-être se procurer une deuxième adresse e-mail, juste pour garder le secret.

Elle parlait et pensait comme si le danger l'entourait. Ce qui était certainement vrai, compte tenu de son implication dans les affaires classées, incluant généralement des meurtres. Mais pourquoi Steve aurait-il dédommagé les victimes d'un incendie criminel visant une maison ? Cette pensée ne voulait pas la lâcher. Incapable de s'arrêter, elle se leva, prit son ordinateur portable, s'assit et tapa « Incendie criminel Helmsman ». Rien ne ressortit. Elle soupira et se rendit compte que le nom Helmsman pouvait s'écrire de plusieurs façons, alors elle essaya plusieurs variantes. Mais ça ne donna rien. Elle savait qu'elle devrait envoyer un message à Mack, mais dès qu'elle le ferait, il saurait qu'elle travaillait aussi sur le cas de Steve, et elle aurait de nouveau des ennuis. Pour changer. Pourtant, ça la dérangerait jusqu'à ce qu'elle en sache plus.

Pour avoir bonne conscience, elle envoya un message au policier, mentionnant l'incendie chez les Helmsman, et se contenta de cela.

De retour dans le salon, elle continua sa tâche et examina d'autres feuilles volantes. Puis elle s'arrêta net, car juste devant elle se trouvaient des coupures de journaux. Elles n'étaient pas liées à quoi que ce soit qu'elle connaissait, mais celle du haut indiquait « *Assassiné* ». Sifflant doucement, elle s'assura que les papiers qu'elle venait de trier n'avaient rien à voir avec cette affaire, puis elle déplaça soigneusement toutes les coupures de journaux sur le côté.

Ce fut à ce moment qu'elle trouva tout le reste : quinze centimètres de paperasse et de coupures de journaux empilées. Cela ne signifiait pas qu'elles provenaient toutes de la même affaire, mais il fallait examiner tous ces articles et documents. N'ayant pas la moindre idée de ce qu'elle allait faire de tout cela, elle les tria et s'assura que tout ce qu'elle avait mis de côté pour les jeter jusqu'à présent était vraiment des déchets.

Puis elle se leva et mit les papiers à jeter dans la poubelle de recyclage, pour qu'elle ne puisse pas mélanger les choses à garder avec celles à jeter. Les déchets recyclables étaient ramassés toutes les deux semaines, et cela devait être fait cette semaine, donc c'était parfait.

Elle revint à l'intérieur et s'assit à côté de sa pile de coupures de journaux, se demandant ce qu'elle pourrait faire pour garder tout cela ensemble, car la numérisation de ces documents serait probablement effectuée manuellement, un par un. Elle retourna au garage, à la recherche d'une boîte, d'un bac ou de quelque chose pour le rangement, et trouva l'un des bacs en plastique qu'elle avait prévu d'apporter à la friperie. Elle le sortit de la voiture, se dirigea vers le salon et y plaça toutes les coupures de journaux pour les conserver intactes.

Puis elle retourna vers le scanner et y resta jusqu'à ce que le contenu de la quatrième boîte de Solomon soit terminé. Quand elle scanna enfin la dernière page, elle ferma les cartons et prit délibérément une vieille couverture pour la mettre par-dessus, cachant ainsi le fait qu'il s'agissait de boîtes contenant des dossiers. Cela ne ferait probablement pas de différence, mais, dès qu'elle empilerait d'autres choses par-dessus, cela aiderait à tout mélanger. Elle attrapa ensuite quelques livres de recettes et les déposa sur le dessus. Elle voulait que ça ait l'air normal. Puis elle pensa demander à Mack de les ranger dans la zone secrète au-dessus du placard de l'entrée la prochaine fois qu'il sera là.

En attendant, elle garderait les fichiers papier ici, au cas où elle aurait des questions sur l'étiquetage d'un des PDF. Puis elle pourrait déplacer les quatre cartons dans le placard de l'entrée, en attendant que Mack les déplace dans le grenier.

À présent, dans le salon, il lui restait les six boîtes du trousseau et un bac en plastique rempli de coupures de journaux.

— Oh, Nan, dit Doreen. Quelle toile folle nous tissons !

Mais, elle regarda sa maison merveilleusement nettoyée et sourit.

— Merci beaucoup, ma chère, chuchota-t-elle au milieu de la pièce vide. Tu m'as fait un cadeau que je n'ai pas encore totalement ouvert, mais je sais qu'il est immense. Merci, merci, merci !

Puis elle prit la boîte de lettres, ainsi que son bac de coupures de journaux, les apporta dans la cuisine, et les posa sur les dossiers.

Elle s'assit avec une tasse de thé pour se détendre un peu avant de commencer cette dernière session de numérisation. Cela prendrait beaucoup plus de temps, puisqu'elle avait affaire à des articles de journaux découpés et qu'elle devait les placer à la main sur la machine. Mais elle savait qu'elle se sentirait tellement mieux après avoir tout scanné. Après avoir terminé, au lieu de renommer chaque document, elle copia simplement tous les PDF dans un dossier qu'elle appela « Coupures de journaux trouvées à la maison de Nan. »

Elle avait hâte de s'y mettre aussi, mais elle était vraiment fatiguée. *Il était temps d'aller au lit.*

Chapitre 17

Dimanche matin…

DOREEN SE REVEILLA le dimanche matin avec un sentiment de satisfaction et de bien-être qu'elle n'avait pas vraiment ressenti depuis son arrivée. Elle regarda sa chambre, propre, spartiate et quelque peu organisée. Elle aurait besoin d'une plus grande commode et peut-être de quelques autres petites babioles sur les murs pour l'égayer et la personnaliser, mais, pour l'instant, elle s'en contentait, même avec son matelas et son sommier toujours au sol. Elle pensait aussi se débarrasser du vieux lit dans la chambre d'amis. Elle se leva joyeusement et prit une douche rapide, puis descendit pour prendre son café.

Thaddeus sauta sur son épaule depuis son perchoir alors qu'elle passait devant lui dans sa chambre, ce qui la fit sursauter.

— Bonjour, mon grand, murmura-t-elle après avoir tendu le bras.

— Bonjour. Bonjour, dit-il en se frottant contre sa tête.

Doreen sourit de plaisir.

— Tu deviens un sacré bavard, n'est-ce pas ?

— Thaddeus bavard, dit-il en hochant la tête. Thaddeus

bavard.

Elle ne savait pas si elle lui apprenait des choses ou s'il se souvenait de son éducation antérieure, mais dans tous les cas, c'était merveilleux. Mugs dévala les escaliers à côté d'elle. Elle trouva Goliath couché sur la toute dernière marche, refusant de bouger. Alors, s'accrochant à la balustrade, Doreen l'enjamba légèrement.

— Bien essayé, Goliath. Me faire trébucher ne te fera pas manger plus vite.

Elle mit le café en route avant de nourrir les animaux. Puis, une fois cette tâche accomplie, elle déverrouilla la porte arrière et l'ouvrit pour pouvoir admirer la belle matinée d'été.

— La journée s'annonce magnifique, lança-t-elle joyeusement.

Les animaux couraient impatiemment à ses côtés alors qu'elle se dirigeait vers le ruisseau avec sa première tasse de café de la journée. Même Thaddeus sautait d'un pied sur l'autre à côté d'elle, excité.

— Il faut que je place un banc ici, murmura-t-elle.

Elle voulait qu'il soit sur sa propriété pour pouvoir s'y asseoir et ne voir personne d'autre tout en profitant de la vue. L'eau faisait de jolis petits sons musicaux en descendant vers le lac. Elle avait un peu monté, mais cela restait un joli ruisseau gazouillant. D'accord, plus grand que ça, mais… À basse altitude, le lit du ruisseau était large, au moins une dizaine de mètres de large ou peut-être même le double. Elle n'avait pas le compas dans l'œil. Pourtant, le petit pont s'en sortait plutôt bien pour cette distance. Elle imaginait qu'à certains moments, l'eau montait probablement jusqu'à la hauteur de la petite passerelle, ce qui lui rappelait cette latte de bois pourrie. Entretenir ce petit pont pour sa propre tranquillité d'esprit : ce serait une nouvelle tâche parmi sa liste de choses à faire.

Alors qu'elle était assise ici, se réveillant lentement et profitant de la matinée, elle travaillait mentalement sur cette fameuse liste. Elle aurait dû apporter un morceau de papier et un stylo avec elle. Au lieu de cela, elle sortit son téléphone, ouvrit une note et commença à taper. Elle voulait lire les articles de journaux qu'elle avait scannés la veille au soir, mais elle devait d'abord demander à Nan de quoi il s'agissait. Elle devait aussi renommer les scans des derniers fichiers de Solomon qu'elle avait déjà faits, et cela lui prendrait quelques heures.

Elle n'avait pas hâte de s'y mettre. Ce n'était pas difficile, mais ce serait fastidieux. Et elle voulait aussi trouver un meilleur endroit pour conserver les dossiers papier, de manière temporaire. Au moins jusqu'à ce que Mack passe pour les déplacer définitivement dans le grenier. Cela l'avait empêchée de dormir la nuit précédente parce que leur nature était évidente. Selon Doreen, si elle les poussait au fond du placard de l'entrée, ils pourraient s'empiler les uns sur les autres dans le coin du fond. Ce placard était vraiment profond. Ça pourrait marcher pour l'instant.

Plus que cela, elle voulait passer du temps à examiner la boîte de notes et de lettres parmi les objets du trousseau qu'elle avait trouvés dans ce réduit au-dessus du placard. Elle savait que la personne qui avait écrit toutes ces lettres avait disparu depuis longtemps, mais peut-être que certains membres de la famille s'en souciaient encore. Ou peut-être qu'ils étaient décédés depuis longtemps aussi. Nan ne semblait pas être au courant, et la maison avait été construite dans les années 1940. Doreen devrait vérifier qui était à l'origine de sa construction et ceux qui y avaient vécu avant Nan. Peut-être qu'ils savaient quelque chose sur les boîtes du trousseau. De toute évidence, la maison n'avait pas été construite avec ces boîtes, alors quelqu'un les avait mises dans le grenier. Elle continua à ajouter des notes à sa liste, puis ajouta des courses à faire sur sa liste.

Elle avait quitté le jardin de Millicent si rapidement la veille qu'elle n'avait pas vraiment pensé à faire les courses par la suite. Elle voulait aussi faire un tour chez Wendy, mais le dépôt-vente était-il ouvert aujourd'hui ? Elle ne connaissait pas les horaires du week-end. Cependant, les affaires déjà emballées dans sa voiture étaient destinées à être données. Doreen devrait donc d'abord se rendre à la friperie de Rutland, puis revenir chez elle, recharger sa voiture et aller chez Wendy. Elle se demanda si la friperie était ouverte. En y réfléchissant, elle retourna à la cuisine pour se servir une autre tasse de café.

Ce serait bien de déposer toutes ces affaires, de vider sa voiture, puis d'aller à l'épicerie. Ensuite, elle pourrait décider si elle voulait acheter des meubles pour la maison ou si elle voulait vivre dans une maison vide pendant un certain temps. L'idée la séduisit. Et elle n'avait pas non plus eu l'occasion de profiter de son garage-atelier. De plus, elle n'avait pas non plus déplacé sa voiture *à l'intérieur* du garage. Toutes ces choses, elle avait prévu de les faire aujourd'hui.

Avec sa deuxième tasse de café, elle prit le bac de coupures de journaux et retourna au ruisseau. Là-bas, elle s'assit sur un gros rocher et parcourut lentement les articles. Ils couvraient plusieurs décennies. Elle fronça les sourcils, puis son téléphone sonna.

— Bonjour, Nan, répondit-elle joyeusement.

— Wouah, tu as l'air heureuse, dit Nan. Je suppose que tu as bien dormi.

— En effet. Et j'ai bien travaillé aussi.

— Super. Et la maison ? C'est fini maintenant ?

— Pas tout à fait. J'ai ces six boîtes pour lesquelles je dois trouver une place parce que je ne sais pas à qui elles appartiennent. Ensuite, je regarderai dans celle qui est pleine de lettres. Oh, et j'ai trouvé une pile pleine de coupures de journaux. Je voulais te demander ce que tu en pensais.

— Des coupures de journaux ? interrogea Nan pensivement. Pourquoi seraient-elles là ?

Doreen soupira.

— J'espérais que tu me le dirais. Il y en a une grosse pile, Nan. Environ dix ou quinze centimètres de haut. Elles datent d'il y a environ vingt-cinq ans.

— Je ne m'en souviens pas du tout, dit sa grand-mère. Et c'est une des choses dont je voulais te parler. Je pense qu'une promenade sur ton chemin pourrait convenir à mon exercice matinal.

— Oh, ce serait charmant, dit Doreen. Veux-tu venir prendre le thé ?

— Je veux juste sortir d'ici. Je me sens un peu étouffée depuis que je me suis réveillée.

— Je suis au bord du ruisseau avec une tasse de café et les coupures de journaux. Elles font partie des rares choses dont je ne me suis pas débarrassée hier. Tu veux que je te retrouve à mi-chemin et que je rentre avec toi ?

— Oh, non, non, dit Nan. Je suis parfaitement capable de parcourir cette distance à pied. Reste juste où tu es. Je suis déjà à l'extérieur de Rosemoor et au bord du ruisseau. Tu devrais me voir dans quelques minutes.

Mugs vit Nan en premier. Il aboya plusieurs fois et se précipita vers elle. Doreen se leva d'un bond et se dirigea vers sa grand-mère. Elle l'étreignit pour la saluer, et elles se mirent en marche toutes les deux accompagnées du chien de

Doreen. Thaddeus était toujours assis sur le rocher au bord de l'eau, et Goliath était étendu sur le chemin à côté de la poubelle en plastique contenant les déchets.

Nan s'arrêta pour donner à ces deux créatures un peu d'amour. L'oiseau en profita pour grimper sur son épaule.

La vieille dame soupira de bonheur en regardant le ruisseau.

— J'aurais dû enlever la clôture arrière il y a des années, déclara-t-elle. C'est vraiment charmant. Mais tu aurais besoin d'un endroit pour t'asseoir.

— Je sais. Je me disais justement que je devrais mettre un banc ici pour pouvoir m'asseoir et profiter de la vue.

— Absolument, acquiesça Nan.

Puis son regard se posa sur le bac de coupures de presse et elle secoua la tête.

— C'est de ça que tu parlais ?

Doreen le lui tendit.

— Oui. Reconnais-tu l'une d'entre elles ?

Nan s'assit sur un rocher et feuilleta quelques articles sur le dessus.

— Tu sais quoi ? Je me souviens vaguement de quelque chose à ce sujet, mais je ne pense pas que je collectionnais les articles.

— C'est-à-dire ? s'enquit Doreen avec curiosité.

— Je crois que c'est quelqu'un qui est resté chez moi. Elle se renseignait sur quelque chose. Si seulement je pouvais me rappeler ce que c'était.

— J'y ai jeté un bref coup d'œil, dit Doreen. Mais ça n'a ni queue ni tête.

— C'est tout à fait vrai, accorda Nan en fronçant les sourcils et en feuilletant d'autres coupures de presse. C'est un peu confus, n'est-ce pas ?

— Oui. Je ne suis pas sûre qu'il y ait un fil conducteur dans tout ça. Peut-être qu'elle était juste intéressée par les histoires de meurtre ?

— C'est possible. Mais je ne sais pas. Ça n'a pas de sens du tout.

Elle secoua la tête, posa la corbeille, mais fronça les sourcils en la regardant à nouveau. Elle la ramassa et plongea en bas de la pile où une coupure de presse avait une note cachée en dessous. Elle la sortit.

— *Bob Small : tueur en série en liberté*, lut-elle à haute voix avant de lever son regard vers sa petite-fille. Oh mon Dieu.

Celle-ci arriva à ses côtés.

— Qu'est-ce que ?

Nan lui tendit le bout de papier et lui montra où il avait été rangé.

— Je pense que tu vas avoir besoin de passer un peu de temps sur le sujet, ajouta Nan. Regarde ça. Un autre mystère et probablement une autre affaire non résolue.

— Si c'est un tueur en série, dit Doreen, en fronçant les sourcils, ça pourrait faire beaucoup d'affaires non résolues.

Nan la regarda en souriant.

— J'apprécie vraiment que tu sois là. Tu rends les choses tellement plus excitantes.

— Peut-être, mais tout ce qu'on peut espérer maintenant, c'est que ce type soit derrière les barreaux et purge sa peine pour ces affaires.

— C'est possible, acquiesça Nan en tapotant les articles. Ils sont tous plus vieux.

— Je sais. Je me demande qui est Bob Small.

— Tu trouveras bien. Je suis sûre que tu as remarqué que certains de ces articles viennent de Vancouver. Tu sais quoi ? Je suis presque sûre que beaucoup de tueurs en série étaient là-bas. Si tu y penses, c'est la plus grande de toutes les villes de la Colombie-Britannique.

— Je vais devoir me renseigner.

— Oui, mais je ne sais pas quand tu auras le temps entre Steve et le pistolet et ce trousseau, dit Nan, avant de lever à nouveau les yeux vers elle. Puis-je les voir ?

— Bien sûr, dit Doreen. Rentrons, je vais mettre la bouilloire à chauffer.

Nan tendit à sa petite-fille un objet qu'elle avait dans sa poche.

— Et ça, c'est pour accompagner notre thé.

Doreen gloussa.

— Des muffins aux pépites de chocolat, tous deux emballés dans un seul paquet. Tu les as volés au petit déjeuner ce matin ?

— Ça ne peut pas être du vol si je l'ai déjà payé, répliqua Nan joyeusement.

Doreen haussa les épaules. La légalité d'une telle chose dépassait ses connaissances, mais elle était quand même heureuse de manger un muffin aux pépites de chocolat. Bien qu'elle ne comprenne pas comment des choses comme les muffins, qui étaient autrefois sains et pleins de choses comme du son, des raisins et de la mélasse, étaient devenus des versions aux pépites de chocolat, qui, pour elle, étaient plutôt des cupcakes. Un mystère de plus dans le monde de la cuisine.

Elles retournèrent à la maison après avoir rappelé les animaux.

Chapitre 18

Dimanche, fin de matinée...

UNE FOIS A l'intérieur, Doreen, qui était assise à la table de la cuisine, s'attela à fouiller dans le bol de goodies qu'elle avait collectés dans les manteaux de sa grand-mère, ce qui incluait les boucles d'oreilles et l'opale. La porte arrière était grande ouverte pour aérer et la bouilloire allumée.

Nan sourit en voyant les bijoux.

— Elles sont aussi belles aujourd'hui que lorsqu'on me les a données, s'enthousiasma-t-elle avec un petit sourire. Et, peut-être qu'un jour, tu pourras toi-même porter cette opale en pendentif.

— Peut-être, dit Doreen, dubitative.

Mais celle-ci ne savait vraiment pas quoi en faire pour le moment.

— Bien, et ces boîtes alors ? demanda la vieille dame, montrant une fois de plus que l'aspect pécuniaire n'avait plus d'importance pour elle.

Nan était beaucoup plus intéressée par les boîtes mystérieuses.

Doreen déplaça le bol sur le côté, et vida la boîte de lettres d'amour. Sa grand-mère cria de joie.

— Oh, mon Dieu, plus personne ne fait ça, si ? On dirait que des feuilles ou peut-être des fleurs séchées sont cachées entre certaines lettres aussi.

— D'une période romantique qui est maintenant une époque révolue, déclara Doreen en souriant.

— Oh, il y a encore beaucoup de choses romantiques dans ce monde, répliqua Nan avec un grand sourire. Mais c'est beau à voir.

Une pile de paperasse se trouvait au fond. Doreen sortit les papiers, les empila, puis posa le tout sur la table.

— Voici ce qui se trouve dans la dernière boîte, expliqua-t-elle à sa grand-mère.

— Et les autres boîtes ? demanda celle-ci. Avant de commencer, je pourrais peut-être voir le reste.

Doreen conduisit Nan au salon, où se trouvaient les cinq autres boîtes du trousseau, alors que Nan s'arrêtait pour regarder autour d'elle.

— Oh mon Dieu.

— Incroyable, non ? dit Doreen en gloussant. Et l'étage est presque aussi vide que le rez-de-chaussée. J'imagine que ça a l'air *un peu* différent que lorsque tu vivais ici.

La bouche de Nan était encore béante lorsqu'elles entrèrent dans la salle à manger et qu'elles firent le tour de la buanderie, de la cuisine et qu'elles revinrent dans le salon.

— Je ne l'ai jamais vu comme ça.

— Quand tu as emménagé, probablement.

— Non, renchérit Nan. Les gens avant nous étaient locataires. Je pense qu'ils ont déménagé et laissé un tas de meubles derrière eux. On a eu beaucoup de mal à s'en débarrasser pour faire entrer nos affaires.

— *Nous* ? s'enquit Doreen avec délicatesse.

Nan lui lança un regard coquin.

— Eh bien, c'est ma maison, mais je n'ai pas toujours vécu seule, tu sais.

Doreen leva les yeux au ciel.

— Sais-tu quelque chose sur l'histoire de la maison avant que tu ne l'achètes ?

— Il y avait quelque chose de triste, répondit Nan en réfléchissant. Mais je ne me souviens pas des détails.

— Je me demande si la partie *triste* ne correspondrait pas à la personne à qui appartenait le trousseau. Bien que cela ait eu lieu beaucoup plus tôt.

Doreen ouvrit une des boîtes et déballa un des services à thé.

Sa grand-mère s'assit à côté d'elle et tendit une main. Puis elle berça la délicate porcelaine et murmura :

— C'est magnifique.

— Je sais. Je vais devoir tout déballer et prendre des photos. Je n'ai jamais vu un modèle comme ça.

— Moi non plus, dit Nan. C'est assez unique.

Doreen ouvrit soigneusement quelque chose dans chacune des boîtes, et Nan secoua la tête.

— Cela date d'un autre temps. Je me demande si c'est une petite-fille ou une arrière-petite-fille qui l'a gardé. Peut-être en pensant qu'elle pourrait en utiliser une partie.

— Ou bien c'est un membre de la famille qui ne savait pas trop quoi en faire et qui a tout rangé dans le placard pour ne pas être dérangé, ajouta Doreen.

— Où as-tu trouvé tout ça ?

Nan se leva, et Doreen se dirigea vers le placard où se trouvaient les graines pour oiseaux et montra du doigt le trou dans le plafond.

Nan la regarda, perplexe.

— Je ne pense pas avoir déjà vu cette trappe auparavant.

— Les six boîtes viennent de là, expliqua Doreen. Mais il n'y avait rien d'autre. J'ai demandé à Mack de jeter un coup d'œil.

— Encore Mack, hein ? s'enquit Nan d'une voix effrontée.

— Oui, il a été très utile, répondit fermement Doreen, au moment où la bouilloire siffla. Je vais préparer le thé.

Secrètement, elle pensa que le timing était parfait. Entamer une discussion sur Mack avec Nan était bien la dernière chose qu'elle souhaitait. Cela risquait d'évoluer vers un terrain sur lequel Doreen ne voulait pas s'aventurer.

Le thé fait, elles retournèrent à la table de la cuisine et s'y assirent. Nan défit un des paquets de lettres et les lut.

— C'est le début, dit-elle. Des aveux d'amour indéfectible et des plans pour l'avenir.

Elle les referma et passa à la série suivante.

— Elles sont similaires, annonça-t-elle. Plus de pensées sur le manque de l'autre, quelques déclarations d'amour, et des plans pour se marier.

— Et les dernières ? demanda Doreen en apportant la théière et en installant deux tasses sur la table.

Nan les ramassa et dit :

— Oh, mon Dieu.

— Il l'a plaquée ? demanda Doreen avec sarcasme.

— Non. Il est tombé très malade. Et sa dernière lettre disait que son temps était écoulé, et qu'il voulait qu'elle passe à autre chose.

Doreen se laissa tomber sur une chaise devant la table de la cuisine.

— Oh, mince. C'est très triste.

— Ils avaient du temps pour se voir, continua Nan, mais lui voyageait beaucoup.

— Et, bien sûr, mon esprit se demande immédiatement s'il était en voyage ou s'il avait une autre famille ou s'il a utilisé cela comme une excuse pour se sortir de quelque chose d'intenable.

— Oh, mon Dieu, s'offusqua Nan. Tu dois vraiment changer cette façon de voir. La vie est tellement pleine de bonnes choses. Tu ne peux pas rester amère trop longtemps. Ça va tacher le reste de ta vision du monde.

— Je ne suis pas vraiment amère, dit Doreen, mais je commence à mieux comprendre que la nature humaine est diabolique grâce à ces affaires classées. De plus, tout le monde ment. Cela semble être le fond du problème – tout le monde a des secrets, et tout le monde ment si c'est utile. Ou peut-être qu'ils finissent par avouer leurs secrets lorsqu'ils sont contraints de les libérer de leur âme.

— J'espère que tu te trompes, déclara sa grand-mère en regroupant les lettres d'amour, avant de désigner une autre pile de papiers et de demander : qu'as-tu trouvé là ?

— Eh bien, c'est à propos d'un groupe de personnes. Un arbre généalogique aussi et un certificat de naissance qui remonte à loin, un certificat de mariage et des feuilles d'une bible apparemment.

— C'était assez courant. Ils gardaient souvent un registre des naissances et des décès dans une bible. Les mariages aussi. Bien sûr, il n'y avait pas de divorces à l'époque.

— Je sais.

Doreen feuilleta certains des papiers, mais ils étaient défraîchis et vieux.

— Ça va être difficile de lire certains d'entre eux, déclara-t-elle avant d'arriver un peu plus loin, de s'arrêter et de dire : un certificat de décès !

Elle le sortit et hocha la tête.

— Il est décédé. Selon l'acte de mariage, ils étaient mariés.

— Comme c'est triste, dit Nan.

— Ah. Il y a aussi un acte de naissance et une note manuscrite sur la naissance de sa fille, Veronica. La lettre est datée de 1901, expliqua sa petite-fille avant de continuer. Sa descendance a donc survécu.

— Et il y a des chances que cette femme ne soit plus en vie non plus, dit Nan, parce que c'était il y a bien plus de cent ans.

— Exactement. Les lettres que tu lis ne mentionnent-elles pas une fille ?

La vieille dame secoua la tête.

— Mais elle a pu se retrouver enceinte à la fin de leur correspondance par lettres aussi. Il y a eu une visite où il a dû repartir. Pendant cette période d'absence, il est tombé malade.

— Donc, si nous prenons la date de cette lettre et que nous y ajoutons neuf mois, commença Doreen. Nous serions à la recherche de petits-enfants ou d'arrière-petits-enfants aujourd'hui. Je vais devoir aller à la bibliothèque et voir si je trouve des archives.

Elle parcourut le reste des papiers et secoua la tête.

— Certains de ces documents semblent avoir été copiés à la main, et d'autres sont juste délavés, mais au moins nous avons une date sur laquelle travailler. Et j'ai besoin de son nom de famille.

— Le certificat de décès ? proposa Nan.

Doreen hocha la tête en l'étudiant.

— Phillips. Tom Phillips.

— Donc tu cherches Veronica Phillips.

— Sais-tu à qui tu as acheté la maison ? interrogea Doreen et Nan secoua la tête.

— Il doit te rester quelques-uns de ces documents.

Craignant d'avoir manqué quelque chose, la jeune femme releva la tête, étudia sa grand-mère, puis opina du chef.

— Tu veux parler de tous ces dossiers que j'ai trouvés.

— Oui. Il y aura des documents officiels dans certains d'entre eux.

— Bien. Je jetterai un coup d'œil alors. Je devrais probablement organiser ceux-là aussi. Je viens de les mettre sur l'étagère du placard de l'entrée. J'étais tellement occupée à faire le ménage de printemps que je pensais avoir fini, mais ce n'est pas le cas.

Elle fronça les sourcils et se retourna pour regarder vers l'imprimante. Il y avait encore quatre paquets de dossiers et de la paperasse aussi.

— Je vais devoir les parcourir moi-même.

— Certainement, car qui sait ce que tu pourrais trouver ? Tu pourrais fournir d'autres factures à Scott.

— Et il apprécierait tout ce que nous pouvons trouver, dit Doreen.

— Que vas-tu faire avec la vaisselle ?

Doreen haussa les épaules.

— Je n'en ai aucune idée. Je suppose que je les offrirai à la famille, s'ils sont intéressés.

— Peut-être s'il s'agissait de la première ou de la deuxième génération, mais je doute fort que les générations suivantes en veuillent. Tout le monde est plus intéressé par le court terme maintenant, pas par le long terme.

— On verra. C'est plus une curiosité qu'autre chose. Après tout ce temps, la famille est peut-être grande, ou bien ils ont tous disparu.

— Tu trouveras une solution, conclut Nan joyeusement. J'ai la plus grande foi en toi.

Chapitre 19

Dimanche en début d'après-midi…

APRES QUE SA grand-mère fut partie, Doreen mourait d'envie de se plonger dans ses recherches. Non seulement sur le problème de Steve avec le dédommagement des Helmsman, mais aussi sur le nom et la paperasse à trier provenant de ces six mystérieuses boîtes du trousseau. Qu'en faire ? Cette question nécessitait des réponses.

Elle s'assit à la table de la cuisine avec son ordinateur portable. Elle s'était également préparé un sandwich, car le muffin avalé quelques heures auparavant n'avait pas suffi. Elle se força à renommer un certain nombre de fichiers scannés avant de faire d'autres recherches. Des heures s'écoulèrent. Elle grogna et regarda la quantité de notes qu'elle avait prises. Elle aurait besoin de l'aide de Mack. Ce dossier d'incendie criminel en faisait partie. Elle lui envoya par SMS le nom de famille, et mentionna au passage le dédommagement.

— Je pense que je l'ai déjà mentionné, mais je suis toujours à la recherche de réponses.

Sympa, répondit-il.

Doreen grimaça. Puis elle reprit ses recherches. Sur un

coup de tête, elle regarda le nombre total de pages de résultats pour cette recherche Google, et c'était une page sur 97. Elle cliqua pour charger la page 20, puis la page 40, puis la page 60, et s'arrêta pour jeter un coup d'œil à chacune rapidement. Lorsqu'elle parcourut au hasard quelques pages de plus, une photo apparut.

C'était Steve, mais plus jeune et avec une autre femme à ses côtés. La femme n'était pas identifiée, et Doreen se demanda comment elle pourrait découvrir de qui il s'agissait. Elle la sauvegarda et lut l'article, qui disait qu'il avait été un bienfaiteur pour cette femme qui avait terriblement souffert dans l'incendie d'une maison. S'agissait-il du dédommagement pour incendie criminel dont Doreen avait déjà entendu parler ? Elle se posa la question et commença à fouiller dans les différents noms qui apparaissaient dans l'article.

C'était le problème avec la recherche. C'était un tourbillon sans fin. Quand elle eut fini, elle avait localisé trois autres incendies de maison, où Steve avait aidé chaque fois. Cela la dérangea terriblement. Elle écrivit ces noms et les envoya à Mack.

Trois nouveaux noms concernant des incendies de maisons et Steve, remettant des chèques, envoya-t-elle. **Renseigne-toi, s'il te plaît.**

Son téléphone sonna dans la seconde qui suivit.

— Qu'est-ce que tu fais ? lança Mack. Premièrement, c'est le week-end, et je ne suis pas au bureau. Deuxièmement, pourquoi tu te plonges dans l'affaire Steve aujourd'hui, alors qu'on a déjà eu cette discussion ?

— Nous avons eu cette discussion, en effet, répondit-elle joyeusement. Mais, en faisant ces recherches, j'ai imaginé un tas d'autres scénarios d'incendie où il remet des chèques, et il apparaît comme un grand bienfaiteur. Et si quelqu'un qu'il connaît allumait les feux ? Il y a un problème ou un but derrière tout ça, et Steve est là, le bon gars des relations publiques, recevant toutes les félicitations pour être un homme si gentil, alors qu'en réalité il fait partie de ce qui se passe en coulisses.

— Il remet des chèques ? s'enquit Mack. Mais tu ne peux pas me dire que c'est criminel.

— Non, mais *trois* incendies de maison ?

— Des accidents ? répliqua-t-il.

— Un, oui. Deux, peut-être. Mais les trois ? En plus, le feu chez les Helmsman, ça fait quatre. Non. C'est bon. Je vais juste attendre d'avoir toutes les preuves et te présenter une autre affaire à résoudre où tu pourras apposer ton nom et faire croire que tu as fait tout le travail, marmonna-t-elle avant de raccrocher.

Doreen n'était pas en colère contre Mack, au contraire. C'était devenu un jeu entre eux. Mais, il avait accès à des informations qu'elle n'avait pas. Elle pensa aux dossiers de Solomon sur Steve. Est-ce que l'un des noms impliqués dans les incendies était également mentionné dans le dossier de Steve ? Elle tiendrait quelque chose. Serait-il plus facile de chercher dans les PDF ? Elle n'était pas certaine. Elle ouvrit le dossier qu'elle avait créé sur son ordinateur et réalisa que plusieurs PDF le concernant étaient là. Elle chercha les quatre noms dans chaque PDF. Sur le troisième PDF, quelque chose ressortit. Elle lut l'article, et c'était similaire à ce qu'elle avait lu plus tôt. Elle alla chercher le dossier papier, sortit la copie, et la feuilleta. C'était là. Elle mit un trombone dessus, la mit de côté et continua à chercher les PDF scannés et à trouver les documents papier dans le dossier de Solomon.

Elle s'assit, puis lut la pile accumulée et interpréta les

actions de Steve comme étant philanthropiques, aidant les gens qui souffrent. Mais ces articles ne concernaient que trois incendies, pas celui de Helmsman. Dans les articles sur ces trois cas d'incendie, les hommes étaient morts, et les femmes avaient reçu de l'argent pour les aider. Nan avait déclaré qu'Annette n'avait pas d'assurance habitation. D'après ce qu'elle avait lu dans les dossiers de Solomon concernant les trois autres cas, aucune des maisons n'était assurée.

Doreen trouva ça bizarre. Personne d'autre ne s'était posé la question ? C'était il y a longtemps, alors peut-être que Doreen ne saurait jamais si les enquêteurs de l'époque étaient curieux à ce sujet aussi. Cependant, payer une assurance pouvait être l'une des premières choses que les gens ne pouvaient plus faire s'ils étaient fauchés.

Elle envoya ses découvertes à Mack par SMS. Il resterait sur le qui-vive et peut-être qu'elle resterait dans son esprit. Elle ne voulait pas qu'il pense à elle tout le temps. En ce moment, ça le mettrait probablement très en colère. Mais elle rit et pensa au travail qu'elle faisait et comment il serait bénéfique pour tout le monde. Portée par sa bonne humeur, elle commença à faire des recherches sur Steve en tant que philanthrope. Et ensuite comme avocat d'affaires travaillant pour le gang de motards des Devil Riders.

Quand elle eut fini, elle avait une meilleure idée de ce qui se passait. Les articles traitant de ces trois hommes morts dans les trois incendies, indiquaient qu'ils faisaient *tous* partie d'un gang différent, appelé *Satan Riders. Rien de suspect là-dedans.* Elle pouffa de dégoût. Les femmes avec enfants avaient toutes reçu un chèque pour les aider à avancer sans leur partenaire. Elle pensa à un gang rival qui éliminerait un homme et laisserait sa femme et ses enfants seuls, puis les aiderait à s'en sortir. Elle s'interrogea sur cette mentalité. Si ces dédommagements leur avaient permis d'être financièrement à l'aise, cela aurait été bien. Mais bien sûr, Doreen n'avait aucun moyen de savoir si les femmes avaient reçu un chèque assez gros pour les aider. Ou si le gang de motards des Devil Riders avait joué un rôle dans la mort de ces hommes ou dans les incendies. Aucun montant n'était mentionné – et peut-être que cela signifiait « *Prends ça et disparais ou sinon on vient te chercher* ».

En parlant de ça, elle réalisa qu'elle ne savait même pas où Steve vivait, à part qu'il était un de ses voisins. Elle chercha son adresse et le retrouva dans un article, debout avec ses bras autour de deux autres hommes qui avaient l'air un peu brutaux. Ils portaient des costumes trois-pièces et étaient plutôt bien habillés. Mais Doreen reconnut en eux ce regard de requin. Son mari avait le même regard. Elle étudia la photo pendant un long moment avant de noter leurs noms et l'adresse de Steve. Puis elle revérifia en ligne pour voir si c'était son adresse. Deux autres articles mentionnaient la rue, donc elle supposa qu'elle était sur la bonne piste. Mais il était hors de question de contacter Mack maintenant, sinon il serait vraiment furieux.

En cherchant l'adresse, elle la trouva un peu plus loin, de son côté du ruisseau. Juste en face de la maison de Penny et quelques maisons plus loin. Ce qui expliquait pourquoi Doreen tombait sans cesse sur Steve. Plusieurs grandes propriétés se trouvaient là-haut. Elle était un peu jalouse de ça. Il possédait trois hectares le long du ruisseau, et, selon les photos qu'elle pouvait voir sur Google, c'était bien protégé et privé.

Évidemment qu'il voulait de l'intimité… Alors comment se faisait-il qu'il fût lié à Penny et à toutes ces autres femmes ? Elle ne se souvenait pas de Penny mentionnant la façon dont ils s'étaient rencontrés. Ce n'était pas important, mais intéressant. Doreen s'assit et fronça les sourcils. Avait-elle tout faux avec Penny ? Steve avait-il quelque chose à voir avec les meurtres au sein de la famille de Penny ? Mais, non, Penny avait admis avoir tué son frère, et Doreen savait que George avait avoué avoir tué son père et l'infirmière dans ses carnets – pas directement avoué sur le papier, mais suffisamment pour entraîner l'imagination de Doreen dans cette direction. Puis George s'était suicidé, avec l'aide de Penny et de quelques plantes mortelles.

C'était donc réglé. Mais ça ne signifiait pas que Penny n'était pas au courant d'autres événements de la vie de Steve. Depuis combien de temps se connaissaient-ils ? Plusieurs décennies au moins. D'après la photo que Doreen avait trouvée plus tôt, il était évident qu'ils étaient proches.

Elle secoua la tête en réfléchissant, puis regarda ses animaux, tous allongés sur le sol, et demanda :

— Qui veut aller se promener ?

Mugs fit un bond une fois de plus. Il sauta et se mit à courir après sa queue, excité. Goliath recula hors de sa portée et le regarda avec dédain. Pendant ce temps, Thaddeus, qui dormait sur son perchoir dans le salon, vola vers elle. Il se dirigea vers le coin de la porte de la cuisine, pencha la tête et dit :

— Thaddeus promène. Thaddeus promène.

Doreen gloussa.

— On prendra peut-être un café avec Nan et une barre de céréales. Nous jetterons un coup d'œil à l'endroit où vit notre charmant avocat d'entreprise/vermine. Le fait qu'il vive si près de chez moi est un peu troublant. J'aimerais savoir où réside l'ennemi avant qu'il ne se montre à nouveau ici.

Bien sûr, Steve s'était déjà présenté plus de deux fois.

Elle prit une laisse avec elle, juste au cas où ils devraient marcher dans la rue ou s'ils rencontraient des personnes indésirables. Elle ne voulait pas que Mugs s'échappe. Il écoutait généralement très bien, mais un peu de prudence ne faisait jamais de mal.

Goliath, bien sûr, n'en fit qu'à sa tête. Doreen fut tentée d'acheter un harnais et de le lui mettre, mais elle ne voulait pas finir sur YouTube avec un Goliath qui essaie de s'en débarrasser. Comme elle ne pouvait pas attacher Thaddeus, elle se dit que ce n'était pas juste pour aucun d'entre eux. En attacher un et le garder prisonnier pendant que les autres étaient libres ? C'était bien mieux qu'ils apprennent tous à marcher ensemble. Et c'était souvent le cas. Ils formaient un groupe très agréable et soudé la plupart du temps. Avec un peu de chance, Thaddeus ne se laisserait pas distraire, Goliath ne partirait pas à sa poursuite, et Mugs ne déciderait pas que quelque chose vaut la peine d'être poursuivi.

Elle ne pouvait qu'espérer qu'aujourd'hui, ils se comporteraient bien.

Chapitre 20

Dimanche en fin d'après-midi…

L A PROMENADE LE long du ruisseau fut agréable jusqu'à ce que Doreen dût traverser pour arriver du côté de chez Penny. Puis elle devint mélancolique.

— Une minute. Si Penny ne m'avait pas attaquée, ou si elle n'avait pas tiré sur Hornby…

Elle était sûre que le jury blanchirait Penny pour le meurtre de son frère, uniquement par empathie, puisqu'elle avait subi le même genre d'abus que son frère. Mais ces récentes attaques contre Hornby et Doreen ? C'était une tout autre affaire. Les mains dans les poches, Doreen avança. Elle voulait traverser pour voir l'état du jardin de Penny, sachant qu'elle était ici pour une tout autre raison. Elle n'était jamais montée aussi loin.

Elle continua à marcher alors que le ruisseau se séparait d'une partie de sa rive, rendant le déplacement un peu difficile. Mais, avec les eaux encore basses, elle pouvait marcher le long du lit du ruisseau lui-même. Elle ne voulait pas tomber, se faire mal à la cheville et devoir appeler à l'aide. Ce serait humiliant. Certaines berges étaient très hautes à cet endroit, et elle savait que certaines d'entre elles étaient des propriétés privées, mais le long d'un côté il y avait un grand sentier.

Elle aurait dû traverser plus tôt pour rester sur le chemin le plus sûr. Les ponts, les passerelles et les passages souterrains permettaient de passer d'un côté. Elle n'était pas de ce côté évidemment. Doreen continua sa route, reconnaissant certains des points de repère qu'elle avait vus sur Google, puis arriva finalement au bout de la propriété de Steve.

Des pelouses impeccables s'étendaient devant elle. Elle pouvait continuer à marcher sur les rochers et ne pas violer sa propriété privée. En ce qui concernait les droits d'eau au Canada, personne n'était propriétaire de l'eau. Il y avait des propriétés étranges qui avaient des règles différentes écrites dans les actes, mais il s'agissait de règles archaïques plus anciennes. Le long de ce cours d'eau, il y avait une zone riveraine, et vous étiez propriétaire jusqu'aux laisses de crue, mais, une fois la ligne des hautes eaux atteinte, la ville en était propriétaire et contrôlait ce que vous pouviez faire avec votre terrain. Donc Doreen avait le droit de marcher là où elle se trouvait. C'était une terre de la Couronne. Elle continua à avancer, et se rendit compte que Thaddeus avait pris du retard. Elle fit demi-tour et lui offrit son épaule. Il sauta, roucoula contre elle, et se blottit le long de son cou. Il était assis, mais regardait avidement vers le haut et autour de lui.

— Nous ne sommes jamais venus ici avant, n'est-ce pas ? demanda-t-elle.

— C'est nouveau. C'est nouveau.

— C'est nouveau, en effet, acquiesça-t-elle en gloussant.

Après avoir appelé Goliath, ils continuèrent à marcher jusqu'à arriver à l'autre bout de la propriété de Steve. C'était un endroit étonnant. Le terrain s'ouvrait sur d'autres terres agricoles, des pâturages pour les chevaux et ce qui ressemblait à un centre équestre au loin. Le chemin avait disparu, mais elle supposa que, d'après le chemin usé sur lequel elle était hissée maintenant, c'était une zone que les gens utilisaient quand l'eau était basse. Elle était probablement autorisée à marcher le long de l'herbe, mais elle ne voulait pas qu'il la voie.

Il était facile de voir que cette propriété avait été financée par de grosses sommes d'argent, contrairement à la maison de Nan, avec son jardin sommaire et envahi par la végétation. Cet endroit était si parfait qu'elle savait que Steve employait des jardiniers et des paysagistes à plein temps pour s'assurer que tout soit impeccable. Elle le savait parce que c'était exactement ce qu'elle avait vécu auparavant, quand elle était mariée.

Dès qu'elle eut dépassé sa propriété, elle escalada la berge et continua sur le vrai chemin. Au moins, il ne la verrait pas ici. Tout ce qu'elle avait appris, c'est qu'il possédait un bien magnifique et cher et qu'il n'avait pas souffert en distribuant de l'argent. Mais peut-être que si le gang des motards se rendait compte que Steve avait quelque chose à dire, ou que Doreen avait quelque chose à dire sur ses activités, cela pourrait changer les choses.

Elle redescendit, et entendit quelqu'un courir derrière elle. Elle se retourna, se demandant qui c'était. Puis, elle fronça les sourcils, et se glissa sur le côté avant de prendre les marches qui menaient chez Penny. Si l'eau montait davantage, elle ne pourrait pas traverser facilement. Et pour Goliath, ce serait traumatisant. Elle s'arrêta au milieu du courant pour regarder derrière elle et vit qu'il miaulait. Elle fit demi-tour, l'attrapa et, sans même essayer de ne pas se mouiller, traversa le courant jusqu'à l'autre rive. Elle venait d'atteindre la zone arborée de l'autre côté, quand elle se retourna pour voir qui arrivait. Un homme passa en courant là où elle s'était trouvée un instant plus tôt. Et, bien sûr, c'était Steve. Elle resta plantée là, à froncer les sourcils. L'avait-il vue sur sa propriété ? Puis elle réalisa que, pendant qu'elle était ici, il pourrait se rendre chez elle.

Sur ce, elle s'élança à travers le ruisseau pour revenir de son côté, Goliath dans les bras, le cœur battant la chamade en réalisant qu'une fois de plus elle n'avait pas déclenché les alarmes et que toute la paperasse s'y trouvait. Il n'y avait aucun signe de Steve nulle part. En arrivant au coin de la rue, elle se précipita vers sa maison, ne sachant pas si elle était soulagée ou non. Tant qu'elle n'était pas à l'intérieur et qu'elle ne s'était pas assurée que tout était toujours là et en sécurité, elle n'avait aucun moyen de le savoir.

Elle se rua vers la cuisine et entendit la porte d'entrée se refermer. Mugs aboya, et Doreen traversa la maison jusqu'à l'entrée. Il n'y avait plus personne à présent. Bien sûr. Où étaient les médias occupés à prendre des photos quand elle en avait besoin ? Elle courut jusqu'à la porte de la cuisine, craignant qu'il ne passe par le côté. Mais alors qu'elle se dirigeait vers le garage, elle vit quelqu'un disparaître derrière la clôture.

— Tout est numérisé ! cria-t-elle.

À ce moment-là, il trébucha, mais continua à avancer.

— C'est bon, Steve. J'ai déjà tout donné aussi.

Mais il ne s'arrêta pas. Et elle ne savait pas quoi faire d'autre. Elle retourna dans la cuisine. Bien sûr, le dossier papier avec son nom avait disparu. Les coupures de presse qu'elle avait retirées du dossier étaient toujours là, face cachée, mais pas le dossier lui-même. C'était une bonne chose qu'elle ait tout scanné. Mais Doreen aurait voulu garder toutes les copies papier aussi.

Chapitre 21

Dimanche en début de soirée...

DOREEN APPELA MACK.

— Je n'ai pas encore eu l'occasion de chercher un seul de ces noms, dit-il avec exaspération après avoir décroché.

— Steve était à l'instant dans ma maison, répliqua-t-elle sèchement. Il a volé son dossier.

Il y eut un court silence avant que le policier ne réponde.

— Tu l'as attrapé ?

— Il a sauté par-dessus la clôture de mon voisin, mais je l'ai appelé et lui ai dit que j'avais tout scanné. Il est presque tombé sur la tête à ce moment-là.

— Mince. Tu es sûre que c'était Steve ?

— Il portait un sweat à capuche noir, mais c'était sa morphologie. Je n'ai pas vérifié s'il y avait des empreintes de pas. Je suppose que j'aurais dû faire ça en premier, dit Doreen en se pinçant l'arête du nez. C'était stupide de ma part.

— Ne bouge pas. J'arrive tout de suite. As-tu fini de scanner tous ces fichiers ?

— Oui. Et il n'a pas pris les éléments que j'avais retirés

de son dossier, les pages que j'avais mises de côté. J'ai fait des recherches sur celles-ci ce matin. Elles étaient retournées avec des trombones dessus. Il a juste pris son dossier et s'est enfui.

— Mais maintenant il va savoir ce que tu sais, déclara Mack. Et ça pourrait être une mauvaise nouvelle.

— Peut-être, mais il ne saura pas ce que j'ai retiré de son dossier. Il se demandera probablement s'il y en a d'autres. Parce qu'il a trouvé un dossier, mais ça ne veut pas dire que c'était le seul.

— Tu as le don de t'attirer des ennuis, n'est-ce pas ?

— Tu es déjà dans ta voiture et tu conduis jusqu'ici ? Si ce n'est pas le cas, je vais marcher jusqu'à chez mon voisin.

— Je suis dans ma voiture.

En arrière-plan, Doreen entendit un moteur démarrer et elle sourit.

— Bien. Je dois quand même aller à cette friperie et vider ma voiture.

— Tu ne l'as pas encore fait ? Tu aurais pu le faire au lieu de t'attirer des ennuis, répliqua-t-il.

— Et si j'avais été là quand Steve est arrivé ?

Un nouveau silence.

Elle sourit triomphalement.

— Tu vois ? Mon absence était peut-être une bonne chose finalement.

— Où étais-tu ? Si tu l'as vu sortir de chez toi, où étais-tu pour ne pas le voir entrer ?

— Je suis allée faire un tour, et j'ai remonté le ruisseau, répondit Doreen.

— Jusqu'où ? demanda Mack avec méfiance.

Elle fronça les sourcils face au téléphone.

— Juste un peu plus haut.

— Jusqu'où ? aboya le policier.

— Jusqu'à la maison de Steve, capitula-t-elle, avant d'ajouter précipitamment : Mais je ne l'ai pas vu, jusqu'à ce qu'il passe en courant, et il ne m'a pas vue.

— C'est une sacrée coïncidence s'il s'est introduit chez toi alors que tu étais chez lui. Comment se fait-il que tu ne l'aies pas vu ?

Elle expliqua ce qui s'était passé.

— C'est logique.

— Évidemment, s'exclama Doreen. C'est là qu'il a failli tomber parce que je lui ai dit que j'avais tout scanné.

— Tu lui as donné une raison de revenir, il doit se demander si tu as un disque dur avec tout ça.

— Mais il s'attendra sûrement à ce que je le stocke sur un cloud ou au moins que je me l'envoie par e-mail. N'importe qui ferait ça.

— Ce qui veut dire que tu es maintenant une plus grande menace que jamais, dit Mack d'un air sombre.

Elle était encore en train de parler quand elle entendit le véhicule de Mack. Elle sortit par la porte d'entrée avec les animaux et attendit qu'il s'arrête devant sa porte. Elle se dirigea vers la grande porte du garage et la souleva, réalisant qu'une fois de plus, elle ne l'avait pas verrouillée non plus.

— Qu'est-ce que tu fais là-dedans ? demanda Mack en sortant.

Doreen secoua la tête.

— J'ai réalisé que je pouvais maintenant me garer dans mon garage. Mais tu es venu ici pour autre chose.

Elle s'approcha pour voir où Steve avait sauté et pointa du doigt.

— Il est passé par-dessus la clôture ici.

— Je me demande pourquoi il n'a pas contourné la clôture, déclara le policier en regardant autour de lui. Je vois que les journalistes sont partis.

— Pour une fois qu'ils auraient pu être utiles, bougonna-t-elle avant de désigner la clôture d'un geste de la main. Elle ne fait qu'un mètre de haut. Quelqu'un comme Steve, qui est plutôt grand, peut sauter par-dessus facilement. Je suis sûre qu'il n'y a pas pensé.

— Peut-être.

Mack se dirigea vers la pelouse du voisin et vérifia s'il y avait des traces de pas dans le jardin.

— Ce n'est que du paillis d'écorce. Pas d'empreintes à trouver ici.

Il continua dans le jardin de devant, puis de l'autre côté. Doreen n'avait encore rencontré personne dans cette maison. Cindy et ses enfants se trouvaient dans la maison voisine, mais personne ne sortit quand Mack déambula autour des clôtures de cette maison.

Il secoua la tête quand il revint et dit :

— Aucune preuve médico-légale pour prouver qu'il était ici.

— Bien sûr que non. Juste le fait qu'il était dans ma maison. Et…

Elle le regarda et fronça les sourcils.

— Je ne pense pas qu'il portait des gants.

— Tu ne *penses* pas qu'il portait des gants, accentua Mack. Ou tu *sais* qu'il ne portait pas de gants ?

Elle y repensa, mais c'était difficile à dire. Tout ce dont elle se souvenait était qu'il portait du noir.

— Il avait probablement des gants, conclut-elle en affaissant ses épaules.

— Oui, c'était probablement le cas.

Elle retourna dans la cuisine et montra du doigt l'endroit où le dossier avait été posé sur la table.

— Donc, s'il est allé dans la cuisine et a regardé autour de lui, il aurait été juste là, disponible pour lui, exact ? interrogea Mack.

Elle hocha la tête.

— Heureusement que j'ai fini de scanner tout ça, dit-elle en ramassant les pages qui avaient été retournées et les lui tendit. Ce sont celles que j'ai trouvé intéressantes dans ce dossier. Ce sont des articles de journaux sur les trois différents incendies et les femmes qui ont reçu des chèques. Ces trois hommes faisaient partie d'un gang adverse.

Mack lui prit les papiers des mains en fronçant les sourcils.

— Est-ce que j'ai des copies de ces trucs ?

— Oui, dans le fichier numérique que je t'ai envoyé. Mais le fichier était volumineux, donc c'est un de ces liens Google sur lequel il faut cliquer pour le télécharger.

Le policier acquiesça.

— Je vais m'assurer de le télécharger. Mais envoie-moi aussi une copie papier de ces documents, d'accord ?

Elle retira les trombones, alla à son imprimante et fit des copies. Une fois les copies assemblées, elle les remit à Mack et lui dit :

— Ce sont celles qui me semblent importantes. À mon avis, il y en a d'autres parce qu'il n'y a aucune mention de l'incendie des Helmsman là-dedans. Donc c'est une autre affaire.

Mack hocha la tête.

— Je m'y mettrai lundi au bureau.

— Bien, dit Doreen. Je suis sûre que je peux rester en vie jusque-là.

Elle termina cette remarque en agitant légèrement une main dans les airs.

Mack posa ses mains sur ses hanches et la regarda fixement.

Doreen sourit.

— Aussi, j'essaie de trouver une certaine Veronica Phillips. Son père est décédé en 1901, selon son certificat de décès. Elle était apparemment la fille de la dame qui a écrit ces lettres d'amour et qui possédait les boîtes du trousseau.

— Alors, tu penses qu'ils étaient mariés ?

— Ils se sont mariés juste avant qu'il ne doive repartir, expliqua-t-elle. Je ne sais pas quel était son travail, mais il est tombé malade après son départ. Puis il est mort.

— Mais ils se sont quand même mariés, donc le trousseau a été utilisé ?

— Je crois qu'elle n'a jamais eu le temps de le déballer. Juste le temps de tomber enceinte.

— Ce qui, nous le savons bien, arrive souvent la nuit de noces, si ce n'est avant, ajouta Mack à voix basse. Je ne sais pas si je connais ce nom. Je vais jeter un coup d'œil et voir si je peux trouver quelque chose dessus.

— Ce serait bien. Il y a beaucoup de noms qui circulent, et j'ai pris quelques notes, mais c'est un peu confus.

— Tu as aussi un tas de choses à gérer.

Après avoir dit cela, Mack aperçut le bac en plastique avec les coupures de journaux. Il fronça les sourcils, les ramassa, et dit :

— Et c'est quoi tout ça ?

— Une amie de Nan, répondit Doreen. Elle a rassemblé tous ces documents, et apparemment, certains d'entre eux concernent un tueur en série de l'époque, Bob Small.

Les sourcils du policier volèrent, et il se retourna pour la regarder.

— Lui ?

Elle le regarda avec intérêt.

— Tu connais ce nom ?

Il hocha la tête.

— C'était un tueur en série notoire à Vancouver il y a de nombreuses années. Il a été arrêté pour quelques affaires et a fait de la prison, mais n'a jamais été arrêté pour les meurtres. Ce n'est qu'après l'évolution de l'identification par ADN qu'il a été lié à des affaires plus anciennes.

— Quelqu'un sait-il s'il est encore en vie ?

— Aucune idée, répondit Mack. C'est l'un des mystères de cette affaire.

— Bien sûr. Eh bien, j'ai trouvé tout ça dans ce placard plein de paperasse.

— Cette maison est pleine de trucs pour te tenir occupée, n'est-ce pas ? s'enquit Mack. Pourquoi ne pas te concentrer sur ça et laisser Steve tranquille ? Tu joues avec le feu. Si tu te brûles, ce sera mortel.

— Peut-être, mais j'ai vraiment l'impression qu'il n'est pas un danger pour moi, contrairement à quelqu'un qui rôde dans les parages et qui pourrait être une menace pour lui.

— Explique-toi.

— Tu l'as déjà expliqué, dit Doreen. Il y a une chance que quelqu'un d'autre sache que cette information est progressivement en train d'être découverte. Et il ou elle peut empêcher Steve de parler.

— Il est tout aussi probable qu'il ou elle ait peur qu'il laisse échapper quelque chose, renchérit Mack, en feuilletant distraitement les papiers qu'il avait entre les mains. C'est une grosse affaire. Tu ne peux pas jouer avec ça.

— Je n'en avais pas l'intention, se défendit Doreen. Steve ne m'intéresserait pas du tout, s'il n'y avait pas cette histoire de pistolet. Si tu pouvais au moins faire vérifier la balistique, on pourrait voir s'il a été utilisé dans d'autres affaires. Tu vas être blessé… ou pire… tué.

— *Nous*, dit-il avec emphase, attendons les résultats de l'analyse balistique. Je pourrais avoir des nouvelles lundi ou mardi, mais il y a de fortes chances que cela prenne plus de temps.

— Parfait, parce que j'ai l'intuition que nous allons en apprendre beaucoup plus que ce à quoi on s'attend.

— Je ne pense pas. Ce serait stupide de la part de Steve d'utiliser une arme directement liée à lui ou au gang ou à plusieurs affaires de meurtre ou d'effraction en cours.

Doreen pouffa.

— Est-ce que tu connais un criminel intelligent ?

Mack hocha la tête.

— Bob Small. Cet homme était très intelligent s'il avait fait ne serait-ce que la moitié de ce que nous craignons qu'il ait fait. Il a échappé aux forces de l'ordre pendant des décennies. Nous ne connaissons même pas l'étendue des crimes qu'il a commis.

— Combien de meurtres lui sont attribués ?

— C'était un routier, répondit Mack en haussant les épaules. Je pense que nous ne connaîtrons que la moitié de ses victimes. Mais, rien qu'à Vancouver, qui était l'une de ses bases principales, on en a recensé environ trente-deux.

Doreen se retrouva bouche bée.

— Trente-deux meurtres non résolus ! Comment se fait-il que le public n'en sache rien ?

— Parce que c'était il y a longtemps. Et j'insiste sur *longtemps*. Les forces de l'ordre ne font généralement pas remonter les choses aussi loin. Il ne reste pas beaucoup de personnes en vie qui s'en souviennent.

— Il en reste. Et je suis sûre que de nombreux membres

des familles de ces pauvres victimes sont également impliqués.

— C'est exactement pour ça que ça a ressurgi, dit Mack.

— Ressurgi ? demanda-t-elle avec curiosité.

— Tu te souviens que nous examinons régulièrement des affaires classées ? Eh bien, celui-là est apparu suite aux nouvelles affaires non résolues de généalogie.

— *Généalogie*, commença Doreen, puis fronça les sourcils. C'est cette nouvelle façon de retrouver les membres de la famille de quelqu'un ?

— Oui, mais c'est une science assez récente. Bien sûr, la généalogie est ancienne, et l'ADN est maintenant assez banal, mais retracer l'arbre généalogique dans l'ADN… C'est une perspective intéressante, et cela réduit certainement le champ. C'est là qu'on a trouvé Bob Small.

Elle le fixa, puis murmura :

— Ça fait beaucoup d'affaires.

— Beaucoup trop. Je vais m'occuper de Steve et de Bob Small. Tu vas chercher ta Veronica.

— C'est comme dire à une femme de rester chez elle, où elle sera en sécurité.

— C'est exactement ce que je te dis de faire, dit Mack après s'être penché en avant. Reste à la maison où tu seras en sécurité et arrête de t'attirer des ennuis.

— Ce que tu veux vraiment dire, c'est que je dois arrêter de me mêler de ce que je considère comme mes affaires.

Le policier gloussa.

— Exactement. Si tu décides de rentrer dans les forces de l'ordre, je peux te dire que la formation est assez dure. Tu seras peut-être encore en vie au moment où tu en sortiras, mais ça te rendra probablement folle parce que tu ne travailleras pas sur de vraies affaires pendant un long moment.

Doreen secoua la tête.

— Ça a l'air ennuyeux. Je pense que je vais continuer à faire ce que je fais. Ces affaires non résolues, beaucoup d'entre elles sont si anciennes qu'elles sont de notoriété publique. Je peux creuser autant que je veux.

Le sourire s'effaça du visage de Mack.

— Tu peux, mais tu ne survivras pas à toutes les attaques. Tu as été assez blessée comme ça.

— C'est vrai. Donc je vais devoir être plus intelligente à ce sujet. J'espérais que tu serais de mon côté, dit-elle d'un ton mielleux. Je t'ai beaucoup aidé.

— Pas de chantage, dit-il.

— Bien sûr que non. Je vais voir si je peux obtenir l'aide de Nan.

— Oh, non. Il faut que ça s'arrête aussi.

— Mais beaucoup de gens de Rosemoor ont de bonnes informations. Regarde juste toutes les boîtes que j'ai reçues de Solomon. Sais-tu la quantité d'informations qu'il y a là-dedans ? Des informations qui auraient pu être perdues si ces boîtes n'avaient pas atterri sur le pas de ma porte ? Littéralement ?

Il ferma les yeux, et elle put presque voir ses lèvres bouger, comptant probablement jusqu'à dix. Il rouvrit enfin les yeux.

— En résumé, tu dois rester en sécurité, conclut Mack.

— En résumé, j'ai été en sécurité jusqu'à présent. Tout le monde est venu à mon secours. Je ne m'y attendrai pas chaque fois, mais je ne peux pas tourner le dos à toutes ces affaires.

Il la regarda fixement, sans voix, et Doreen opina du chef.

— Donc c'est vraiment dans ton intérêt de m'aider. De cette façon, je n'aurai pas autant d'ennuis, et nous résoudrons ces affaires plus rapidement, expliqua-t-elle simplement avant d'ajouter d'un ton suffisant : et tu n'auras pas à t'inquiéter de ce que je fais.

— Je veux que tu te reposes demain, dit-il doucement. Un lundi à te reposer complètement. Lis un livre, assieds-toi au bord du ruisseau… Fais quelque chose qui ne soit pas lié à la criminalité. Laisse Steve se calmer aussi. Tu peux faire ça ?

— Pourquoi ? demanda-t-elle en le fixant du regard.

— Parce que tout le monde a besoin de faire une pause. Même toi. Prends du recul. Détends-toi. Fais le vide dans ta tête. Mardi, tu réfléchiras mieux et plus vite.

Ses paroles étaient sensées, mais… Elle regarda toutes les informations qu'elle voulait passer en revue et ouvrit la bouche pour argumenter, mais il posa une main délicate sur son bras.

— S'il te plaît. Juste demain, implora-t-il, et il ajouta, à moins, bien sûr, que tu ne puisses pas le supporter ?

Elle releva la tête, immédiatement préparée à accepter ce défi, et elle le regarda à nouveau fixement.

— Bien sûr que je peux.

— Bien, dit-il. Je te revaudrai ça.

Que Mack soit maudit de toute façon… Doreen était coincée, et elle le savait.

Chapitre 22

Mardi matin, tôt…

L E JOUR SE leva et Doreen gémit de soulagement. Elle l'avait fait. Elle s'était complètement reposée la veille. Comme convenu avec Mack.

Elle ne savait toujours pas comment il avait obtenu son accord, mais c'était le cas. Maintenant, ce supplice était terminé… Son visage arbora un sourire radieux au saut du lit avec de l'énergie à revendre. En y pensant sous la douche, elle se demanda si le fait d'avoir pris un jour pour se reposer l'avait aidée. Toute la journée avait été consacrée à la détente, elle s'était forcée à tout ignorer, du moins autant qu'elle le pouvait.

Elle avait bien dormi et se sentait merveilleusement fraîche.

Elle gémit. Mais ça voudrait dire que Mack avait raison.

Elle ne pourrait jamais lui faire savoir…

En fait, sa journée de repos lui avait permis de se remettre enfin des antiquités, du jardinage, du tri et du nettoyage de sa maison. Bien que, comme elle l'avait réalisé lors de sa dernière rencontre avec Nan, elle devait encore passer en revue la paperasse contenue dans ces deux dossiers.

Ou quatre. Elle se réprimanda mentalement d'avoir déjà essayé de réduire le travail de moitié. Mais elle affichait un sourire fou en sortant de la douche, en se séchant et en s'habillant. Tout l'attendait… Alors, chouette !

Les animaux l'attendaient aussi.

— Alors, qu'en pensez-vous les gars ? Qu'est-ce qu'il y a dans notre assiette aujourd'hui ?

Mugs aboya et sauta, puis se dirigea vers elle, à la recherche de caresses. Goliath les regarda avec dédain. Thaddeus, quant à lui, errait de haut en bas de la rampe de l'escalier, attendant qu'ils descendent. Doreen donna l'exemple, mais Goliath prit de l'avance et Mugs la suivit. Elle gloussait lorsqu'elle arriva à la cuisine. Elle désarma le système de sécurité et ouvrit les portes donnant sur le jardin arrière. Tout le monde sortit en courant, sauf elle. Elle était davantage intéressée par la préparation du café. Rien de tel que la toute première tasse de la journée. Puis, le café lancé, elle prit un bloc de papier et un crayon, et alla sur la terrasse pour s'asseoir face au soleil matinal.

Il était déjà 8 heures. Son petit matin n'avait pas été aussi matinal qu'elle l'avait pensé. Gardant un œil sur les animaux qui se promenaient dans les parterres du jardin, reniflant toutes les bestioles qui auraient pu passer par là pendant la nuit, elle rédigea une liste de choses à faire.

Elle allait vider sa voiture aujourd'hui. Elle avait passé en revue des vêtements qu'elle pensait initialement garder, et avait récupéré un autre sac plein qu'elle donnerait à Wendy pour le vendre. Doreen voulait donc l'ajouter aux autres sacs, destinés à la propriétaire du dépôt-vente, qui se trouvaient déjà dans sa voiture. Elle devait aussi faire d'autres courses. La nourriture de Mugs avait l'air un peu triste.

Avec cette pensée, elle se leva pour nourrir les animaux.

Quand ils entendirent les sacs s'agiter, ils accoururent.

— Vous êtes nourris à présent, mais moi non, dit-elle en riant.

Elle ouvrit le réfrigérateur et le choix s'avéra limité. La côte de porc avait déjà été mangée. En regardant à l'intérieur, elle se rendit compte qu'elle avait le nécessaire pour une bonne vieille recette : une omelette au fromage. Et même si elle les adorait, il était temps d'ajouter quelques autres aliments à son répertoire matinal. Elle pouvait essayer de brouiller les œufs, mais pensa qu'elle se retrouverait avec quelque chose de trop liquide ou de trop cuit. Elle opta donc pour une omelette, une fois de plus. Elle se versa sa première tasse de café, puis prépara son omelette et sortit les deux sur la terrasse.

Elle reçut un message de Mack.

Comment ça s'est passé hier ?

Parfait.

Tu t'es reposée et tu as laissé toutes les affaires tranquilles ?

Oui. Je déteste le dire, mais je me sens beaucoup plus énergique et vivante aujourd'hui.

(Emoji)

Cela la fit rire. Elle était d'une humeur tellement bienveillante qu'elle réalisa qu'elle devait à Mack plus qu'elle ne pourrait jamais le remercier, juste pour lui avoir appris quelques trucs. Et c'était en plus d'apprendre qu'elle avait besoin de se reposer. Elle était loin de beaucoup cuisiner, mais ajouter ne serait-ce qu'une omelette à ses compétences, avait été énorme. Elle voulait vraiment refaire des spaghettis, mais l'idée de préparer cette sauce toute seule était intimidante. Elle fronça les sourcils, en y réfléchissant. Si elle achetait les ingrédients, peut-être que cette semaine Mack pourrait l'assister pendant qu'elle le ferait. Elle sortit son téléphone et lui demanda.

Quand un grand **OUI** apparut sur son écran, elle comprit que l'idée lui convenait parfaitement. Puis elle se demanda de quoi elle avait besoin comme ingrédients. Elle retourna à l'intérieur et ramassa les notes de ses leçons de cuisine. Et retourna dehors. Elle apporta son ordinateur portable avec elle cette fois. Elle scruta ses notes et vit qu'elle en possédait la plupart, mais elle n'était pas sûre que ce soit suffisant. Il était devenu un peu sournois, en ajoutant des choses, comme le vin, quand elle n'était pas là.

Elle ouvrit un e-mail, y copia tout ce qu'elle pensait être nécessaire à la recette, et lui demanda en plus si elle avait besoin de quelque chose d'autre. Elle ne s'attendait pas à recevoir une réponse tout de suite, puisqu'il devait être au travail et qu'elle lui en avait certainement assez fourni ce week-end. Cela lui rappela un autre arrêt qu'elle voulait faire. Elle fronça les sourcils, car elle pouvait emmener les animaux chez Wendy et à la friperie, mais pas à l'épicerie ni à la bibliothèque. Sans compter que la voiture était pleine à craquer.

Et elle voulait vraiment faire tout ça. Les animaux semblaient être satisfaits sur la terrasse arrière. Elle se rendit compte à cet instant qu'en abattant la clôture arrière, elle ne pouvait plus garder Mugs en sécurité dans son jardin. Et Goliath, rien ne pouvait le retenir, lui ou Thaddeus. Mugs était généralement content de rester dans le jardin, mais elle ne voulait pas que quelqu'un entre et lui fasse du mal. Elle fronça les sourcils et se demanda ce qu'elle était censée faire. Enlever la clôture était une bonne idée, mais elle devrait mettre autre chose en place. Ou même simplement agrandir la terrasse et y installer une porte.

Elle aimait cette idée. Elle se leva et déambula en regardant la terrasse. Elle était assez étroite et longue, mais il n'y avait pas beaucoup d'herbe qui poussait sur le côté gauche de la maison. Si elle allongeait suffisamment la terrasse pour y installer une table et peut-être même un petit barbecue, elle pourrait la clôturer au niveau des marches et ainsi Mugs ne pourrait pas se promener dans le jardin et le long du ruisseau quand il le voudrait. Elle hocha la tête et nota une nouvelle idée concernant la recherche de plans. Elle se dit qu'il serait moins cher de le faire elle-même que d'engager quelqu'un. Mais ce ne serait pas forcément facile. Elle n'était pas sûre d'être encore prête à le faire. Il faudrait peut-être commencer par quelque chose de plus simple.

Elle s'égaya tout de même.

— J'ai les outils, plaisanta-t-elle.

Doreen mit de côté cette pensée. Après avoir fini de manger, elle rentra les animaux dans la maison, verrouilla la porte, enclencha l'alarme, et prit le dernier sac de vêtements pour Wendy, ainsi qu'une brassée de manteaux. Elle monta dans sa voiture et partit. Passant prudemment devant les quelques médias qui dirigèrent leurs appareils photo vers elle, elle leur fit un signe de la main et décampa.

Elle commença ses affaires en déposant tous les articles de charité, ravie que Mack ait eu raison lorsque plusieurs jeunes hommes sortirent et déchargèrent la voiture pour elle. Elle fut tentée de leur donner le sac et les manteaux pour Wendy aussi, mais Doreen se dit qu'avec le dépôt de Wendy, elle pourrait obtenir de l'argent. Ce fut dans cet état d'esprit qu'elle se dirigea vers le dépôt-vente, se gara devant la porte d'entrée et entra au moment où Wendy déverrouillait la porte.

Celle-ci lui sourit, en voyant la cargaison de manteaux et l'unique grand sac poubelle noir.

— Vous en voyez le bout ?

Doreen hocha la tête.

— C'est un sac de trucs que je pensais garder, mais, en les essayant, je n'ai pas vraiment aimé. Il pourrait donc y en avoir un peu plus, car j'en ai gardé pas mal lors du premier passage. Et, bien sûr, j'ai aussi apporté les manteaux dont je ne veux pas.

— Laissez-moi les prendre, dit Wendy.

Elles accrochèrent les articles sur des cintres à l'arrière du magasin.

— Ils sont d'excellente qualité. Je pense que je n'aurai aucun mal à les vendre.

Ravie, Doreen la salua et se rendit à la bibliothèque. Elle avait prévu de passer d'abord à l'épicerie, mais s'était dit que c'était idiot, car tout resterait dans la voiture pendant qu'elle ferait ses recherches. À l'intérieur, elle échappa à la bibliothécaire, car celle-ci était occupée à gérer d'autres clients. Elle se dirigea à l'arrière, vers l'ordinateur et les microfilms. Elle n'était pas sûre que ce soit le meilleur endroit, mais elle voulait absolument obtenir des informations plus datées sur Bob Small. Et les six boîtes du trousseau dans son salon représentaient des recherches encore plus anciennes.

Elle remonta les films aussi loin que possible, mais Veronica n'apparaissait pas dans l'année que Doreen cherchait. Et il y avait des centaines de rouleaux de microfilms, elle dut donc réduire le champ d'investigation. Fronçant les sourcils, elle passa à Bob Small. Il y en avait des tonnes datant de dix, vingt, voire trente ans. Elle se demanda s'il était encore en vie. Mais rien ne disait clairement qu'il était le tueur en série, bien qu'il ait été interrogé plusieurs fois. C'était donc un suspect, mais ils n'avaient jamais trouvé de preuves.

Ce qui faisait de lui un très bon tueur en série, et elle

détestait penser ça, car comment quelqu'un pouvait-il être un bon tueur ? C'était terrible. Elle tria ensuite les articles en ligne sur Steve, à la recherche de ceux traitant les incendies criminels. Puis elle réalisa qu'ils étaient trop récents pour les microfilms, et elle passa sur un ordinateur. Elle devrait faire ça chez elle, car elle pourrait imprimer des documents gratuitement. Elle hésita et décida qu'il valait mieux qu'elle le fasse chez elle parce que ces ordinateurs étaient publics. De plus, la bibliothécaire pourrait vérifier tout ce qu'elle avait fait quand elle était ici. Sur ce, elle effaça donc son historique, prit son bloc-notes et quitta la bibliothèque, ignorant la bibliothécaire qui l'appelait.

Doreen conduisit jusqu'à l'épicerie. Cet arrêt fut beaucoup plus difficile. Une fois qu'elle eut tout ce qu'il y avait sur sa liste pour la sauce à spaghettis, celle-ci lui parut étrangement grande et chère. Elle avait beaucoup d'ingrédients à la maison, mais pas en quantité suffisante pour certains. Elle prit les produits habituels dont elle avait besoin, ainsi que la nourriture pour animaux, et fronça les sourcils en voyant que la facture serait beaucoup plus élevée que d'habitude. Elle n'avait pas encore pris de viande. Et elle en avait besoin. Elle prit des boîtes de thon et du fromage, puis de la charcuterie pour les sandwiches.

Elle n'avait aucune idée non plus de la façon dont Mack avait préparé ses côtes de porc. Elle passa donc au rayon suivant et se demanda s'il serait compliqué de cuire un filet de poulet. Refusant de prendre des risques, elle prit un poulet rôti et se dit que cela lui suffirait pour quelques jours. L'addition la fit déchanter, mais elle sortit courageusement son portefeuille et paya.

Intérieurement, elle tremblait et craignait que le simple fait d'essayer de manger correctement ne vide son compte en banque. Mais elle se souvint de tout l'argent qu'elle avait gagné avec les pièces de voiture, de l'argent supplémentaire que Nan lui avait donné pour une virée à la déchèterie, et de son récent bol d'argent à la maison. Elle s'en sortirait pour un moment.

De retour chez elle, elle déchargea le tout. Mugs était plus que légèrement intéressé par la viande hachée qu'elle avait achetée pour la sauce des spaghettis et le poulet rôti. Elle l'écarta gentiment du chemin pour pouvoir tout mettre à sa place.

Elle avait presque fini quand son téléphone sonna. Elle répondit, mais il n'y avait personne à l'autre bout du fil. Elle fronça les sourcils et regarda son écran avant de voir que c'était un numéro inconnu. Elle détestait ça. Si les gens passaient un appel, ils devaient rester honnêtes sur leur identité. Elle posa son téléphone et se rassit pour continuer ses recherches.

Elle aurait dû être en train de fouiller dans les dossiers qui se trouvaient sur le côté, mais son esprit était bloqué sur Steve et ces incendies criminels. En recherchant les noms des hommes qui étaient morts dans les incendies, elle trouva les mêmes articles que Solomon avait imprimés. Doreen essaya de trouver quelque chose de nouveau, en vain.

Et, si Solomon était un bon journaliste, toutes ces infos seraient probablement dans ses notes et dans le reste du dossier. De plus, le journaliste avait accès à des choses qu'elle n'avait pas. Elle sortit le fichier PDF de Solomon sur Steve et en tria une partie. Elle fut tentée d'imprimer le tout, car le fichier était si gros. Il serait également plus facile de lire certaines de ces choses en format papier. Elle baissa les yeux et vit qu'il y avait 77 pages. Doreen grimaça, mais décida d'imprimer au moins les notes. Avec cela en main, ainsi qu'un stylo et son bloc-notes, elle fit une chronologie. Les incendies criminels avaient tous eu lieu en moins de deux mois, y compris l'incendie chez les Helmsman.

Tout ça en deux mois. Hautement suspect.

D'après ce que le journaliste avait noté, *un autre gang essayait de s'installer en ville. Les gangs étaient engagés dans une guerre ouverte et avaient tué un membre du gang et avaient brûlé sa maison. Le gang de Kelowna avait riposté.* Trois incendies et trois autres membres de gangs tués, c'était logique. Surtout s'il s'agissait de leaders dont la mort aurait complètement démantelé le gang rival et fait en sorte que les autres membres du gang ne soient plus impliqués ou quittent la ville pour d'autres horizons.

— Donc quatre dossiers.

Doreen décida d'ajouter quelque chose à cette note. *Quatre femmes payées.*

Mais après avoir lu ça à haute voix, elle se posa des questions. Quel serait le but de payer les femmes ? Les Devil Riders se sentaient-ils coupables et les femmes avaient-elles besoin de cet argent ? Ou bien les femmes avaient-elles aidé à tuer les hommes ou du moins étaient-elles au courant ?

Tout cela était fascinant et déroutant, mais, en lisant les notes et les articles de Solomon, Doreen découvrit qu'il avait été extrêmement linéaire dans sa prise de notes et qu'il avait inclus pratiquement tout ce dont elle avait besoin. Alors quel était le motif derrière ces chèques ? Steve avait l'air d'un philanthrope, d'un type bien, si les chèques venaient de son propre compte. Donc ce qu'elle et Mack devaient faire, c'était découvrir si Steve avait été remboursé suite à ces chèques. Cela avait du sens pour elle, s'il agissait en tant que conseiller d'entreprise pour les Devil Riders. Mais elle se demandait ce qui était nécessaire pour que la police obtienne un mandat pour vérifier les finances de Steve.

Doreen fronça les sourcils, en réfléchissant à la question pendant un long moment. Elle n'avait certainement pas cette compétence, et de toute évidence, le journaliste n'était pas allé aussi loin. Il ne pouvait probablement pas y avoir accès. Et quelle importance si Steve avait remis ces chèques ? En dehors du fait qu'il pouvait être un avocat du gang ou de la compagnie d'assurance, cela ne signifiait pas vraiment qu'il était impliqué dans quoi que ce soit de criminel, ce qui était ce que Mack avait dit quelques jours plus tôt. Il était évident pour elle qu'il était bien impliqué dans quelque chose de criminel, mais comment le prouver ?

Steve était trop insaisissable. Le fait qu'il se fut introduit chez elle et qu'il eut volé son propre dossier était aussi irritant. Le fait qu'elle lui eut dit qu'ils avaient tous été scannés signifiait qu'il savait que sa tentative de voler toutes ces informations avait échoué. Elle se demandait quelle serait sa prochaine action. À sa place, elle ferait probablement ses bagages et s'enfuirait, car il n'y avait aucun moyen d'empêcher les fichiers numériques de se répandre. Une fois numérisé, cela le restait pour toujours, et ça pouvait arriver n'importe où. En particulier à la police. Et le stockage sur cloud signifiait que, même s'il revenait et volait son ordinateur portable, il ne pouvait pas supprimer toutes les copies qu'elle avait.

Bien sûr, ça ne voulait pas dire qu'il n'essaierait pas. Doreen ouvrit sa messagerie et s'envoya des copies des dossiers à elle-même et à sa nouvelle messagerie spéciale qu'elle avait créée et qu'elle ne partagerait avec personne d'autre. Steve n'aurait pas les identifiants pour cela, donc elle pourrait toujours y accéder. Maintenant, à qui d'autre pourrait-elle l'envoyer ?

Le frère de Mack, l'avocat. Elle fronça les sourcils parce qu'elle n'avait pas vraiment envie de commencer à lui confier du travail supplémentaire – pas quand elle ne pouvait même pas le payer pour le travail qu'il faisait pour elle. Mais il pourrait être un bon point d'appui supplémentaire. Alors elle décida d'éviter ce contact pour le moment. Il valait mieux qu'elle laisse tout ça à Mack à la place.

Bien que celui-ci aurait besoin qu'elle parle à son frère à un moment donné… Elle le repoussait d'un jour… D'une semaine… D'un mois ou deux. Mais elle savait qu'elle ne pouvait pas le repousser indéfiniment.

Alors qu'elle réfléchissait à ce qu'elle allait faire de cette information, elle décida de se faire du thé. Ce faisant, son esprit se tourna vers Nan. Elle prit le téléphone et l'appela.

— Bonjour, ma chère, répondit la voix pétillante de sa grand-mère à l'autre bout du fil.

— Bonjour, Nan, dit Doreen avec un petit rire. Tu m'as l'air en pleine forme ce matin ?

— Je le suis, en effet. C'est une belle journée. Tu fais revivre cet endroit. Il y a maintenant plus de ragots que jamais. Cela me tient occupée.

— Un peu trop, dit Doreen. Il est évident que Steve a travaillé pour le gang des Devil Riders pendant des décennies, mais il y a très peu de preuves quant à ses actes répréhensibles.

— Il y a toujours des preuves. Tu dois creuser un peu plus profond.

— D'accord. J'essaie de localiser les femmes qui ont accepté les dédommagements pour découvrir pourquoi elles les ont reçus. Mais bon, ce n'est pas comme si elles étaient encore en ville. Du moins pas d'après mes recherches.

— Non, je ne pense pas, acquiesça Nan. Si elles sont

intelligentes, elles ont probablement changé de nom. Peux-tu aller à l'administration publique et trouver cette information dans les archives publiques ?

— Je ne suis pas sûre, répondit Doreen pensivement. Mais il doit y avoir une base de données quelque part, et ça doit probablement être payant.

— Bien sûr. Le gouvernement te prendra de l'argent, déclara la vieille dame. Je peux demander par ici si quelqu'un aurait pu connaître ces femmes.

— Ou les hommes, ajouta sa petite-fille. Ceux qui sont morts ont pu faire plus grande impression.

— Oh, oui, je vois ce que tu veux dire. Les décès sont plus marquants. Vraiment, est-ce que quelqu'un pense aux survivants ?

— Exactement. Tu as une telle richesse historique au bout des doigts à Rosemoor. Je suis stupéfaite.

— Eh bien, penses-y. Solomon aussi est toujours en vie.

— Tant mieux pour lui. J'aurais aimé qu'il ait recueilli plus de preuves. Il a rassemblé beaucoup d'informations, et il est évident dans son résumé qu'il pense que Steve est fortement impliqué dans le blanchiment d'argent, mais comment le prouver ? Solomon n'a pas recueilli assez d'informations pour les présenter lui-même à la police, alors je ne suis pas sûre de pouvoir le faire non plus.

— C'est vrai, dit Nan. Je ne pense pas que j'aurai l'occasion de lui parler. Je ne sais pas.

— J'espère que tu en auras l'occasion. Ce ne sera certainement pas mon cas. Alors, pose la question et vois si quelqu'un sait quelque chose à ce sujet, suggéra Doreen ; et sur le point de raccrocher, elle ajouta : Nan ?

— Oui, ma chérie ?

— Sois prudente.

Ceci fait, Doreen inscrivit le nom de Steve sur le nouveau dossier papier et copia le résumé et sa page de notes, puis elle remit le tout dans les boîtes de dossiers de Solomon. Entre les quatre boîtes de dossiers de Solomon et les six boîtes du trousseau, elle commençait à manquer de place dans le grand placard de l'entrée. Elle prit des liasses de documents que Nan avait gardées sur les étagères, pensant qu'elles étaient classées par année, pour se rendre compte qu'elles étaient complètement mélangées. Elle grogna, nettoya la table de la cuisine et ouvrit la plus petite des liasses. Puis elle tria les factures et les documents d'entretien de la maison, comme l'assurance.

Elle regarda celle-ci, secoua la tête et murmura :

— C'est une assurance-vie d'un demi-million de dollars.

Doreen ne savait même pas si Nan payait encore pour ça. Bon Dieu. Elle la mit sur le côté et continua. Il y avait plusieurs factures que Scott voudrait probablement, mais elle ne savait même pas s'il possédait ces pièces ou non. Il y avait également cette pile de documents provenant de Scott qu'elle venait de jeter sur une étagère du garde-manger. Et ce serait encore de l'organisation et de l'étiquetage dans son propre dossier. Doreen gémit, et se rendit compte, une fois de plus, qu'au moment où elle pensait en avoir terminé, elle était loin du compte. Il fallait absolument numériser les documents de Christie et les mettre en lieu sûr.

Chapitre 23

Mardi après-midi…

L'HEURE DU DEJEUNER était largement dépassée quand Doreen se laissa tomber sur sa chaise. Elle avait passé en revue tous les papiers de Nan, les avait classés par année, puis chaque année avait été décomposée en différentes dépenses faites par sa grand-mère. Des piles énormes de ces documents se trouvaient devant elle. Elle n'avait même pas encore regardé la pile de Scott, les factures pour les antiquités qu'il avait emportées pour les vendre chez Christie's. Mais elle avait un dossier vide qu'elle étiqueta, où elle plaça toute la paperasse de Christie's afin que tout soit réuni pour ne rien perdre.

Doreen scanna les factures et autres documents des archives de Nan qui pourraient intéresser Scott. Ce fut laborieux, car certains devaient être scannés manuellement, comme les petits reçus originaux. Mais, une fois cette pile terminée, elle les mit dans un dossier séparé et l'étiqueta. Maintenant que les deux dossiers étaient organisés et étiquetés, elle passa en revue les autres piles. Elle pensait que l'une d'elles était destinée à la poubelle, mais elle n'était pas sûre. Elle devrait demander à Nan. Toutes sortes de formulaires d'assurance avaient été remplis, mais Doreen ne savait pas si elles étaient souscrites ou non. Certains documents ressemblaient à des devis pour une reconstruction de la maison, et cela l'étonna. Nan avait-elle sérieusement envisagé de raser cette maison et d'en construire une nouvelle à la place ?

Elle ne savait même pas ce que cela impliquait. Et, pendant un moment, elle ressentit un sentiment protecteur envers sa maison. Après cela, Doreen attacha avec une pince la paperasse qu'elle ne comprenait pas et la mit de côté. Elle pourrait se rendre chez Nan plus tard dans l'après-midi pour boire une tasse de thé et voir si celle-ci avait des réponses. Une autre pile contenait ce qui semblait être des documents juridiques, comme l'assurance, les actes de propriété de la maison, et quelques papiers personnels, comme les mariages et les enterrements. Elle les regroupa. Puis elle sortit les papiers restants pour les mettre dans la poubelle de recyclage dans le garage.

Maintenant qu'elle avait fait tout cela, et que les scans des factures avaient été envoyés à Scott, elle ouvrit le dossier qu'elle avait créé pour tous les objets que Scott et son équipe avaient retirés de chez elle. Tant de pièces étaient répertoriées, y compris les œuvres d'art prises par Agatha et les livres de John. Elle regarda la liste des livres et se souvint que John avait pris presque tous les livres qu'elle avait empilés pour qu'il les étudie.

Elle regarda une étagère dans le garde-manger et vit les quatre livres qu'il n'avait pas pris. Elle n'était pas sûre de vouloir les garder non plus. Elle les attrapa, les scruta et haussa les épaules. Elle nota les titres, les auteurs et les dates de copyright pour poser des questions à sa grand-mère, puis elle remit les quatre livres sur l'étagère. Nan dirait qu'ils avaient de la valeur, mais John ne semblait pas s'en soucier. Doreen parcourut le reste du dossier Christie's pour se rafraîchir la mémoire, puis elle rangea le tout.

Une fois cela fait, à l'exception des documents que Nan devait examiner, Doreen envisagea de rendre visite à sa grand-mère immédiatement pour se débarrasser de ce désordre. Mais elle devrait probablement l'appeler pour lui faire savoir qu'elle venait. Sinon, Nan pourrait être en train de faire autre chose.

Apparemment, Nan pratiquait le bowling sur gazon dernièrement. Ce qui épatait Doreen. Elle n'avait pas encore vu le terrain de jeu, mais ça avait l'air amusant. L'une des raisons pour lesquelles elle n'avait jamais vraiment aimé le bowling était l'atmosphère fermée et le bruit incessant. Non pas que Doreen eut déjà joué au bowling. Mais elle avait assisté à quelques événements d'affaires organisés dans des bowlings, pour des clients de son ex-mari.

Elle ne comprenait pas toutes les règles de ce jeu ; de plus, cela avait été très déroutant avec toutes ces femmes en talons hauts qui essayaient de marcher sur les pistes de bowling. Elles n'étaient pas censées le faire, et les membres du personnel étaient hors d'eux en essayant de garder ces flambeuses sous contrôle. Mais cela allait aussi de pair avec le style de vie qu'elle menait auparavant. Alors qu'elle réfléchissait à ce qu'elle allait faire et qu'elle était un peu en désaccord avec elle-même, Nan appela.

— Tu devrais venir prendre le thé, dit celle-ci.

— Pourquoi ça ?

— J'ai quelque chose pour toi, répondit sa grand-mère à voix basse.

— Tu as parlé à Solomon ?

— Non, je ne peux pas entrer pour le voir. C'est autre

chose.

Doreen bondit sur ses pieds.

— Eh bien, j'ai aussi quelques questions à te poser.

— Parfait, dit Nan avec une satisfaction absolue. N'oublie pas d'emmener les animaux. J'ai des friandises pour eux.

Elle raccrocha, et Doreen gloussa.

— Eh bien, nous avons fait beaucoup de choses aujourd'hui, dit celle-ci à ses animaux. Pourquoi ne pas rendre une agréable visite à Nan. De toute façon, je n'avais plus envie de faire de gros travaux dans le jardin aujourd'hui.

Le fait était qu'elle avait besoin de faire un énorme travail de jardinage. Une plate-bande à la fois pour le moment ne serait pas une mauvaise idée, car elle devait encore désherber. Se sentant soudainement coupable d'avoir négligé son propre jardin et ses propres plantes, elle se précipita dehors avec les animaux jusqu'à ce que son pauvre jardin en piteux état soit hors de vue. Elle se promit que le lendemain, elle sortirait et établirait un plan.

Sur le chemin jusque chez Nan, Doreen profita du bel après-midi, et la promenade fut plus qu'agréable. Elle aimait regarder le ruisseau qui montait lentement. Les rochers étaient presque couverts. Elle cibla également quelques points de repère afin de pouvoir évaluer l'ampleur et la rapidité de la montée des eaux. Elle avait entendu dire que ça pouvait monter très vite, mais elle n'en avait pas encore été témoin.

Pendant ce temps, Goliath était plus intéressé par les canards qui caquetaient le long du ruisseau. Elle le comprenait. Alors qu'elle se dirigeait vers la bifurcation, une autre série de canards, d'une couleur bien différente, noire avec un peu de blanc sur eux, se posèrent. Puis ils semblaient plonger dans l'eau pour en ressortir ailleurs. Elle était fascinée et voulait simplement s'asseoir et les regarder, mais elle savait qu'elle était attendue chez Nan. Finalement, Doreen attira les animaux plus loin et continua à marcher. Mais, alors qu'elle avançait, elle entendit Goliath faire un bruit bizarre provenant du fond de sa gorge, et sa queue s'agitait. Il s'accroupit contre un rocher.

Quand Doreen aperçut une cane avec ses bébés flottant sur le ruisseau, elle haleta d'horreur.

— Goliath, non !

Celui-ci l'ignora, sa queue se contractant et ce bruit bizarre continuait à venir du fond de sa gorge. Elle ne savait pas à quoi ressemblait un chat en pleine chasse, mais c'était exactement ce qu'elle imaginait. Ne lui laissant aucune chance d'argumenter, elle le souleva et le jeta sur son épaule libre, Thaddeus chevauchant de l'autre côté. Puis elle gronda le chat pendant tout le trajet jusqu'à chez Nan. Il ne semblait pas vouloir discuter. Il regardait simplement en arrière, en émettant d'autres sons du fond de sa gorge.

— On ne chasse pas les bébés canards, protesta-t-elle pour la dernière fois.

Quand elle fut enfin arrivée au coin de la rue, elle pensa qu'il était peut-être prudent de poser Goliath au sol. Il lui jeta un regard noir, comme pour lui dire : « *Tu ne chasses pas, mais moi oui.* »

Puis il s'avança d'un pas assuré, la queue dressée en l'air, le bout fouettant l'air d'un côté à l'autre.

Doreen s'imaginait un langage complet pour les manières des chats. Et, s'il n'y en avait pas, elle devrait commencer à en écrire un. Ça la fit rire. Le chat ne lui appartenait que depuis très peu de temps. Le problème, c'était qu'elle essayait toujours de comprendre son langage, et cela ne lui rendait pas la vie facile. Elle comprenait beaucoup mieux les chiens.

Elle était encore en train de gronder Goliath quand ils approchèrent de Rosemoor et elle vit Nan debout au bout de son patio, les regardant avec un grand sourire. La vieille dame se pencha et appela Mugs, qui courut vers elle, ignorant complètement les pierres sur lesquelles il était censé marcher. Goliath le suivit en rebondissant longuement. Il ne restait plus que Doreen et Thaddeus qui fermaient la marche. Elle marcha sur les dalles, comme cela était demandé. En arrivant sur la dernière, elle remarqua le jardinier, debout, le regard braqué sur elle. Doreen lui envoya un sourire radieux et agita sa main. Puis elle se dirigea vers le patio de Nan. Celle-ci roucoulait quelque chose d'inintelligible aux deux animaux, qui se régalaient comme s'ils souffraient d'un manque d'attention depuis des semaines.

— Tu sais qu'ils reçoivent beaucoup d'amour, non ? s'exaspéra Doreen.

Nan gloussa.

— J'aime les voir comme ça. Vous apportez une telle joie dans ma vie.

Elle avait toujours un mot gentil. Doreen repensa aux tristes années perdues où les deux femmes n'avaient pas été en contact comme elles auraient dû l'être.

— Je suis si heureuse d'être venue ici, dit-elle avec précipitation.

— Moi aussi, s'enthousiasma la vieille dame en rayonnant. Le thé est déjà infusé. Tu as mis un peu plus de temps aujourd'hui, n'est-ce pas ?

— Les canards, s'exclama Doreen. Goliath pensait qu'il devait manger un des bébés !

Nan hocha la tête d'un air sage.

— Un animal reste un animal, dit-elle en penchant la tête pour regarder Goliath.

Il était allongé sur une pierre qu'il revendiquait comme sienne, chauffée par le soleil.

— Si tu le dis, dit Doreen. Je ne veux pas qu'il soit ce genre d'animal. Il a beaucoup à manger, quoi qu'il en dise.

Nan trancha quelque chose qui avait l'air délicieux.

Doreen se pencha en avant et l'étudia.

— Du pain de courgettes ?

— Pain aux noix, corrigea Nan.

— Oh, dit Doreen. Ça a l'air fameux.

— C'est de Mitzi.

Doreen se figea, la fourchette en chemin vers sa bouche.

— Vous êtes de nouveau amies ? demanda-t-elle prudemment.

— Eh bien, autant l'être, répondit Nan avec insouciance. On s'est fait plaquer toutes les deux.

Doreen eut quelques difficultés à étouffer son sourire.

— Je suis désolée, Nan. Les cœurs brisés ne sont pas une mince affaire.

— Non, c'est vrai. Bien sûr, le mien n'a jamais été brisé. Et Mitzi essaie d'aller mieux.

Doreen gloussa.

— Eh bien, remercie-la pour moi. C'est charmant.

— Elle me l'a apporté en prévision de ta prochaine visite. Je ne sais pas ce que tu as fait, mais tout le monde semble t'apprécier.

— Je ne connais personne qui m'apprécie, rétorqua Doreen. Les gens m'envoient des regards bizarres quand je suis dehors.

— Évidemment. Ceux qui ont des secrets à cacher, dit

Nan en agitant un doigt dans sa direction, savent que tu es à la recherche du prochain mystère.

Doreen leva les yeux au ciel en portant à sa bouche un morceau de gâteau aux noix. Il était délicieux avec juste un soupçon de cannelle et une belle pointe de miel. Elle dévora sa part, et sa grand-mère lui en coupa une plus épaisse, puis la déposa dans son assiette.

— Tu as mangé aujourd'hui ? la réprimanda Nan.

— J'ai pris un bon petit déjeuner. Mais je n'ai pas déjeuné. Je me suis occupée de toute cette paperasse à la maison.

— Oh, bien. Je suppose que tu en as apporté pour que je les regarde aussi ?

— Oui.

Sur ce, Doreen prit l'enveloppe qu'elle avait apportée et en sortit les deux pinces pleines de papiers.

— Il y a un tas de choses ici. Je ne savais pas si c'était encore valable ou si je pouvais le jeter.

Elle tendit le premier paquet à sa grand-mère, qui déclipsa la pince avant de parcourir les documents en marmonnant. Lorsqu'elle eut fini de séparer les documents en deux piles, elle avait identifié moins de vingt pages que Doreen pouvait garder. Tout le reste alla dans la poubelle dédiée au recyclage de Nan.

— Parfait, déclara Doreen. Et c'est quoi cette histoire d'assurance-vie ?

— Je l'ai payée. C'est un de ces prélèvements automatiques. C'est pour toi, tu sais.

Doreen la regarda fixement.

— Tu sais que tu m'as beaucoup donné, Nan.

— Eh bien, tu as découvert l'assurance-vie il y a un moment. Nous n'avons juste jamais vraiment discuté des détails.

— Je sais. Mais, quand j'ai trouvé ça, je n'étais pas sûre que ce soit la même compagnie d'assurance ou pas.

Nan prit le papier de la main de sa petite-fille et haussa les épaules.

— Tu sais quoi ? Je vais devoir me pencher sur la question. Quand tu rentreras chez toi, envoie-moi une copie.

— D'accord, acquiesça Doreen. Je ne suis pas certaine d'avoir tous les documents sur les autres polices d'assurance que tu pourrais avoir à comparer.

— Oh, ça me rappelle quelque chose.

La vieille dame se leva et disparut à l'intérieur.

Profitant de l'occasion, Doreen mangea le deuxième gros morceau de gâteau. Elle ne savait pas s'il s'agissait d'un pain ou d'un gâteau. C'était assez sucré pour être considéré comme un gâteau, mais elle espérait qu'il avait les bienfaits d'un pain. Elle ne s'inquiétait plus de son poids. Cela avait été une constante dans sa vie conjugale, mais maintenant qu'elle avait perdu tant de poids, elle essayait de se remplumer un peu.

Le temps de finir son deuxième morceau, Nan revint avec un autre dossier à la main.

— Pourrais-tu faire des copies de tout ça aussi ?

Doreen prit le dossier, en sortit le contenu et vit qu'il s'agissait de documents personnels de Nan.

— Bien sûr. Veux-tu qu'ils soient aussi numérisés ?

Nan hocha la tête.

— Ce serait parfait. Tu as besoin d'une copie aussi.

Doreen plaça le tout avec ses documénts et dit :

— Maintenant, pourquoi ne pas me dire quelles nouvelles tu as découvertes ?

— Hatty Hartley, annonça-t-elle. Et Claude Hartley. Ils devraient être dans les dossiers. Ou peut-être dans les dossiers de la police. Mack devrait vérifier.

Doreen se replaça sur sa chaise et regarda sa grand-mère.

— Pourquoi ça ?

— La sœur de Georgia Monroe, Hatty, a été tuée – non, c'est son mari, Claude, qui a été tué dans l'un de ces trois incendies criminels.

— Et est-ce que tu les connais… connaissais ?

Nan secoua la tête.

— Non, mais Dick oui.

— Qui est Dick ? demanda Doreen en essayant de mémoriser tous les noms.

— C'est l'un des plus jeunes membres ici, répondit Nan. Hatty était apparentée à sa nièce, donc il a eu des informations privilégiées sur l'incendie.

— Qu'est-ce qu'il avait à dire ?

— Que c'était un meurtre ! Ce Claude était mort, et la femme, Hatty, avait reçu l'argent pour se taire.

— C'est ce qu'on pensait, dit Doreen. Mais je n'ai pas entendu dire qu'il avait été assassiné.

— Non, il faut aller dans les dossiers de la police pour ça.

— Bien.

Doreen prit le crayon que Nan avait posé, sortit le bloc-notes qu'elle avait apporté et nota les noms.

— OK, donc nous avons un mari assassiné. La maison est brûlée, et la femme reçoit un chèque. Tout comme les quatre autres affaires, y compris celle des Helmsman dont tu m'as déjà parlé.

— Oui, et Dick n'a pas dit grand-chose d'autre. C'est juste que le chèque a grandement contribué au bien de Hatty.

— Alors, savons-nous si Claude était membre d'un

gang ?

— Dick ne l'a pas dit, et je n'ai pas pensé à demander.

— Mais la question est de savoir si elle a aidé son mari à mettre un pied dans la tombe.

Nan la regarda, et sa mâchoire se décrocha.

— Wouah. Je n'avais pas pensé à ça.

— Ce n'est pas comme si nous ne pouvions pas l'envisager. Elle a été payée, et son mari et sa maison ont disparu.

— Oui, pas de famille non plus.

— Y a-t-il une chance que l'on puisse lui poser la question ?

— Non, selon Dick, elle a pris l'argent et s'est enfuie. Il pensait que ça faisait partie de l'accord, répondit Nan.

Les morts et le manque de témoins déprimaient Doreen. Elle clarifia avec Nan les relations.

— Si tu peux en savoir plus, j'espère trouver quelqu'un qui était proche de Hatty et qui est encore en vie pour lui poser des questions sur ce paiement.

— Dick. Sa nièce est morte aussi.

— Wouah. Si je ne m'occupais pas de cette affaire, et que Dick décédait, qui resterait-il pour parler de ça ?

— Personne, dit Nan simplement. C'est pourquoi tu ne peux rien faire d'autre que de consacrer ta vie à la résolution de ces problèmes.

— Ce n'est pourtant pas une entreprise lucrative, s'exaspéra Doreen.

— Non, ça ne l'est pas. Mais une fois que tu auras vendu ces antiquités…

Doreen la dévisagea avec surprise.

— J'avais oublié ça.

Sa grand-mère rit.

— Ça ne semble pas réel, continua Doreen. Au moins jusqu'à ce que je reçoive un chèque que je puisse apporter à la banque.

— Ça arrivera.

— En parlant de ça, John, le spécialiste de Christie's, a laissé quatre livres derrière lui.

Le sourire de Nan se transforma en un froncement de sourcils.

— Il a quoi… ?

Un peu inquiète du changement complet de Nan quand son jugement était remis en question, Doreen sortit le bloc-notes.

— Ces quatre-là.

Nan lut la liste, puis rit.

— OK, il a raison. Ceux-là peuvent être donnés à des œuvres de charité.

— Oh, mon Dieu. Quel soulagement !

— Je les ai achetés à une vieille dame qui les trouvait importants, et elle était fauchée.

— Donc, c'était un achat de bonne volonté, dit Doreen avant de secouer la tête. C'est très gentil de ta part, Nan.

— Je devais être d'humeur généreuse ce jour-là.

— Steve n'est pas si vieux, peut-être une cinquantaine d'années, donc je ne sais pas s'il était impliqué dans des affaires de gangs à l'époque, déclara Doreen pour revenir sur le sujet.

— Bien sûr, il était plus jeune à l'époque. Steve ne doit pas avoir plus de 60 ans, et je pense que cela a dû se passer il y a une bonne trentaine d'années. Non, peut-être pas si longtemps que ça. As-tu des dates ?

— J'en ai trois, et c'était il y a environ vingt-deux ans, ajouta Doreen en regardant ses notes.

— Il devait être à la fin de la trentaine, juste au moment où il était le plus arrogant, dit Nan avec un soupir. Mais ça ne veut pas dire qu'il est coupable de comportement criminel.

— Non, nous avons besoin de preuves. Et, si les hommes ont été tués avant l'incendie, les cadavres auraient montré des blessures.

— Dick dit que Claude est mort avant l'incendie.

— Ce qui veut dire que Hatty le savait. Il serait utile d'avoir plus d'informations de la part de la famille, dit Doreen, exaspérée.

— Je vais demander à d'autres personnes pour les autres femmes, proposa Nan.

— Parfait.

Maintenant armée de plus d'informations, de paperasse et de choses à faire, Doreen se leva pour rentrer chez elle. Mais Nan lui demanda d'attendre et courut à l'intérieur. Puis elle ressortit avec un petit sac congélation et coupa deux autres tranches de gâteau aux noix.

— Tu ne peux pas tout me donner, protesta sa petite-fille. Je vais devenir grosse.

— Tu as adoré. Je t'ai vue.

Considérant cela, Doreen serra Nan dans ses bras avant de l'embrasser.

— D'ailleurs, avec tout le jardinage que tu fais, tu ne risques pas de prendre du poids. Ce qui est dommage. Tu es déjà trop maigre comme ça.

— Le jardinage ne s'arrête jamais à la maison, se plaignit Doreen en fronçant les sourcils. Je suis tellement concentrée sur le nettoyage de printemps et l'organisation de la maison en ce moment. Dès que je pense en avoir terminé, je me rends compte qu'il y a un autre coin à ranger et nettoyer.

— As-tu fait quelque chose dans le jardin ?

Doreen s'assit avec bruit sourd.

— Pas grand-chose. Et je me sens tellement coupable. J'ai travaillé si dur sur toutes ces affaires et puis j'ai fait le jardinage de Penny et de Millicent, que j'en ai négligé notre jardin. Mack m'a fait prendre un congé hier et demandé de ne rien faire. Maintenant je me sens encore plus coupable. J'aurais dû travailler dans notre jardin.

— *Ton* jardin, dit Nan avec fermeté. Je ne veux plus rien avoir à faire avec ça. Tu vas avoir du mal à te sortir de toute cette végétation.

— Je me suis dit qu'une fois rentrée chez moi, je prendrai une heure ou deux et que je m'y consacrerai chaque jour. J'y consacrerai quelques heures par jour. Cela me prendra peut-être quelques mois, mais au moins c'est un progrès. Et puis je pourrai déplacer les choses selon les besoins.

— J'aime cette idée. Tu as probablement envie d'une plus grande terrasse aussi.

Doreen sourit.

— J'y pensais justement ce matin. Il faut que je voie si c'est difficile d'agrandir la terrasse actuelle pour empêcher Mugs de sortir, car je ne vais pas dépenser l'argent chez un entrepreneur.

— Le neveu de Solomon qui t'a apporté toutes ces boîtes, commença Nan, son frère fait beaucoup de ces choses.

— Mais ce ne sera pas assez bon marché pour moi, répliqua Doreen.

— Non, mais tu peux faire beaucoup de choses toi-même. Demande-lui de t'aider à mettre en place la structure et à poser les fondations, ce qu'il peut probablement faire avec de gros blocs de béton. Mais assure-toi que tout est bien aligné et nivelé. S'il t'aide pour ça, tu pourras installer toutes les planches toi-même.

— Oh, quelle bonne idée ! s'exclama Doreen. J'avais prévu de harceler Mack de questions.

— Et tu sais que beaucoup de flics ne seraient pas contre t'aider une journée. Passe le mot. Qui sait ? Peut-être que ça ne dérangerait pas quelques personnes d'aider avec le gros du travail. Même certains de tes voisins.

Avec cette belle pensée en tête, Doreen rassembla sa bande et rentra chez elle.

Chapitre 24

Mardi en fin d'après-midi…

DE RETOUR A la maison, Doreen classa les papiers que Nan lui avait demandé de garder, dans un dossier séparé avec les notes d'aujourd'hui et autres. Puis elle passa ces pages au scanner et copia également la pile que Nan lui avait demandé de scanner. Enfin, elle renomma le fichier numérique et s'en envoya une copie par courriel et une autre à Nan. Ceci fait, elle plaça les copies qu'elle devait rendre à Nan sur la table et rangea les siennes.

Elle devenait douée pour ça. Mais elle avait aussi besoin d'une méthode pour toute cette prise de notes. Elle ouvrit un document Word sur son ordinateur portable et tapa quelques notes sur l'affaire de Steve. Après avoir terminé, elle fit des recherches sur l'arbre généalogique des Hartley. Le résumé du journaliste sur les informations de Steve lui avait été d'une grande aide, aussi Doreen voulait-elle continuer avec un résumé de son propre chef, en écrivant les informations que Nan avait glanées auprès de Dick sur ce nouveau nom, les Hartley. Mais c'était un peu plus confus. Doreen fit du mieux qu'elle put avec ses notes brouillonnes. Sa grand-mère n'avait-elle pas dit que le mari avait d'abord été tué, puis brûlé dans l'incendie de la maison ? Pour ça, elle avait besoin de Mack. Elle composa son numéro, et quand il répondit, sa voix était distraite.

— Hé. Tu as un moment pour parler, ou tu es occupé ?

Le policier poussa un soupir exaspéré.

— Je travaille à plein temps, tu sais.

Doreen grimaça.

— Alors, ça veut dire oui ou non ?

— J'ai un moment, répondit-il. Désolé. Je sors d'une réunion. Je suis frustré chaque fois.

— J'imagine, compatit Doreen. Les réunions sont plutôt l'occasion pour les gens de s'asseoir en cercle et d'éviter le travail qu'ils ont réellement à faire à leur bureau.

Quand il entendit cela, Mack éclata de rire.

— Pour quelqu'un qui n'a jamais travaillé dans une entreprise ou un gouvernement de sa vie, tu sembles avoir une bonne idée de la façon dont les réunions se déroulent.

— C'est la faute de mon ex, répliqua-t-elle sans ambages. Il se plaignait toujours du fait que les réunions étaient inutiles et que personne ne faisait jamais ce qu'il était censé faire.

Mack gloussa à nouveau.

— Alors, quel est le problème ?

— Les incendies criminels. Il y en a un cinquième, mais je n'ai pas encore de dossier sur celui-là. Je viens d'apprendre de façon détournée par Hatty Hartley que son mari, Claude, était mort avant l'incendie. Est-ce que c'est inscrit dans vos dossiers ?

— Je n'ai pas encore eu l'occasion de rouvrir ces affaires. Je pensais que tu les laissais tranquilles.

— Dick, à la maison de retraite, avait une nièce qui était liée à Hatty d'une certaine manière, renchérit Doreen, qui ne comprenait pas très bien comment cela fonctionnait. Mais Dick dit que Hatty a été payée pour garder le silence. Tu te souviens qu'on essayait de comprendre pourquoi les femmes auraient reçu un chèque ? Ce n'était pas par bonté d'âme de Steve. C'était pour garder le silence. Parce que le mari a été assassiné en premier, et ensuite le feu a été utilisé pour couvrir le meurtre.

— Mais la médecine légale aurait dû montrer s'il a été tué en premier.

— Peut-être, mais si c'est une blessure aux tissus mous ?

— Habituellement, s'il y a un corps, ils examinent très soigneusement les restes de l'incendie. L'autopsie montrerait s'il était vivant avant de mourir dans l'incendie.

— Bien sûr. Mais réfléchissons à ça. S'il est abattu dans son lit au premier étage, et qu'ensuite le feu ravage la maison, alors il ne reste pratiquement rien – juste quelques os. La balle aurait traversé le corps ou aurait été brûlée dans l'incendie. Le corps ne serait même plus au premier étage, compte tenu de la violence de l'incendie ; donc la balle est quelque part dans les restes de la carcasse de la maison brûlée. Tu es vraiment en train de me dire qu'ils vont la trouver ?

— Je l'espère, oui.

— *Humm*, dit-elle, confuse, en pensant au fait de trouver une balle dans les cendres. Eh bien, peux-tu vérifier les dossiers pour voir si c'est une nouvelle information ou si peut-être vous saviez déjà que Claude avait été assassiné en premier ?

— De plus, pour qu'un feu brûle aussi fort, il faut un produit inflammable.

Elle remarqua qu'il avait éludé sa question.

— Bien sûr, dit-elle. Donc, vous savez déjà que c'était un incendie criminel ?

Le silence.

Un petit sourire en coin apparut sur le visage de Doreen.

— J'adorerais avoir une réponse à ce sujet quand tu auras un moment, dit-elle avant de raccrocher.

La journée était déjà bien entamée, et elle n'avait pas jardiné parce qu'elle avait été trop occupée avec sa paperasse, mais ce n'était pas une excuse. Elle était déterminée à achever quelque chose dehors avant de manger. Elle se leva d'un bond et, au lieu de son thé habituel, prit une bouteille et la remplit d'eau froide. Puis elle prit ses gants de jardinage et ouvrit la porte arrière, laissant tout le monde sortir dans le jardin avec elle.

— Allons faire un peu d'exercice physique, lança-t-elle.

Elle avait déjà travaillé sur la plate-bande d'échinacées, elle choisit donc la suivante. En regardant vers la maison, elle était déterminée à travailler sur quelques mètres de son jardin chaque jour. Avec cette idée en tête, elle enfonça sa pelle dans le sol pour marquer ce qu'elle devait faire ce jour et commença à arracher les mauvaises herbes. Une heure plus tard, Doreen avait atteint son objectif. Elle poussa un cri de joie.

— Finalement, ce n'est pas si mal, dit-elle à Goliath.

Il était allongé sur le dos, les quatre pattes en l'air, et ronflait. Elle rit, sortit son téléphone de sa poche et prit une photo. Puis elle l'envoya à Mack et Nan. Elle la légenda : « Une dure journée de travail », puis rangea son téléphone. Après cela, elle jardina pendant une autre heure, déterminée à en faire un peu plus. Au moment où elle eut terminé une nouvelle section, elle réalisa qu'elle n'avait pas assez attendu d'elle-même. Elle pouvait faire beaucoup plus dans ce jardin. En un mois, elle pourrait mettre tout ça en forme et au moins savoir ce qui était planté ici. Mais c'était suffisant pour aujourd'hui.

Elle monta sur la terrasse, essuyant la sueur de son front, et regarda avec fierté les deux mètres de jardin qu'elle avait nettoyés.

— Pas mal, dit Mack derrière elle.

Elle poussa un cri et se retourna pour lui lancer un regard noir, sa pelle déjà en mode défense. Il recula d'un pas, les mains en l'air, mais son sourire disait qu'il n'était pas du tout désolé. Elle le fusillait toujours du regard.

— J'ai été attaquée trop de fois dans ma propre maison et dans mon propre jardin. Un petit avertissement serait le bienvenu.

— Un petit avertissement, c'est d'accord.

Il s'accroupit pour caresser Mugs, qui l'accueillit avec vigueur. Même Goliath s'approcha et remua sa queue, cherchant les caresses.

Thaddeus, quant à lui, était toujours perché sur une branche d'un des érables à proximité. Il regarda Mack.

— Thaddeus est là. Thaddeus est là.

Mack gloussa et s'approcha pour lui faire un câlin. En fait, c'était plutôt une caresse sur sa poitrine. Thaddeus sauta sur l'épaule du policier.

— Il n'attend pas vraiment d'invitation, n'est-ce pas ? demanda Mack.

— En effet, répondit Doreen joyeusement. Il fait ce qu'il veut, comme les autres.

— Eh bien, c'est juste, dit-il. Vu que tu en fais autant.

Elle lui lança un nouveau regard noir, et il esquissa un sourire.

— Rien ne prouve que monsieur Hartley tué dans l'incendie ait été assassiné, déclara Mack.

Elle haleta, et son visage s'éclaira.

— Parfait. Donc, c'est une nouvelle information.

— C'est une nouvelle *supposition*, corrigea Mack. Tu te souviens de cette chose appelée *preuve* ?

— Si vous n'avez pas trouvé de balle, ils l'ont tué d'une autre manière. Et, comme tu l'as dit, un produit inflammable a été utilisé, donc le feu a dû brûler plus fort que la normale, se précipita-t-elle de dire, puis fit une pause avant de continuer. Ce que je veux savoir, c'est où étaient les femmes au moment de chacun de ces incendies criminels ?

— J'ai vérifié, et apparemment Hatty est sortie plusieurs heures ce soir-là avec des copines, et son alibi a été vérifié.

— Je me demande si elle savait que l'argent allait arriver, dit Doreen, d'un ton cynique.

— Si c'était le cas, ça en ferait un acte prémédité, ajouta le policier.

— Elle est morte, donc il n'y a pas grand-chose que tu puisses faire à son sujet. Mais nous devons découvrir si les autres incendies criminels sont similaires.

— J'ai vérifié aussi les trois autres, qui étaient les incendies des gangs adverses. Et, oui, les trois hommes ont été brûlés dans les incendies sans aucune preuve qu'ils aient été tués avant.

— Il devait y avoir une raison qui explique pourquoi ils ne sont pas sortis de la maison en feu, dit-elle. Et ne me dis pas que dans tous les cas, les femmes n'étaient pas chez elles.

Mack enfonça ses mains dans ses poches et la regarda fixement.

— Oui, c'est exact. Mais leurs alibis étaient très différents. L'une n'était même pas en ville, elle rendait visite à sa mère à Vernon, la seconde devait se rendre à un mariage et l'autre était à Vancouver pour le week-end.

— Oh, comme c'est pratique, dit Doreen avec sarcasme.

— Oui, il y a des notes à cet effet dans le dossier, mais il n'en reste pas moins que leurs alibis se vérifient et qu'aucune preuve n'a été trouvée pour les relier à la mort de leurs maris.

— Bien sûr que non. On dit aux épouses de quitter la ville et de rester à l'écart. Plutôt que de rester à la maison et de mourir avec leurs maris, les femmes sont parties. C'est ça l'amour pour toi.

Mack secoua la tête.

— Tu dois travailler sur cette attitude.

Elle fronça le nez.

— Désolée, héritage de mon ex-mari.

— À juste titre, admit Mack, mais tu ne peux pas laisser cela détruire complètement ton comportement.

— Non, ça n'arrivera pas. Avec un peu de travail… Alors, comment savoir si ces hommes étaient morts avant l'incendie ?

— Eh bien, il n'y avait pas de poumons pour vérifier si de la fumée avait été inhalée, argumenta le policier. Leurs corps ont été assez bien incinérés, et cela a été fait délibérément de la part de l'incendiaire.

— D'accord. On va donc supposer qu'ils ont été assassinés. Sinon, pourquoi se donner autant de mal ?

— Et encore une fois, pas de médecine légale.

— Non, mais le lien est Steve.

— Juste parce qu'il a remis un chèque… commença Mack en croisant les bras.

— Mais le chèque provenait-il de son propre compte bancaire ? Et, si c'est le cas, y a-t-il eu un dépôt correspondant sur son compte de la part des Devil Riders ? Soit quelqu'un lui a donné l'argent à distribuer, soit quelqu'un l'a remboursé pour cet argent.

— Je vais jeter un coup d'œil à ça.

Mack l'étudia pendant un long moment.

— J'ai toujours besoin d'une valeur juridique pour entrer dans ses finances.

— C'est là. Nous devons juste continuer à creuser. Et je sais que tu n'étais pas sur ces affaires à l'origine, alors est-ce que les premiers enquêteurs sont toujours là pour nous parler ? Le journaliste a clairement indiqué que ces paiements avaient un but, et que Steve était derrière tout ça.

— Dommage que le journaliste n'ait pas trouvé de preuves à nous apporter, nous aurions pu faire quelque chose à ce moment-là ou maintenant.

— Je sais, dit-elle. Mais il est toujours en vie. Pas en très bonne forme. Il en est à ses derniers souffles apparemment, dans un hospice. Mais Nan pense qu'elle pourrait passer le voir.

— Je pourrais aussi passer, s'il y avait une raison légale potentielle, mais je ne veux pas contrarier un homme mourant.

— C'est vrai. Donc nous devons faire plus de recherches sur Steve.

— Les flics s'intéressent à Steve depuis un moment. Mais encore une fois, nous manquons de preuves et de raisons valables pour creuser plus profond dans sa vie.

— Je n'aime pas le système juridique parfois, déclara Doreen, ce qui fit rire Mack.

— La plupart des flics non plus, mais nous avons juré d'agir dans le cadre de la loi. Et cela signifie qu'il y a des limites à ce que nous pouvons faire.

— Il est entré chez moi illégalement. Pourquoi ne faites-vous pas quelque chose à ce sujet ?

— Peux-tu prouver que c'était Steve ? Tu connais les avocats. Ils déformeront tes mots et diront que ça aurait pu être n'importe qui et pas du tout lui.

— Je sais, répondit Doreen d'un air morose.

Puis elle se tut en réfléchissant à ses options.

— À quoi penses-tu ? demanda Mack avec méfiance.

Elle rayonna.

— Je pensais à un piège.

Le policier secoua la tête.

— Non, ça ne marchera pas. Steve opère comme ça depuis longtemps.

— Bien sûr, mais ça ne veut pas dire que son gang va aimer ça. D'entendre que le dossier a été déterré. Et si, par hasard, je faisais savoir que ce dossier est rempli de toutes sortes de preuves et de noms compromettants ?

— C'est pourquoi Steve a volé le dossier en premier lieu, lui rappela-t-il. Pour s'assurer que l'information ne sorte pas.

— Mais les gens ne le savent pas, n'est-ce pas ? Et ils ne savent certainement pas s'il y a d'autres dossiers qu'il n'a pas volés.

— Tu réclames que ta maison soit brûlée, prévint-il. As-tu oublié que c'est la façon dont ces gangs se débarrassent des problèmes ?

Cela l'arrêta. Elle resta prostrée un moment, les bras croisés sur sa poitrine.

— Eh bien, nous devons faire quelque chose. C'est difficilement acceptable.

— Je suis d'accord. Laisse-moi y réfléchir, veux-tu ? Et je veux me documenter sur les dossiers d'incendies criminels. Tu as trouvé quelque chose sur les autres trucs inoffensifs ? Comme la femme à qui appartenait le trousseau ?

Doreen secoua la tête.

— Pas encore. Nan ne sait rien des boîtes trouvées dans le grenier, et je viens de photocopier pour elle des papiers sur sa maison et d'autres choses. Et j'ai complètement oublié de regarder l'acte de fiducie de la maison pour voir à qui Nan a acheté cette maison. Je le ferai quand je retournerai à l'intérieur.

— Bien. Concentre-toi là-dessus en premier.

— D'accord. Mais je n'oublierai pas non plus les affaires de Bob Small.

À ce moment-là, Mack tourna sur ses talons et la regarda fixement.

Elle leva les deux mains en signe de frustration.

— Je sais que les tueurs en série sont dangereux. Mais honnêtement, je pense que Steve est l'un des plus dangereux. Il opère dans l'ombre, comme un serpent. Et il laisse les gens s'en tirer avec toute sorte de saloperies. Ça ne devrait pas être autorisé.

— Et on s'en occupe, lui rappela Mack.

— Oui, dit Doreen en souriant. *On* s'en occupe.

Chapitre 25

DES QUE MACK fut parti, Doreen se servit une tasse de thé, marcha jusqu'au ruisseau et s'assit sur son rocher. Elle comprenait que Mack s'inquiétait pour elle, et qu'elle devait être prudente, mais qu'était-elle censée faire quand, de toute évidence, quelqu'un était fortement impliqué dans les cinq incendies, tous criminels, et probablement des meurtres ? Le premier incendie, celui des Helmsman, avait sans doute tout déclenché. Et c'était aussi un incendie criminel. Doreen n'avait aucune idée de l'ampleur de l'affaire.

Et l'autre problème était de savoir combien de membres du gang d'origine étaient encore en vie, qu'il s'agisse du gang des Devil Riders ou du gang rival ? Combien en restait-il à poursuivre ?

Elle savait qu'il y avait Steve, et qu'il ne devrait pas s'en tirer à bon compte. Il lui restait encore vingt à trente ans à vivre, même s'il avait 50 ou 60 ans maintenant. Pourquoi devrait-il être autorisé à profiter de sa liberté alors qu'il avait causé tant de souffrance, de douleur et de perte ?

Bien sûr, ce qu'elle pensait n'avait pas d'importance. Il se passait tellement de choses autour d'elle qui n'avaient rien à voir avec elle. Mais elle se souvint ensuite des mots de Mack sur la façon dont Steve, ou le gang des Devil Riders, pourrait brûler sa maison en représailles à toutes ses recherches et son intérêt pour cette affaire. Elle détestait le dire, mais une de ses premières pensées avait été : « *au moins les antiquités sont en sécurité* ». Elle se demanda également si l'assurance de la maison était à jour. Elle nota mentalement de vérifier cela, s'assurant d'ajouter l'incendie s'il n'était pas déjà couvert. Même si selon elle, c'était obligatoire. Mais Doreen n'avait jamais payé de factures d'assurance auparavant.

Elle gémit. Elle avait tellement de choses à apprendre sur la possession d'une maison, surtout pour quelqu'un qui n'avait jamais payé sa facture de téléphone portable. Et comment l'assurance fonctionnait-elle si sa maison était réduite en cendres ? Était-elle toujours assurée si les dommages étaient causés par un incendie criminel ?

En s'asseyant au bord de l'eau, elle réalisa que la connexion entre Penny et Steve signifiait que la défense de Penny serait beaucoup plus forte si Doreen n'était pas là pour témoigner. Sur cette note, celle-ci s'inquiéta que son système de sécurité ne fût pas suffisant. Ses animaux auraient besoin d'être secourus en cas d'incendie. Et Penny avait de l'argent pour payer un pyromane. Surtout si elle avait vendu sa maison. Doreen ne savait pas si Steve ferait une faveur comme celle-là gratuitement pour quelqu'un qu'il aimait manifestement, mais cela lui profiterait aussi de ne pas avoir Doreen sur le dos. Encore quelque chose à prendre en compte.

Elle se leva et appela Nan.

— La maison est-elle assurée contre les incendies ? demanda-t-elle dès que sa grand-mère eut décroché.

— Bien sûr, ma chère, la rassura Nan, puis la voix de celle-ci s'aiguisa. Pourquoi ?

— J'étais assise au bord du ruisseau et je me posais la question, expliqua Doreen, sans s'attarder sur la raison de cet appel. Je me suis juste dit que je n'avais pas encore payé une telle facture.

— Je paie toujours à l'année. C'est dû à l'automne. J'espère que d'ici là, tu auras reçu l'argent des antiquités.

— Je l'espère, dit Doreen, qui s'inquiéta ensuite du coût de l'assurance. Combien coûte-t-elle ?

— Environ mille dollars, je crois, répondit Nan.

Doreen haleta.

— C'est beaucoup d'argent !

— Oui. C'est vrai. Il faut aussi tenir compte des taxes foncières.

— Qui s'élèvent à combien ?

— Plusieurs milliers de dollars. Tu recevras bientôt l'avis de taxes foncières. Il est toujours envoyé au début du mois de juillet. Tu obtiendras une subvention, car tu es propriétaire, mais elle ne sera pas tout à fait suffisante pour compenser le coût.

— D'accord.

Doreen voyait son compte en banque comme une grande baignoire, avec le siphon ouvert, et elle se retrouvait sans argent.

— Ce sont des factures assez importantes.

— En effet, acquiesça Nan. Mais je suis là, et on va y arriver.

— Merci. J'aimerais juste que tu n'aies pas à t'en inquiéter. Que je m'en sorte assez bien sans ton aide.

— Ce n'est pas le sujet du jour, répliqua Nan. As-tu trouvé quelque chose de nouveau sur ces affaires ?

— Non, répondit Doreen. Rien pour le moment.

— Et Mack ? A-t-il trouvé quelque chose ?

— Non. Il examine un tas de choses, mais rien de nouveau pour l'instant.

— OK. Tu me feras savoir quand tu trouveras quelque chose, d'accord ?

— Oui.

Puis Doreen raccrocha, regarda les animaux et demanda :

— Vous voulez faire une promenade ?

La réponse de Mugs fut une vague folle d'aboiements et de tournoiements, tandis que Goliath ne sembla même pas ouvrir les yeux.

Thaddeus était assis là, à dormir sur un rocher, et il ne semblait pas le remarquer non plus. Fronçant les sourcils, Doreen s'approcha et brossa doucement ses plumes.

— Tu ne dors pas assez, mon grand ?

Il s'éloigna de ses doigts comme si elle l'avait dérangé. Elle soupira et dit :

— Je ne partirai pas sans toi, sauf si tu veux que je te ramène à l'intérieur.

À cela, il se redressa avec indignation, s'étirant aussi haut qu'il le pouvait.

— Thaddeus est là. Thaddeus est là.

Doreen gloussa.

— Je le sais, grand fou, dit-elle affectueusement.

Elle lui tendit une main et il sauta dessus, puis marcha jusqu'à son épaule, où il se blottit près de son cou. Elle frotta doucement sa tête contre lui pendant un long moment, puis dit à Mugs :

— OK, allons-y.

Alors qu'elle s'éloignait, sans voir Goliath, elle se retourna. Il roupillait toujours en plein soleil.

— Goliath, l'appela-t-elle.

Il ouvrit les yeux et, la voyant partir sans lui, il se leva d'un bond et courut devant eux.

Elle gloussa.

— Je savais bien que tu ne voudrais pas être délaissé.

Ils marchèrent jusqu'au carrefour de la maison de Penny. Doreen voulait vraiment jeter un coup d'œil, même si elle ne savait pas si la maison était encore à vendre, vu que Penny était accusée de ces crimes. Mais réalisant qu'elle était probablement en liberté sous caution et que c'était une raison suffisante pour rester à l'écart, Doreen continua à marcher.

En fait, c'était chez Steve qu'elle voulait aller. Le chemin était plus long, et c'était le début de la soirée maintenant, avec le soleil qui commençait juste à descendre. Elle avait manqué le dîner et, quelque part, elle s'inquiétait de la tombée de la nuit. Quand elle arriva à la propriété de Steve, les ombres tardives du soleil s'étendaient sur son terrain. Elle resta là un long moment. C'était un endroit magnifique avec un très bel aménagement et un beau jardin vert et frais. Mais l'argent qui l'avait financé était taché de sang. Et c'était quelque chose qu'elle n'accepterait jamais.

Elle passa devant la maison de l'avocat et se dirigea vers la suivante, se demandant ce qu'il y avait exactement ici. Elle découvrit un autre manoir, et elle ne trouva que des manoirs sur les dix propriétés suivantes, du moins de ce qu'elle put voir. Elle continua à marcher avant de faire demi-tour, puis repassa devant la maison de Steve. Elle crut voir quelqu'un aux fenêtres. Un rideau se referma. Elle fronça les sourcils, prit son téléphone et photographia ce qu'elle put. Puis elle se dépêcha de retourner chez elle.

Au moment où elle franchit la porte de sa maison, un profond sentiment de malaise s'était installé en elle. Et pourtant, elle ne pouvait pas vraiment le justifier ou l'expliquer. Quelque chose n'allait pas. Au lieu de s'asseoir à l'arrière, elle se prépara un jus de citron chaud et s'assit à l'avant de sa maison. Elle ne savait pas pourquoi elle avait choisi cette boisson. Bizarrement, elle cherchait quelque chose de différent à boire ces derniers temps.

Elle s'assit en se demandant ce qu'elle était censée faire à présent. Elle avait tellement d'hypothèses et aucune réponse sur plusieurs cas. Doreen n'avait rien trouvé de nouveau sur l'incendie Helmsman non plus. Elle retourna à l'intérieur, puis envoya à Mack son troisième e-mail concernant la vérification des dossiers Helmsman pour voir si un homme mort avait été trouvé à l'intérieur. Puis elle démarra d'autres recherches parce qu'il y avait tellement de choses à faire.

Elle regarda distraitement les dossiers qui étaient encore sur la table de la cuisine. Son regard se posa sur le dossier qu'elle avait photocopié pour Nan, mais qu'elle ne lui avait pas encore remis. Il était trop tard pour que Doreen aille à Rosemoor maintenant. Elle ouvrit donc sa copie et la parcourut, trouvant le transfert du titre de propriété datant de plusieurs années. Nan avait acheté la maison aux Huntington. Brad et Jessica Huntington. Des noms qui ne signifiaient rien pour Doreen. Mais elle les nota et commença à faire des recherches. Elle n'avait aucune idée d'où ils étaient allés après avoir vendu leur maison ou s'ils étaient encore en vie.

Elle tapa dans son moteur de recherche : « famille Huntington Kelowna » ; bien sûr, le nom ressortit. En poursuivant sa recherche, elle trouva une notice nécrologique indiquant que le couple plus âgé était décédé, ce qui était

prévisible une quarantaine d'années plus tard. Les Huntington avaient eu un fils et une fille. Elle s'interrogea sur leur
âge, puis consulta l'annuaire téléphonique local et trouva le
numéro du fils, Ron. Elle appela avant de pouvoir s'arrêter.
Ron répondit. Elle expliqua qui elle était et dit qu'elle
recherchait la famille d'une certaine Veronica Phillips de la
fin des années 1890 ou du début des années 1900.

— C'est mon arrière-grand-mère, je crois, dit Ron.

Et quand Doreen lui donna plus d'explications sur le
trousseau, il soupira et dit :

— Eh bien, c'est possible, mais je n'en suis pas sûr.
D'après ce que j'ai compris, elle s'est remariée.

— D'accord. Sous quel nom la connaissez-vous ?

— Veronica Huntington.

— Ah. Je vais continuer à chercher pour voir si je peux
trouver des informations qui confirment que votre Veronica
Huntington est la Veronica que je cherche.

— Qu'est-ce qu'il y avait dans ce trousseau ? interrogea-
t-il avec curiosité.

— Des lettres d'amour. De la lingerie de l'époque, de la
vaisselle, et peut-être une nappe ou deux.

— Ah, donc rien de précieux alors.

— Je n'en sais rien, mais on dirait que rien n'a jamais été
utilisé. C'est pour ça que j'étais curieuse. Quelle découverte
étrange !

— Bien sûr, mais dans ces vieilles maisons, on peut
trouver n'importe quoi.

— C'est bien vrai.

Il semblait n'être intéressé que par quelque chose de valeur. Dans ce cas, Doreen était elle-même intéressée par ces
objets. Elle raccrocha et prit des notes. Les parents de cet
homme avaient possédé cette maison. Le trousseau de

Veronica leur venait donc de leur grand-mère ou bien le gardaient-ils pour quelqu'un d'autre ? Comment Doreen était-elle censée le savoir ? Elle aurait dû demander à Ron les coordonnées de sa sœur. Elle le rappela et lui posa des questions sur sa sœur.

— Elle est décédée il y a un certain temps, répondit-il. Cancer du sein.

— Je suis désolée de l'apprendre. Personne ne se soucie de voir les lettres d'amour alors, je présume ? demanda-t-elle, ressentant une déception déchirante.

— J'en doute, dit Ron. C'est un vieux truc.

— Oui. Sans aucun doute.

Lorsque Doreen raccrocha à nouveau, elle ressentit une grande insatisfaction face aux réponses de Ron. Elle comprenait son point de vue, car elle n'était pas du tout intéressée par les antiquités de sa propre famille. Mais ces lettres d'amour étaient tellement plus personnelles et tellement plus déchirantes. Elle n'avait pas demandé s'il avait des tantes. Elle voulut le rappeler une fois de plus, mais se dit que sa tolérance n'irait probablement pas bien loin. Elle fit des recherches sur son arbre généalogique à la place. Et elle tomba sur une Tina Huntington, la tante de Ron, et la seule autre survivante de la famille de cette génération, si elle était encore en vie.

Doreen ne trouva ni adresse ni numéro de téléphone. Mais, étant donné son âge, elle pensa à une autre ressource. Elle prit son téléphone et appela Nan.

— Tina Huntington ? lança Doreen dès que sa grand-mère eut décroché.

— Oui ? demanda Nan, d'une voix légèrement distraite.

— Sais-tu quelque chose sur elle ?

— Plus que je ne le voudrais. C'est une mauvaise

joueuse, répondit Nan d'un air contrarié. Et elle se plaint toujours de ses pertes.

Doreen se redressa.

— Tu veux dire qu'elle est à Rosemoor avec toi ?

— Oui, malheureusement. Et elle vient de perdre un pari aujourd'hui. Tu devrais l'entendre se plaindre. C'est presque comme si elle disait que j'ai triché !

— Oh, mon Dieu, dit Doreen. Ça a l'air assez dur.

— Ça l'est. C'est la dernière chose que je ferais. Si les gens n'arrivent pas à se décider sur la façon de parier correctement, alors pourquoi est-ce ma faute ? Vraiment, les gens s'attendent juste à ce que je leur fasse gagner de l'argent.

— Je suis désolée, Nan, dit Doreen. Est-elle saine d'esprit ?

Nan pouffa en entendant la question.

— Apparemment pas, car, comme je viens de le dire, elle m'accuse de tricher.

Doreen leva les yeux au ciel.

— Eh bien, elle pourrait être le seul lien avec ces boîtes du trousseau que j'ai trouvées dans le grenier.

— Vraiment ? s'enquit sa grand-mère avant de faire une pause.

Doreen pouvait l'entendre changer sa façon de penser.

— Huntington, répéta Nan. Qu'est-ce que ça a à voir avec qui que ce soit ?

Doreen expliqua.

— Eh bien, cela ferait de Veronica son arrière-grand-mère, non ?

— Je pense que Veronica est la grand-mère de Tina, et l'arrière-grand-mère de Tina est la femme qui a écrit les lettres d'amour, la mère de Veronica.

— Oh, bien. Dans ce cas, je vais devoir lui parler de ça,

dit Nan. Elle ne voudra pas de ces trucs non plus. Je peux te le dire. Elle déteste avoir des souvenirs de sa famille ou de son passé autour d'elle. Mais je vais demander.

— Je ne sais toujours pas ce que je suis censée faire de tous ces trucs alors. Ce n'est pas comme si quelqu'un allait porter ces vêtements. C'est dommage qu'il n'y ait pas un club d'histoire à qui je pourrais en faire don. Tu en connais un ? Quelque chose sur les premiers colons ?

— C'est possible, répondit Nan avec une animation soudaine. Je connais peut-être quelqu'un. Je peux demander ça aussi. Tiens-toi bien. Mince. Je devrais demander à Tina d'abord.

Clic.

Doreen fixa le téléphone, puis rit.

— Je pensais que j'étais la seule autorisée à raccrocher au nez des gens.

Mais sa grand-mère la rappela immédiatement.

— Tina n'en veut pas. Donc tu es tirée d'affaire. J'essaie toujours d'obtenir des réponses sur le meilleur endroit où tu peux donner ces objets, alors laisse-moi faire.

Eh bien, c'était une réponse, peut-être pas celle qu'elle cherchait, mais cela permit d'éliminer le dernier membre direct de la famille. Maintenant, il s'agissait de trouver la meilleure maison pour les objets.

Ce fut alors que Doreen entendit un bruit à l'extérieur. Elle se retourna et vit Mugs, qui fixait la porte. Les poils de sa nuque se dressèrent, mais il ne grogna pas. En d'autres termes, il était confus et ne comprenait pas ce qui se passait. Tout allait bien, elle aussi. Elle se dirigea vers la porte d'entrée, déclencha l'alarme de sécurité et alluma les lumières du porche extérieur afin de pouvoir jeter un coup d'œil dehors. Mugs était tranquille à ses côtés.

— Nous avons de nouveau besoin d'un dictionnaire des signaux des animaux, marmonna-t-elle.

Doreen alla dans la cuisine et ouvrit la porte du garage, en allumant les lumières. Il était vide, mais, bien sûr, la porte de garage de l'autre côté n'était pas verrouillée. Elle n'avait toujours pas réparé ça. Elle retourna à la cuisine, prit une chaise, et la coinça sous la poignée de la porte. Puis elle fit la même chose pour la porte de sa cuisine. Elle aurait du mal à dormir ce soir.

En allant se coucher, elle envisagea de dormir sur le sol du salon. Ce ne serait pas très confortable, et Mack serait sérieusement énervé contre elle pour s'être mise dans un tel pétrin. Mais un incendie déclenché au rez-de-chaussée ne donnait pas beaucoup d'options aux gens à l'étage. Elle regarda par la fenêtre et vérifia les alentours. Avec tous les systèmes mis en place, elle était en sécurité, mais elle savait que cela ne faisait aucune différence en cas d'incendie.

En y pensant de plus en plus, elle réalisa à quel point Penny aimerait que Doreen disparaisse. Et Steve aussi. Mais il fallait que ça ait l'air accidentel. Mais n'importe quel feu, surtout un incendie criminel, renverrait vers tous ces autres cas d'incendie criminel. Et Steve ne pouvait pas se le permettre. Pas plus que ceux qui restaient du gang de motards avec lequel il avait traité.

Lorsqu'elle se réveilla au milieu de la nuit au son des sirènes, elle se redressa d'un coup, son cœur cognant contre sa poitrine. Elle serra tous ses animaux contre elle, persuadée que sa maison était en feu. Pourtant, alors qu'elle était assise, frissonnant dans l'air frais du soir, elle ne voyait que l'obscurité autour d'elle.

Pas de fumée qui montait. Pas de flammes.

Rien que l'obscurité de la nuit.

Elle secoua ses méninges somnolentes et étudia le quartier. Il y avait des camions de pompiers, mais ils semblaient avoir continué leur route.

Son cœur s'effondra. Intuitivement, elle savait ce qui s'était passé. Elle s'habilla, réarma ses alarmes et courut vers la maison de Steve en empruntant le chemin du ruisseau. Il faisait nuit, mais il ne faisait pas encore assez clair vers 4 ou 5 heures du matin pour qu'elle soit sûre de ses pas. Elle trébucha plusieurs fois, mais se rattrapa avant de tomber. Dès qu'elle eut passé le coin de la rue, elle sut qu'elle avait raison, car elle pouvait voir le halo orange dans le ciel. Elle atteignit le bord de la propriété et resta plantée là.

La maison de Steve avait été complètement engloutie par les flammes.

Et elle savait que son corps serait à l'intérieur.

Chapitre 26

Mercredi, fin de matinée…

DOREEN, ACCOMPAGNEE DE ses animaux, était rentrée chez elle plusieurs heures après avoir assisté à l'extinction du feu et s'était effondrée sur l'herbe de son jardin, à la recherche de quelques heures de sommeil dans la lumière du soleil matinal. Elle aurait dû aller dans sa chambre, mais elle avait peur d'être couverte de cendres et savait qu'elle était trop fatiguée pour prendre une douche maintenant. Elle s'assoupit et se réveilla avec Mugs qui la réchauffait d'un côté et Goliath de l'autre. Thaddeus avait pris l'habitude de dormir sur un érable palmé juste à côté d'elle.

En ouvrant les yeux, elle vit que l'arbre était habillé de beaux bourgeons. Ce serait magnifique. Elle se redressa, puis gémit, tout son corps étant endolori. Pourquoi cela ? Elle baissa les yeux et vit le gazon bosselé sur lequel elle avait dormi.

— On va prendre une douche, les gars, annonça-t-elle après s'être relevée.

Elle entraîna sa famille à l'intérieur et se glissa sous une douche chaude. Elle y resta pendant un long moment, essayant de se débarrasser de la terrible nuit afin de pouvoir réfléchir. Une fois habillée et de retour en bas, elle prépara son café un peu plus fort que d'habitude, pensant que la caféine pourrait l'aider. En attendant, son téléphone sonna. C'était Mack.

— Bonjour, Mack.

— Tu n'as pas l'air dans ton assiette.

— Merci. C'est gentil, dit-elle avec sarcasme.

La voix du policier changea.

— Tu vas bien ?

— En dehors du fait que la maison de Steve a brûlé la nuit dernière, je vais bien, répondit Doreen.

— Je me demandais si tu en avais entendu parler.

— Je me suis enfuie de chez moi au milieu de la nuit quand j'ai entendu les sirènes. C'est donc toi que je dois blâmer pour ma mauvaise nuit de sommeil.

Puis elle sourit. Bien sûr, il n'était pas à blâmer – c'était la maison en feu de Steve qui avait nécessité les sirènes. Mais c'était une bonne façon d'embêter Mack.

Il y eut un grognement choqué à l'autre bout du fil.

— De rien, dit-il. Tu te souviens de la partie sur le fait de ne pas se mettre en danger ?

— Oui. Tu te souviens de la partie où tu disais ne pas m'effrayer inutilement ?

— Maintenant que la maison de Steve est en cendres, ce n'est plus utile, répliqua-t-il tranquillement.

Doreen grimaça.

— D'accord, tu gagnes un point pour celle-là. Je ne suis pas très bien réveillée. Je me suis endormie sur l'herbe après avoir regardé les pompiers travailler, et j'attends toujours que cette cafetière très lente me fasse du café pour me réveiller.

Il gloussa, sa voix basse, profonde et rauque.

— J'aurais aimé voir ça.

Le visage de Doreen se fendit d'un sourire.

— Tu m'aurais probablement crié dessus, mais Mugs était recroquevillé d'un côté tandis que Goliath était de l'autre. Thaddeus était perché sur l'arbre le plus proche. Donc c'était vraiment une façon amusante de se réveiller. Mais je suis épuisée.

— Je n'en doute pas. Mais peut-être pouvons-nous obtenir des réponses maintenant.

— Je me suis dit que Steve était probablement mort dans sa maison. As-tu eu des rapports à ce sujet ?

— Pas encore, dit-il. J'y suis.

— Quoi ?

Elle se redressa et regarda la cafetière.

— Pourquoi tu ne m'as rien dit ?

— Je suis un flic, tu te souviens ? Je vérifie les circonstances de l'incendie.

— Je peux te dire que le feu a commencé bien après minuit, car les sirènes m'ont réveillée vers 4 ou 5 heures du matin. Et, à coup sûr, tu trouveras un corps d'homme dans la maison.

Le silence.

— Tu le penses vraiment ?

— Bien sûr que oui. Comme tu l'as dit, chassez la nature, elle revient au galop.

— Je n'ai pas dit ça, corrigea-t-il. Et l'expression est, *chassez le naturel, il revient au galop.*

— Peu importe, dit Doreen en agitant sa main en l'air. Tu as dit que ça arriverait.

— Non, j'ai dit que ça pourrait t'arriver, et je pensais que Steve quitterait la ville.

— Je ne pense pas qu'il ait agi assez vite.

Finalement, la cafetière sonna devant elle. Elle l'attrapa et se servit une tasse. Puis elle sortit sous le soleil matinal.

— Il a probablement parlé à quelqu'un de mon dossier et s'est fait tuer pour son imprudence.

— Tu pourrais avoir raison, dit Mack, d'un air pensif. Ce qui signifie que tu es la prochaine.

Doreen fusilla son téléphone du regard.

— J'ai déjà passé une nuit d'enfer, donc, pas besoin d'utiliser tes tactiques d'intimidation.

— Je n'utilise pas de tactiques d'intimidation, répliqua le policier. Réfléchis un peu. Si un corps est trouvé sur cette scène d'incendie, et si c'est Steve, il est logique que tu sois la prochaine victime.

— Il n'y a pas eu d'autres victimes depuis plus de vingt ans, donc je doute fort que ce soit un problème.

Le truc, c'est qu'elle savait que Mack avait raison. Seulement, elle ne voulait pas l'admettre ; ce serait invivable si elle l'admettait.

— Ta maison est assurée contre les incendies, non ? demanda Mack.

— Oui. J'ai demandé à Nan hier.

Puis Doreen réalisa ce qu'elle venait de dire.

Mack gloussa.

— Au moins, tu prends ça au sérieux. Ou du moins un peu sérieusement.

— Je prends ça au sérieux, mais il y a une limite au sérieux.

— Calme-toi. Bois deux tasses de café, et peut-être que je passerai quand j'aurai fini ici.

— Bien. J'ai besoin d'un compte-rendu.

Juste à ce moment-là, elle bâilla fort et longtemps.

— Je vais raccrocher maintenant.

Et elle le fit. Le fait de lui raccrocher au nez la fit sourire. Elle sortit sur les marches du porche et sirota son café noir.

Dès qu'il atteignit sa gorge et descendit dans son estomac, Doreen poussa un soupir de joie.

— C'est peut-être la boisson du diable, mais je suis au paradis actuellement.

Chapitre 27

DOREEN PASSA EN revue plusieurs autres documents non triés de Nan, les classa, et mit de côté une nouvelle pile qu'elle devait lui apporter pour confirmer si elle devait les jeter ou les conserver. Sinon, selon elle, tout le reste était fait dans la maison. Et, même si la maison était réduite en cendres – Dieu l'en préserve – tous les dossiers de Solomon avaient été numérisés, donc il y aurait toujours une trace. Elle se servit un café et sortit sur la terrasse pour le déguster.

Elle n'avait pas eu l'occasion de se pencher sur l'autre mystère qui l'intéressait, les coupures de journaux de l'amie de Nan sur Bob Little. Ou était-ce Bob Small ? Brian Small ? Elle secoua la tête, son cerveau était trop embrouillé pour se souvenir de tout ça. Elle n'avait pas besoin de l'encombrer avec quoi que ce soit de nouveau.

Steve était maintenant le principal problème. Doreen voulait les noms de tous ces gens qui avaient été payés. Le problème étant, si le dédommagement était aussi destiné à les faire disparaître, alors le gang des motards avait fait du bon travail. Parce que personne ne semblait savoir où ces veuves étaient parties ; personne n'avait plus entendu parler d'elles.

Ou bien était-ce le contraire ? se demanda Doreen. Peut-être qu'elles n'avaient pas disparu. Peut-être qu'on les avait *aidées* à disparaître. Ces chèques avaient-ils été encaissés ?

Elle était assise sur la terrasse, réfléchissant à cela, quand elle entendit une voix à l'avant de sa maison.

Quand Mack franchit la porte d'entrée de la maison, Doreen se sentit un peu mieux. Mais pas franchement beaucoup.

— Je suis à l'arrière, cria-t-elle.

Le policier la rejoignit, et elle le scruta.

— Ça n'a pas tardé.

— Je suis arrivé à 6 heures ce matin, répondit-il. Maintenant nous attendons les rapports du chef des pompiers et du médecin légiste.

— *Médecin légiste*, répéta-t-elle.

Le visage de Mack était sombre quand il hocha la tête et dit :

— Il y avait un corps. Un homme seul dans la maison.

— Ahah ! s'exclama Doreen tandis qu'un doigt fendit l'air dans la direction du caporal. Tu vois ? Je te l'avais dit.

Il lui lança un regard noir.

— Oui, je sais. Ce n'est pas bien de dire, *je te l'avais dit.*

— Mais je te le dis, tu dois examiner une autre chose d'un peu plus près…

— Et que penses-tu qu'il faille examiner ?

— Si les chèques qu'il a soi-disant remis à ces femmes ont été encaissés.

Mack s'arrêta, se retourna sur lui-même et la regarda. Ses sourcils se levèrent.

Doreen opina du chef.

— Ce serait bien de le savoir, non ?

— Tu penses que, s'ils n'ont pas été encaissés, les femmes n'étaient plus là pour les déposer à la banque ?

— Steve ne me semble pas être quelqu'un qui gaspillerait de l'argent dans une telle affaire. Et si plus tard, l'une des femmes décide de parler ? Ou si toutes les femmes se réunissent et décident de parler ? L'inquiétude s'emparerait de Steve pour toujours. Mais… pas s'il peut se débarrasser des femmes et en même temps garder l'argent pour lui.

— Tu as un esprit très sournois et tordu.

— Merci, dit Doreen en souriant.

— Je ne suis pas sûr que ce soit quelque chose dont tu doives me remercier.

— Tu peux vérifier, n'est-ce pas ?

— En principe. Mais tu as raison. C'est une bonne piste de recherche, acquiesça Mack avant de montrer sa tasse et de demander : la cafetière est vide ?

— Presque, répondit-elle en se levant d'un bond pour entrer avant lui.

Elle se servit le dernier café. Il se retourna et la regarda avec indignation. Doreen sourit avec malice.

— Tu peux en lancer une nouvelle.

Mack pouffa.

— Tu es si désespérée ?

— Je ne plaisante pas, dit-elle. Je me suis réveillée sur l'herbe dehors.

— Tu peux dormir ici ce soir ?

— Je ne suis pas sûre, répondit Doreen. Il y a quelque chose de vraiment mauvais dans cette ville.

— Nous pensions que tout allait bien dans cette ville, répliqua le policier, une note d'humour dans la voix, jusqu'à ce que tu arrives. Ensuite, bien sûr, ça a tout changé.

— Apparemment, je suis une fouineuse et un cauchemar. Oh, et qu'est-il arrivé à Crystal ?

— Elle est sur le chemin du retour, mais un problème de paperasse a causé quelques retards. Nous espérons qu'elle sera là d'ici le week-end prochain.

— Bien. Je suis sûre que la ville sera ravie.

— Si tu penses que Steve, commença Mack, en la regardant alors qu'il s'appuyait contre le plan de travail et attendait que le café coule, a quelque chose à voir avec le fait que ces femmes n'ont pas encaissé leurs chèques, que penses-tu qu'il ait fait avec l'argent ?

— Ça dépend à quel point il était avide d'argent, répondit Doreen. Parce qu'engager quelqu'un pour tuer ces hommes et leurs femmes, puis engager un pyromane, signifie que Steve a dû payer ces gens. Cela signifie aussi que ces personnes sont au courant. Et s'il avait invité ces gens chez lui et les avait tués ? Tu as vu la taille de sa propriété ? C'est énorme.

Mack la fixa, puis regarda la vaste étendue de son jardin et le jardinage à faire auquel elle ne voulait pas penser. Puis il hocha la tête.

— C'est possible, mais il prendrait un sacré risque.

— Pas vraiment. Réfléchis-y. Tout le monde a une bonne image de lui. Toi-même tu sais qu'une image appropriée peut servir pour rendre quelqu'un impeccable aux yeux de la loi et du public. Personne n'y aurait pensé.

— Mais il a dû attendre pour tuer leurs femmes, afin de ne pas éveiller les soupçons, sauf qu'il aurait dû le faire assez tôt pour qu'elles n'encaissent pas leurs chèques. Et les enterrer ne garantit pas que les chiens de la police ne les trouveront pas.

— Eh bien, s'il l'a fait correctement, renchérit Doreen, ça n'aurait pas été très difficile non plus.

— Non… pas du tout. Parce que Steve a fait une grande extension sur cette propriété il y a plusieurs années, mais je ne me souviens plus quand.

— Et cela impliquerait un équipement lourd.

Le policier acquiesça.

— En effet, mais nous n'avons aucune raison de penser que ces femmes ont disparu. Il n'y a pas eu de déclaration de disparition à leur sujet.

— Dans vos rapports, dit-elle. As-tu vérifié ?

— Oui, répondit-il. Tu te souviens que je suis un flic ? J'ai lu les dossiers, et les flics affectés à ces affaires ont d'abord vérifié les noms des épouses. J'ai fait une double vérification sur ces noms, et ils n'apparaissent pas dans la base de données.

— Mais c'était il y a vingt-deux ans, non ? Quelle est la qualité des paramètres de recherche ? Quels étaient leurs noms de jeune fille et leurs familles savaient-elles au moins qu'elles étaient mariées ? énuméra Doreen avant de s'arrêter, puis elle demanda, et où se sont-elles mariées ?

— Quelle différence cela fait-il ?

— Pense à la façon dont l'union de fait est traitée au Canada. J'ai entendu des histoires sur la façon dont elles sont régies par des normes différentes, selon l'endroit où tu vis au Canada. Mais tu dois en savoir plus. Cependant, si les hommes mouraient, et qu'ils étaient propriétaires des maisons à l'époque, et s'ils n'étaient pas mariés, alors les femmes n'obtiendraient rien de la maison ou de l'assurance-vie. Si cela existait.

Mack s'assit à côté d'elle.

— C'est vrai, concéda-t-il. Donc ça expliquerait pourquoi Steve les aurait aidées avec un chèque.

— Exactement.

— Je vais devoir y réfléchir et me replonger dans la base de données, déclara Mack.

Puis il se pinça le nez avant de frotter l'arête.

— Un peu de sommeil m'aiderait aussi.

Doreen était désolée pour lui.

— Tu as raison, dit-elle. J'avais le choix de retourner dans mon lit, mais pas toi. Désolée.

— Non. Et apparemment, j'ai été forcé de venir ici pour écouter tes théories autour d'un café.

Au moins la note d'humour était revenue dans sa voix.

— Sauf qu'il n'y a pas eu de café, conclut-il.

— Le café est prêt. Sers-toi. En plus, avec ces affaires, il faut un regard neuf.

— Non. Ce n'est même pas un regard neuf. Il s'agit d'avoir quelque chose de nouveau pour ouvrir l'affaire. Et, dans ce cas, c'est exactement ce qui s'est passé. Parce que c'est la propriété de Steve, qu'il y a eu un incendie criminel, et qu'il y a un corps masculin, maintenant nous pouvons disséquer sa vie. Nous n'avions aucune raison de le suspecter et aucune preuve pour le désigner comme le coupable.

— Mais maintenant, vous pouvez le faire tomber, ajouta Doreen avec un sourire en coin.

— Ça ne sert à rien de le faire tomber, lui rappela-t-il. Il est déjà à terre. Et d'ici quelque temps, il sera six pieds dessous.

Doreen grimaça.

— C'est vrai, mais beaucoup de familles pourraient être impliquées dans beaucoup d'affaires non résolues.

Mack grogna, puis rit.

— Les gars veulent déjà que je t'empêche de creuser dans ces affaires classées. Tu as causé à tout le monde beaucoup de travail.

— Ils ne sont pas sérieux, n'est-ce pas ?

Elle espérait qu'ils plaisantaient. Elle ne voulait pas croire que les heures supplémentaires l'emportaient sur faire ce qui était juste.

— Non, ils ne le sont pas, répondit Mack en secouant la tête. Ils aiment ça autant que n'importe qui.

— Bien, dit Doreen, parce que je détesterais vraiment penser qu'un flic ne veut pas que ces affaires soient classées.

— Non, ça n'arrivera pas.

Chapitre 28

Mercredi en milieu d'après-midi...

E N MILIEU D'APRES-MIDI, Doreen retourna au lit et fit une sieste. Lorsqu'elle se réveilla pour la troisième fois de la journée, elle se sentit ravivée, comme si elle pouvait tenir jusqu'à la fin de la journée. Elle se leva et se prépara un des plus gros sandwiches qu'elle ait jamais mangés. Elle donna un peu de jambon et de fromage à Goliath et à Mugs et un peu de laitue à Thaddeus, et sa bande mangea avec une satisfaction paisible.

Sauf que son esprit bourdonnait d'idées. Si Steve était mort, ce serait un coup dur pour Penny. Doreen était quasiment certaine que, dans l'esprit de celle-ci, Steve serait son sauveur et la sortirait de là. Maintenant que son mari, George, n'était plus là pour l'aider à se sortir de ses situations difficiles, elle comptait probablement sur Steve pour la soutenir. S'il était mort, cela n'arriverait plus.

Les idées défilant dans sa tête, Doreen prit un bloc de papier et un stylo et les nota. Si les chèques avaient été encaissés, alors cette théorie, bien sûr, tombait à l'eau. Mais pourquoi n'y avait-il pas de dossiers sur ces femmes ? Ou étaient-elles toutes des femmes dans une position vulnérable ? Puis Doreen réfléchit et réalisa que les femmes de ces gangs étaient souvent séparées de leur famille et menaient de toute façon une vie précaire. Leurs parents ne savaient certainement pas où elles étaient ou n'avaient aucune idée de la façon dont elles vivaient au moment où tout cela s'était produit – à moins que les femmes elles-mêmes n'aient contacté leurs familles pour obtenir de l'aide.

Pourtant, si ces femmes avaient été avec ces hommes pendant un certain temps, auraient-elles appelé leur famille ? Doreen en doutait fortement. Mais c'était une possibilité. Et cela la ramena au premier cas d'incendie criminel. L'homme du gang de Kelowna qui avait été tué en premier et qui avait probablement provoqué les trois autres incendies et morts en représailles. Selon Doreen, ce premier incendie avait déclenché ce cercle vicieux. C'était l'affaire Helmsman. Où était sa femme ?

Elle fit autant de recherches que possible et trouva une Annette Helmsman qui avait survécu à cet incendie. Les recherches suivantes ne fournirent pas beaucoup d'informations. Mais lorsque Doreen fit des recherches sur le nom de famille, elle obtint un résultat. Il y avait quelques orthographes possibles listées à Kelowna. Mais Helmsman n'aurait pas été son nom *à elle* s'ils n'étaient pas mariés.

S'ils *étaient* mariés, elle n'aurait peut-être pas eu besoin d'un gros chèque de la part de Steve, car elle aurait obtenu le remboursement d'une assurance-vie ou même d'une assurance habitation. Mais une assurance-vie pour un motard, c'était un grand pas. Ils ne pouvaient probablement pas se le permettre. De plus, Doreen ne pouvait pas non plus confirmer la provenance du chèque. Et Mack n'était d'aucune aide pour ça non plus.

En y pensant, elle composa le numéro du nom avec la

première orthographe. La personne qui répondit semblait confuse et lui dit :

— Désolé, vous devez avoir fait un mauvais numéro.

Doreen remercia la personne et chercha la deuxième orthographe. Là, elle tomba sur un homme irrité, qui lui dit :

— Ce n'est plus son numéro.

— Savez-vous par hasard où elle se trouve ?

— Elle est dans un hospice, répondit-il. Mais je ne sais pas où.

Après ça, Doreen posa son téléphone et pensa aux hospices. Donc, un établissement comme celui où se trouvait Solomon. Mais probablement pas au même endroit. Ce serait une trop grande coïncidence. Cependant, il y avait un hospice en ville. Elle reprit le téléphone et appela, puis demanda l'état de santé d'Annette Helmsman et si les visiteurs étaient autorisés. La femme au bout du fil répondit :

— Seulement si Annette veut voir le visiteur. En général, c'est limité aux amis et à la famille.

— Oh. C'est vrai. Je ne sais même pas où elle est.

— Le centre de soins palliatifs Giusichan.

— D'accord, intéressant. Merci. Je vais téléphoner et voir si Annette apprécierait une visite.

— Certaines de ces personnes sont très seules, donc je suis sûre qu'elle sera reconnaissante.

Doreen remercia la femme, puis raccrocha avant de chercher le numéro de l'hospice. Ensuite, elle passa un autre appel.

— Annette ne reçoit pas beaucoup de visites, dit la femme à l'autre bout du fil. Je peux lui parler. Ou voulez-vous que je vous la passe ?

— Avec plaisir, dit Doreen.

À ce moment-là, le téléphone sonna, et une autre personne décrocha.

— Allô ?

À sa faible voix, la personne paraissait âgée. Doreen fut surprise qu'elle ait elle-même accès au téléphone. Mais, si c'était Nan, elle ne laisserait jamais personne lui enlever son indépendance en lui cachant le téléphone.

— J'enquête sur la mort de votre partenaire de l'époque, expliqua Doreen après s'être présentée.

— Oh là là, dit Annette, puis elle se tut avant de poursuivre d'une voix frêle. Vous savez quoi ? Quelqu'un a besoin d'entendre la vérité. Êtes-vous cette dame des os ?

— Oui, c'est moi, répondit Doreen en souriant.

— Pouvez-vous faire venir les animaux ici ?

Doreen grimaça.

— Y a-t-il un patio extérieur où je pourrais vous rencontrer ? Je ne pense pas qu'ils laissent entrer les animaux dans l'établissement médical.

La voix d'Annette baissa d'un ton et elle dit :

— Il y a une véranda. Mais je ne veux pas y être seule.

— Pourquoi ne viendrais-je pas seule d'abord, et ensuite je verrai si je peux obtenir la permission d'amener les animaux pour vous rencontrer ?

— Bien sûr, dit Annette, sa voix gagnant en force. Apportez un enregistreur. Il ne me reste plus beaucoup de temps sur cette terre. Mes jeunes années n'ont pas été les meilleures.

Même si sa voix gagnait en force, et qu'elle n'avait plus l'air d'être à l'article de la mort, elle était encore fortement essoufflée.

— Quand voulez-vous que je vienne ?

— Demain matin. Enfin, si je passe la nuit.

Après cela, Doreen raccrocha, et était maintenant inquiète pour Annette. Quelles étaient les chances qu'elle ne tienne pas jusqu'au matin ?

Ce n'était que la fin de l'après-midi, et Doreen savait que sa patience serait mise à l'épreuve si elle attendait jusqu'au lendemain matin, mais ce dont elle avait aussi besoin, c'était d'être préparée. Elle décida qu'au lieu d'utiliser son téléphone portable comme enregistreur, elle devrait probablement se procurer quelque chose d'un peu mieux. Elle sauta dans son véhicule et alla en ville. Un magasin spécialisé se trouvait près du centre commercial, et un autre petit magasin se trouvait près de Glenmore. Elle se dirigea vers le centre commercial.

Un vendeur lui proposa quelque chose pour moins de trente dollars. Mais c'était quand même de l'argent. Elle hésita et se dit que ça pouvait être important. Elle l'acheta et découvrit qu'elle avait besoin de piles pour l'appareil, alors elle en acheta un paquet.

De retour à la maison, elle le testa plusieurs fois. Avec ça, son téléphone et son bloc-notes prêts à l'emploi, il lui restait le reste de la soirée à passer. Et la meilleure chose pour cela était de travailler dur. Mais elle n'était pas sûre d'avoir assez d'énergie pour jardiner, alors elle grommela. Pourtant, il faisait encore jour, alors elle prit les animaux et cette fois une tasse de thé, puis sortit et commença à désherber. Si elle pouvait travailler sur un bon mètre, elle aurait l'impression d'avoir fait quelque chose. Elle s'acharna pendant quelques heures, puis s'effondra sur l'herbe.

— C'est fini, dit-elle à Mugs, en se mettant sur le dos. J'en ai assez.

Il aboya et s'assit sur ses genoux, en se roulant pour que ses grosses pattes soient dirigées vers le ciel. Elle gratta son ventre et passa quelques instants à le câliner. Son thé était froid depuis longtemps. Son sandwich avait été digéré depuis longtemps aussi. Elle avait besoin d'un moyen de déstresser et de se détendre avant de s'endormir.

Elle se souvint des quatre livres qui étaient encore en sa possession. Elle en prit un et le posa sur la table de la cuisine. Il était trop tôt pour aller se coucher, mais peut-être qu'avec un dîner léger dans sa chambre, elle pourrait se détendre et lire. Donc, c'est ce qu'elle fit. À 21 heures, elle s'effondra dans son lit.

Chapitre 29

L ORSQUE DOREEN SE réveilla le lendemain matin, elle fut soulagée d'avoir si bien dormi et aussi longtemps, même si elle avait encore peur que sa maison ne brûle au milieu de la nuit.

Elle prépara du café, fit attention à l'heure, car elle allait bientôt partir pour voir Annette. Doreen devait conduire, ce qui signifiait enfermer à nouveau les animaux. Annette avait demandé à les voir, mais Doreen n'était pas prête à les emmener à l'hospice sans l'autorisation de la direction. Elle pourrait facilement les amener lors d'une seconde visite.

Elle activa l'alarme et sortit, détestant devoir faire face aux regards tristes des animaux. En particulier celui de Mugs, qui l'accompagnait souvent, plus que les deux autres. Au moins, les médias semblaient avoir complètement disparu. Si elle arrivait à éviter les problèmes, ils ne reviendraient peut-être pas. Après avoir quitté le cul-de-sac, elle parcourut les quelques kilomètres qui la séparaient du centre de soins palliatifs.

En chemin, Doreen se demanda comment démarrer la conversation et comment obtenir les réponses dont elle avait besoin sans bouleverser une femme très malade, mais il n'y avait aucun moyen de le savoir à l'avance. Elle devait juste se jeter à l'eau.

Elle arriva dans l'entrée principale et vérifia dans quelle chambre se trouvait Annette. Le bon numéro de chambre en tête, Doreen suivit les instructions et frappa. Lorsque la voix cria « Entrez », elle s'exécuta et vit une femme qui avait l'air d'avoir été dépouillée de son corps et de son âme, et qui avait eu son compte.

— Je suis Doreen, la dame des os, se présenta-t-elle en souriant.

Annette fit de même.

— Je m'appelle Annette. Bien que vous ne soyez pas prêtre, je sens que j'ai besoin d'un moment pour me confesser à quelqu'un. Tout ce que je demande, c'est que vous ne partagiez pas cette information avant que je ne sois partie.

— D'accord, dit Doreen, sachant que ce serait sacrément difficile, puisque l'information pourrait sauver une vie.

Elle ne pouvait qu'espérer – et elle détestait penser cela – qu'Annette ne resterait pas longtemps dans ce monde.

Celle-ci semblait lire dans ses pensées.

— Ne vous inquiétez pas. Je ne serai plus là dans quelques jours de toute façon.

Doreen s'assit et alluma l'enregistreur.

— Je suis désolée d'entendre ça. Mais je comprends que faire face à la mort peut nous faire avoir des regrets.

Annette hocha la tête.

— Bon. Qu'est-ce que vous aimeriez dire au monde entier ?

— Moi, Annette Helmsman, commença la femme, les yeux fermés, d'esprit sain et de corps défaillant, je fais une dissertation sur ma vie et tous les problèmes de mon passé.

J'ai intégré le gang des Devil Riders de Kelowna lorsque j'ai épousé mon mari. Même s'il faisait aussi partie du gang, je n'avais pas réalisé ce que cette vie allait apporter. Mais j'étais une complice consentante et j'ai accepté ce mode de vie, même s'il était rude et pas toujours à mon goût. Nous n'étions mariés que depuis huit ans lorsqu'il a été tué dans l'incendie de sa maison. Ma vie a changé par la suite.

« Je faisais toujours partie du gang et on s'occupait de moi en quelque sorte, mais je n'appartenais plus à personne en particulier et on me faisait circuler jusqu'à ce que je puisse trouver un autre partenaire. Je ne savais pas comment quitter le gang, et je ne savais pas comment exister dans ce nouveau monde sans mon partenaire, alors j'ai simplement survécu jusqu'à ce que quelque chose change pour que je puisse sortir du gang.

« Mais je ne suis sortie du gang que près de vingt ans plus tard, et depuis, au cours de ces deux dernières années, ma vie a été beaucoup plus facile. Mais c'est aussi à ce moment-là que mon corps a décidé de se retourner contre moi à cause de ces années d'abus. J'ai un cancer du pancréas et je ne pense pas passer la semaine.

Elle se tut pendant un long moment.

Doreen ne savait pas si elle devait l'inciter à continuer ou juste laisser ses mots se déverser.

Finalement, Annette reprit le rythme.

— Les frères de gang de mon mari voulaient venger sa mort. Ils étaient persuadés que sa mort avait été causée par un autre gang qui s'était installé dans la région. Ils ont assassiné des hommes et ensuite brûlé les maisons de quatre familles différentes. Oui, avant que vous le demandiez, tous étaient membres de l'autre gang. Je ne connais pas les noms des hommes ni ceux de leurs femmes.

Sa voix s'affaiblit.

— Des années plus tard, j'ai compris que la vie était différente quand on ne faisait pas partie d'un gang comme celui-là. Pour mon rôle dans ces meurtres, je sais qu'il n'y a pas de pardon à demander.

— Quel était votre rôle dans ces meurtres ? demanda Doreen, essayant d'alimenter la conversation, mais choquée par ce qu'elle entendait.

— Je conduisais l'un des véhicules de fuite, répondit Annette. Je savais ce qu'ils faisaient à l'intérieur. Je savais que les femmes seraient épargnées, mais c'est à peu près tout.

— Vous étiez dans un gang de *motards*, hésita Doreen, alors pourquoi conduisiez-vous une voiture ?

— Pour que personne ne sache que c'était un coup du gang, dit-elle.

— Qui est responsable de la mort de ces quatre hommes ?

— Notre chef de gang, répondit Annette avant de reprendre son souffle. T-Bone. Et ses deux lieutenants, Red et Manny.

— Les avez-vous vus tuer ces hommes ?

Elle secoua la tête… Ou du moins, essaya.

— Non. Mais j'ai conduit ces trois hommes chaque fois aux maisons de leurs quatre victimes.

— Tous ces feux étaient relativement proches les uns des autres. Pourquoi ?

— Il y en a eu un par semaine pendant quatre semaines. Chaque lundi. Parce que T-Bone voulait que leurs victimes commencent la semaine en détestant ce qui allait suivre.

Doreen ne comprenait pas cette façon de penser, mais elle n'avait pas grand-chose à y redire.

— Comment les hommes ont-ils été tués ?

— Ils étaient… Non.

Elle s'arrêta, eut l'air confuse pendant un moment, puis continua.

— Ils ont été poignardés dans le ventre. Dans les tissus mous, sans entailler l'os. Puis leurs corps et leurs maisons ont été incendiés.

— Et les femmes, où étaient-elles ?

— On leur a toutes imposé de quitter la ville ou de subir les mêmes conséquences. Les hommes aussi, d'ailleurs. Mais ils ne l'ont pas cru. Et ils n'ont pas écouté. Mais quitter la ville les aurait fait passer pour des lâches. Alors, bien sûr, ils n'ont pas pu.

— Et les femmes ont toutes été payées par la suite. Pourquoi ?

— Parce que le gang des Devil Riders savait qu'elles causeraient des problèmes sinon.

— Mais comment ça marche ? Vous avez dit que les femmes étaient avec le gang et qu'elles en faisaient partie, que ce soit avec les Devil Riders ou le gang rival, non ? Alors pourquoi votre gang s'est-il soucié de leur survie après coup ?

— C'était l'idée de Steve. Les Devil Riders l'ont repoussée pendant longtemps. Et puis ils se sont dit, pourquoi pas ? Surtout quand ils ont découvert que l'une des femmes était enceinte. Ils se sont dit qu'une fois qu'elle aurait accouché, elle voudrait plus d'argent ou se venger elle aussi.

Annette pouffa à moitié, mais cela se rapprocha d'une toux.

— Steve m'a donné de l'argent aussi, mais ce n'était pas suffisant pour reconstruire une nouvelle vie en dehors du gang.

Doreen grimaça.

— Je suis désolée d'entendre ça. Savez-vous où sont parties les femmes ?

— Non, répondit Annette, d'une voix tendue. L'accord était qu'elles devaient quitter la ville et ne plus jamais être revues.

Tout ce que Doreen put penser était à quel point c'était pratique.

— Et y a-t-il autre chose avec laquelle vous devez faire la paix ? demanda-t-elle à Annette.

— Seulement que je suis désolée d'avoir eu un rôle dans tout ça. La vie n'était pas facile à l'époque. Je faisais tout ce que je pouvais pour survivre. Et c'était bien loin de la vie que j'avais enfin quand j'étais loin du gang. Mais maintenant, tous mes péchés m'ont rattrapée, et mon corps me le fait payer.

— Je suis désolée, s'excusa Doreen. Ça ne doit pas être facile pour vous.

La femme secoua la tête.

— Non, en effet, chuchota-t-elle. Mais j'ai fini par en comprendre une partie.

Puis sa voix s'éteignit.

Doreen attendit qu'elle continue, mais les yeux de la femme se fermèrent lentement, et sa respiration s'intensifia. Doreen éteignit l'enregistreur, se leva et quitta la pièce en silence.

— Je vous appellerai plus tard, murmura-t-elle en partant.

Elle se dirigea dans le hall d'entrée, puis sourit à la réceptionniste et dit :

— Merci. Annette dort à nouveau.

— Bien. Elle ne voulait pas de ses analgésiques ce matin pour pouvoir vous parler.

— Combien de temps lui reste-t-il ?

— Cinq jours maximum, répondit la réceptionniste. Mais sa volonté est forte. Honnêtement, nous pensions tous qu'elle serait morte il y a quelques semaines, mais quelque chose la tracassait. J'espère que ce dont elle voulait discuter avec vous l'a aidée.

— Je l'espère, dit Doreen avec un doux sourire. Je ne peux pas imaginer quelque chose de pire que d'aller dans la tombe en emportant des secrets qui vous terrifient. Y a-t-il une chance que je puisse amener mes animaux ici si je reviens ? Annette m'a demandé de les amener cette fois-ci…

La réceptionniste secoua la tête.

— Désolée, c'est contre notre règlement. Ils doivent être enregistrés comme animaux de thérapie.

Doreen la remercia et sortit dans le soleil du matin, se sentant presque sale de porter cette confession. Elle monta dans son véhicule et rentra chez elle. Quelque chose dans le fait de voir la vie d'un autre point de vue, et de réaliser combien cette femme avait été malheureuse et combien elle avait été ravagée par sa maladie, rendit Doreen reconnaissante d'avoir la vie qu'elle avait avec Nan et ses animaux.

Elle s'engagea dans son allée, ouvrit sa porte de garage avec la télécommande, et rentra sa voiture à l'intérieur. Doreen sourit en sortant, ferma la grande porte à deux battants et se dirigea vers la porte de la cuisine, mais se rendit compte qu'elle avait verrouillé la porte avec une chaise. Elle sortit en gémissant par la grande porte, qu'elle referma à l'aide du digicode, puis elle se dirigea vers la porte d'entrée.

En regardant par la grande baie vitrée donnant sur le salon, elle put voir Mugs devenir fou parce que quelqu'un était entré dans le garage. Bien qu'il ait probablement reconnu le bruit de sa voiture, il ne comprenait pas ce qui se passait. La porte automatique était également une chose nouvelle pour lui. Tout comme pour Doreen. La télécommande était dans le garage depuis le début, mais elle n'avait pas fonctionné jusqu'à ce que Mack la manipule. Et elle n'avait même pas réalisé qu'il l'avait fait jusqu'à ce qu'il lui tende la télécommande et lui explique comment l'utiliser.

Elle alla à la porte d'entrée, la déverrouilla avant de la refermer, désarma le système de sécurité, et s'assit sur le sol. Les animaux se précipitèrent vers elle, et elle les câlina.

— Quand je mourrai, annonça-t-elle, faites que ce soit rapide. Et que ça ne vous complique pas la vie, les gars.

Après avoir donné à chacun l'amour dont il avait besoin, elle se leva et se dirigea vers la cuisine pour se préparer une tasse de thé. Quelque chose était si triste à propos d'Annette. Personne n'avait parlé d'un enfant, d'une famille, ni même de quelqu'un qui se soucierait d'elle. Et même la réceptionniste disait qu'elle n'avait pas beaucoup de visiteurs. C'était encore plus triste.

Mais maintenant Doreen avait quelque chose d'important à gérer. Pendant que la bouilloire chauffait, elle ouvrit son ordinateur portable et brancha l'enregistreur, espérant contre toute attente qu'il avait fonctionné. Puis elle copia l'enregistrement sur son ordinateur portable et le stocka sur son cloud.

Après ça, elle écouta la voix rauque d'Annette. Sa douleur remplissait la cuisine. Ensuite, Doreen le copia et l'envoya à son nouvel e-mail pour le garder en sécurité. Comment pouvait-elle ne pas le dire à Mack ? Cela ne ferait de mal à personne à ce stade du jeu, et c'était important, car cela concernait les cas d'incendies criminels.

Juste à ce moment-là, Mack, sachant peut-être qu'elle pensait à lui, l'appela. Doreen soupira joyeusement.

— Hé.

— Hé, répéta-t-il. Tu as l'air différente.

— Oui. Je viens d'écouter la confession d'une femme mourante, expliqua-t-elle tristement. C'est douloureux, et je lui ai promis de ne le dire à personne avant qu'elle ne meure.

— Quelle confession ? demanda Mack, d'une voix dure.

Doreen grimaça, prit une grande inspiration, et laissa les mots sortir d'un coup.

— Son rôle dans quatre meurtres.

Chapitre 30

Jeudi, fin de matinée…

DOREEN RETINT SON souffle pendant le silence de Mack. Elle grimaçait déjà, et la réaction du policier ne se fit pas attendre.

— Quoi ? rugit-il. Tu es sérieuse ?

— Oui, répondit-elle d'une petite voix. Je suis désolée.

— Désolée ? s'enquit-il, toujours en colère. Désolée pour quoi ?

— Parce que je ne peux encore rien te dire.

Il y eut un autre silence stupéfait.

— Dis-moi que ça n'a rien à voir avec les affaires en cours, déclara Mack.

Doreen grimaça à nouveau.

— Je ne peux pas mentir, murmura-t-elle.

Il gémit de colère.

— Tu causeras ma perte, cingla-t-il avant de raccrocher.

— Pfiou, ça s'est bien passé, dit-elle aux animaux rassemblés autour d'elle.

Ils avaient tous un air inquiet sur le visage. Comment pouvait-elle le savoir ? Sauf qu'à présent, elle comprenait certaines de leurs expressions. Le visage de Mugs était plus bas qu'à l'accoutumée, tandis que Goliath la fixait comme si elle avait fait quelque chose de terrible. Même Thaddeus la regardait d'un air absent.

Elle gémit.

— Eh bien, qu'est-ce que je suis censée faire ? Je suis censée tenir une promesse, et il ne m'est même pas venu à l'esprit quelle promesse je tenais jusqu'à ce que j'entende la confession. Mais je comprends aussi le point de vue d'Annette.

Doreen se leva, prit une tasse de thé et s'assit sur la terrasse. Bien qu'elle détestât le dire, ce serait une bonne chose si madame Helmsman décédait dans la nuit. Et quelle horreur de le souhaiter ! C'était terrible. Mais, incapable de s'en empêcher, elle appela le centre de soins palliatifs et demanda des nouvelles d'Annette.

— Elle ne va pas bien, répondit la réceptionniste. Elle ne reçoit pas de visites et nous ne répondons pas aux appels téléphoniques.

— D'accord, dit doucement Doreen. Je suppose que la fin n'est pas loin.

— Il n'y a aucun moyen d'en être sûr. Nous travaillons tous en partant du principe que chaque jour est un nouveau jour.

Sur ce, la femme raccrocha et laissa Doreen face au téléphone.

— Je sais que ce n'est pas agréable d'y penser, mais Annette, si tu souffres et que tu es prête à partir, le plus tôt sera le mieux.

Mais Doreen se sentait mal parce que la mort d'Annette avait vraiment beaucoup à voir avec Mack et ces affaires. Et d'une certaine façon, elle était censée se frayer un chemin à travers ce conflit moral parce qu'elle avait promis. Mais une promesse avait-elle de l'importance quand vous ne comprenez pas toute l'étendue de celle-ci avant d'en connaître tous les détails ?

Avant, les droits et les torts avaient toujours été faciles pour elle. Elle comprenait ce qu'il fallait faire et quand le faire. Mais maintenant, elle savait que moralement c'était mal de le dire à Mack, mais éthiquement c'était la bonne chose à faire. Elle était tiraillée. Quand elle entendit une porte de voiture claquer devant chez elle, Thaddeus chuchota à voix basse.

— Mack est là. Mack est là.

Elle lui lança un regard étonné, se leva d'un bond et courut jusqu'au bout du jardin pour se tenir près du ruisseau. Elle pouvait espérer que ce ne soit pas Mack, mais, au fond de son cœur, elle savait que c'était lui, et que ce serait le Mack imposant et en colère.

Elle ne pouvait pas vraiment lui en vouloir. Elle cachait des informations vitales sur une affaire en cours – celle de Steve – et sur quatre anciennes affaires. Et c'était juste trop incroyable qu'Annette veuille se confesser. À Doreen. Était-ce le moment ? Était-ce le comportement de Doreen ? Ou était-ce maintenant la réputation de Doreen en tant que dame des os qui avait laissé cette femme décider de tout avouer ? Ou était-ce le fait qu'Annette était confrontée à la mort dans un avenir incertain et qu'elle voulait libérer sa conscience ? Toutes ces réponses n'étaient pas suffisantes pour Mack.

Elle entendit un rugissement derrière elle.

— Doreen ?

Elle voûta ses épaules. Elle savait qu'il n'y avait aucun moyen de s'en sortir. Elle allait devoir assumer les conséquences.

— J'espère juste qu'il comprendra, murmura-t-elle.

— Impossible. Impossible.

Thaddeus se mit à glousser. Il passait de rocher en rocher, comme pris d'une énergie incertaine.

Doreen le regarda fixement.

— Tu n'en sais rien.

Elle se retourna et regarda Mack se diriger vers elle depuis la terrasse arrière, la porte de la cuisine claquant violemment derrière lui. Il avait les poings serrés, les épaules raides, l'air furieux et la peau presque rouge cerise. Dès qu'il s'approcha, elle fronça les sourcils.

— Tu as besoin de te détendre. Tu vas faire une crise cardiaque.

Il ouvrit la bouche, mais rien n'en sortit. Il la referma, inspira, puis dit :

— *Tu* causeras ma perte.

Elle acquiesça.

— Et je suis vraiment désolée. J'ai réfléchi à tout ça, mais je n'avais aucune idée de ce qu'on allait me servir comme informations. J'ai décidé qu'il est moralement mal, mais ethniquement bien de te le dire.

— Sérieusement ? s'enquit Mack en la fixant du regard.

— Eh bien, j'espère que si je te donne un petit indice, tu pourras deviner.

Il lui montra ce qu'il avait dans sa main. L'enregistreur de Doreen.

— Est-ce que ça a quelque chose à voir avec ça ?

Elle le regarda avec surprise et opina du chef.

— Oui. Comment le sais-tu ?

— Parce que je sais comment tu fonctionnes, et c'est un nouvel élément que j'ai vu sur la table quand je suis arrivé.

Alors qu'elle le fixait avec une surprise assommante, il

appuya sur le bouton « Lecture ».

— Non !

Mais c'était trop tard. La voix d'Annette Helmsman retentit. Les épaules de Doreen s'affaissèrent avant qu'elle ne les hausse.

— Tu vois ? C'est le problème avec les démons comme toi. Ils m'empêchent de prendre des décisions, s'exclama-t-elle.

— Il n'y aurait pas dû avoir de décision du tout.

Elle lui lança un regard tourmenté.

— Elle m'a fait promettre.

Le visage du policier s'adoucit jusqu'à ce qu'il entende la confession.

— C'est pourquoi je pensais qu'éthiquement, je devais te le dire.

— Tu pensais ? interrogea-t-il sarcastiquement.

Puis il leva une main en écoutant la version d'Annette sur les incendies et son rôle dans ceux-ci. Il secoua la tête.

— Bon Dieu.

Il la laissa continuer, mais il se frotta le visage avec sa main libre, comme si sa fatigue dépassait l'entendement. Doreen comprenait qu'il le fut. Depuis qu'elle était arrivée, il n'y avait eu aucun répit. Elle n'arrivait pas à croire à quel point le chaos avait envahi son monde.

Elle essayait encore de comprendre si c'était ainsi que tout le monde vivait… Sa vie d'avant avait-elle été si simple et si vide parce que son mari ne l'avait jamais laissée faire quoi que ce soit ? Aurait-elle eu autant d'ennuis s'il avait relâché son contrôle sur elle ? Impossible à savoir. Il aurait désapprouvé qu'elle fût impliquée dans quelque chose d'aussi désagréable qu'un meurtre.

Ce n'était pas digne d'une dame, même si elle avait été

témoin de suffisamment de ses affaires pour savoir qu'elles étaient de nature criminelle ou du moins douteuses. Et il avait des idées bizarres sur les femmes et assez de pouvoir pour les faire respecter. Qu'est-ce qui faisait la différence entre un acte criminel et un autre ?

Finalement, la voix s'éteignit, et plus rien ne sortit de l'enregistreur.

— C'est alors qu'elle s'est à nouveau endormie, déclara Doreen à voix basse. Et j'ai vérifié récemment, et elle ne va pas bien.

— Pas assez bien pour ne pas être interrogée ?

— Je ne pense pas, dit-elle. Je pense qu'elle ne sera probablement plus de ce monde aujourd'hui ou demain.

Mack regarda le ruisseau.

— Ça change tout.

— Ça change beaucoup de choses, acquiesça Doreen, mais, à bien des égards, ça ne change rien.

— Et c'est le problème avec les affaires classées. Je dois regarder dans les dossiers et rechercher des noms pour voir si quelqu'un est encore en vie, dit Mack avant de lever l'enregistreur dans sa main et de continuer. C'est le récit le plus clair et le plus concis que nous ayons de l'époque.

— Même Steve est mort, mais je ne sais pas qui a mis le feu à sa maison.

— Il en est peut-être l'auteur.

— Oh, dit Doreen en fronçant les sourcils. Je n'ai jamais envisagé cela.

— S'il pensait que la fin était proche, et qu'il ne voulait pas faire face aux conséquences et voir sa réputation ruinée, sans parler du fait que les personnes les plus proches de lui sauraient exactement dans quoi il avait été impliqué, il a pu le faire. Tu sais quoi ? Tu dois l'envisager, car c'est une issue facile.

— Peut-être. Mais pas si facile.

— Peut-être pas, mais, s'il a versé le produit inflammable tout autour de sa propriété et y a mis le feu, c'est assez difficile d'avoir des doutes.

— Oui, chuchota Doreen.

Son esprit était rempli d'images de Steve et de sa maison brûlant autour de lui tout en sachant qu'il était seul. Elle gémit.

— Ce n'est pas ce que j'aurais pensé de lui, mais qui sait ? Il a toujours opéré dans l'ombre, donc il est difficile de dire à quel point il était mauvais et à quel point il était mentalement atteint.

— Tu penses qu'il était atteint de démence ou autre ? demanda Mack.

Elle secoua la tête.

— Non, je voulais dire moralement.

— Tu sembles avoir des problèmes moraux et éthiques aujourd'hui.

— J'ai reçu une petite gifle à ce sujet, dit Doreen. J'étais inquiète quand Annette Helmsman s'est endormie. C'est pourquoi j'ai vérifié comment elle allait il y a quelques minutes. Maintenant, honnêtement, je ne suis pas sûre qu'elle se réveille. C'est presque comme si elle avait pu lâcher un grand soupir, le poids sur sa poitrine à présent retiré, et qu'elle avait trouvé la paix.

— Ça arrive comme ça, conclut Mack.

Il s'éloigna de quelques pas, sortit son téléphone et passa un appel. Son regard était doux quand il se tourna vers elle après.

— En fait, c'est exactement ce qu'il s'est passé. Elle est morte il y a environ vingt minutes.

— Mais je viens d'appeler…

— La réceptionniste n'avait probablement pas encore été prévenue. Et tu ne fais pas partie de la police.

Doreen lui lança un regard noir, mais apprécia les différences.

— Eh bien, c'est une bonne chose que j'y sois allée ce matin, n'est-ce pas ? s'enquit-elle en pointant du doigt l'enregistreur. Et juste au cas où tu te poserais la question, le dossier *brouillons* sur ma boîte mail contient un e-mail qui t'est destiné avec une pièce jointe.

— Une sacrée bonne chose. Comment es-tu entrée en contact avec elle ?

Doreen haussa les épaules et lui raconta l'histoire.

Il gémit.

— Bien sûr, et le fait qu'elle savait que tu étais la dame des os signifiait que tu étais la personne idéale à qui parler.

— Je pense que la plupart des gens qui avaient le même style de vie à l'époque hésitent à parler à la police. Même aujourd'hui.

— Tu as raison. Certaines aversions ne disparaissent jamais, même quand on est en train de mourir. Mais c'est triste parce qu'elle aurait pu se soulager de ce fardeau il y a longtemps.

— Peut-être, mais je pense que les gens font le nécessaire quand ça leur convient.

— Est-ce une observation personnelle sur ta propre vie ? demanda Mack.

— Tu sais quoi ? C'est difficile de penser à ça. Mais peut-être ?

— Que dirais-tu d'un café ?

— Je suis partante. Ça veut dire qu'on est à nouveau amis ?

Il pouffa.

— Jusqu'à la prochaine fois.

Doreen rit. Puis elle lui raconta ce que Thaddeus avait fait. Il la regarda avec étonnement, puis regarda l'oiseau, qui se dandinait derrière eux, heureux et insouciant.

— Il savait que c'était moi ? s'enquit-il.

— Il a peut-être reconnu le bruit particulier quand tu fermes ta portière. Ce n'est pas comme si nous ne l'avions pas entendu une fois ou deux.

Mack rit lui aussi.

— Ce serait bien si je n'avais pas à le refaire ?

— N'est-ce pas ? acquiesça Doreen. Mais il y a des chances que ça arrive à nouveau.

Chapitre 31

Jeudi midi…

DANS LA CUISINE, Mack prépara le café, tandis que Doreen s'assit avant d'envoyer le courriel qu'elle avait déjà rédigé à l'intention du policier.

— Voilà, dit-elle. Tu as une copie numérique.

— Bien, déclara-t-il en ouvrant le réfrigérateur.

— Tu as faim ? demanda-t-elle en le regardant avec surprise, et il pouffa.

— Toujours. Mais on avait prévu des spaghettis pour vendredi. À moins que tu ne veuilles en manger ce soir, comme ça nous aurions des restes demain ?

— Des spaghettis deux fois de suite, c'est toujours une bonne idée.

— Alors, vérifions si tu as les ingrédients dont nous avons besoin, suggéra Mack avant de s'exécuter, puis il hocha la tête. Parfait.

— Bien. Mais on n'a pas besoin de commencer tout de suite, n'est-ce pas ?

— Non. Pas avant la fin de l'après-midi. J'essaie encore de me remettre de mon manque de sommeil de la nuit passée. D'où le café. Après ça, je vais retourner au travail et commencer à m'occuper de cette affaire. De toute évidence, nous devons examiner toutes les preuves avec un regard neuf.

— Oui, mais honnêtement, ça fait quatre autres affaires non résolues, chantonna Doreen, plus l'affaire de Steve.

Il se retourna lentement et la fixa du regard.

Elle effaça le sourire sur son visage et lui fit ses yeux de biche, ce qui le fit glousser.

— Même si nous apprécions…

— Je sais, le coupa-t-elle. Je vous fais passer pour des idiots.

Face à son regard furieux, Doreen rit, tenant ses mains devant elle dans un geste d'apaisement.

— Je plaisante.

— Je préfère. Le fait est que tu as un don pour ça, et, pour une raison quelconque, les gens viennent te voir aussi.

— Ce n'est pas une mauvaise chose. Je suis désolée que vous soyez coincés avec toute cette paperasse.

— Ce n'est rien, la rassura Mack. Nous sommes contents de voir toutes ces affaires se clôturer.

— Et j'ai encore quelques choses sur ma liste de choses à faire.

— Comme ?

— Comme trouver une association historique pour tous ces objets du trousseau.

— Tous ?

— Je ne sais pas. Je suis sûre de garder les chemises de nuit et les lettres d'amour. Peut-être un peu de vaisselle, mais je ne sais pas.

— Je contacterais Scott d'abord pour ce service de vaisselle, proposa Mack. Si ça ne vaut rien, alors donne tout.

— Ou, commença-t-elle d'un air ironique, peut-être que je vais le garder pour moi.

Il la regarda avec surprise et acquiesça.

— Ça me plaît. Pourquoi ne pas le garder comme un service de vaisselle du dimanche ? Au moins quelqu'un s'en servira après toutes les décennies qu'il a passé ici.

— Tu veux dire, plus d'un siècle ?

Le policier leva les yeux au ciel.

— Si c'est le cas, ce serait très triste. Et je doute fort que la propriétaire originale de tous ces objets s'offusque que tu trouves de la joie dans des choses qu'elle a rassemblées pour son propre mariage.

— J'aime l'idée, dit doucement Doreen, puis son côté pratique refit surface. À moins que Scott ne me convainque du contraire.

— Toujours ce pragmatisme, gloussa Mack.

— J'ai été fauchée assez longtemps pour voir la falaise de la pauvreté et comprendre à quel point j'étais sur le point de passer par-dessus bord. Si Nan n'avait pas été là, j'aurais touché le fond très rapidement.

— Mais ce n'est pas le cas grâce à ta grand-mère, dit-il gentiment. Et honnêtement, beaucoup de gens finissent par très bien s'en sortir grâce à leur famille. Si ce n'est pas un héritage, c'est un coup de pouce.

— Je sais. Une fois de plus, j'ai presque les larmes aux yeux en pensant à ce que Nan a fait pour moi.

— Alors peut-être que cet après-midi tu devrais lui rendre visite. Donne-lui quelque chose pour changer, au lieu de la laisser te renvoyer chez toi avec quelque chose.

Doreen le regarda, puis comprit ce qu'il voulait dire.

— Oh, mon Dieu, s'exclama-t-elle en se levant d'un bond, la main sur sa poitrine. Tu penses que j'ai profité d'elle ?

Elle scruta la cuisine du regard.

— Oh, maintenant je me sens horrible.

— Wow, wow, wow !

Il tendit les bras et l'attrapa doucement par les épaules.

— Ce n'est pas ce que je voulais dire. Mais tu as tellement reçu, et, bien que je doute fortement que Nan cherche quelque chose en retour, elle pourrait apprécier un petit quelque chose aussi.

Doreen se rassit et hocha la tête.

— Je n'en ai pas fait assez pour elle. J'ai besoin de passer plus de temps avec elle.

— Ou tu pourrais te rappeler qu'elle a une vie, dit-il d'un ton narquois. Ne t'attends pas à ce qu'elle veuille passer plus de temps avec toi, mais ça ne veut pas dire que tu ne peux pas lui faire livrer des fleurs.

— Tu es meilleur que moi pour ça.

— Meilleur pour quoi ?

— Le relationnel, répondit Doreen. Je n'ai jamais fait quoi que ce soit pour personne. Je ne connais guère les nuances. Oh, je comprenais qu'il était poli d'apporter une bonne bouteille de bourgogne ou de vin rouge chaque fois que nous allions à un dîner, et je savais exactement comment remercier tout le monde pour un dîner dégoûtant à certaines occasions. Je savais aussi comment sauver la face et faire en sorte que tout semble parfait en apparence. Mais les *vraies* relations, comme celles que j'ai avec Nan – et j'ose dire, l'amitié que nous partageons – je n'ai pas beaucoup d'expérience dans ce domaine.

Mack s'appuya contre le comptoir de la cuisine et croisa ses bras sur son torse.

— C'est très intéressant. Je dirais que ce que nous partageons est réel. J'ai l'impression que je peux honnêtement te crier dessus et te gronder quand j'en ai besoin. Mais, d'un autre côté, tu te sens apparemment tout à fait à l'aise de me raccrocher au nez régulièrement.

Doreen ricana.

— Eh bien, je ne suis pas réellement passive-agressive – je n'étais pas autorisée à être différente – et même pas du tout, car mon ex m'a jetée pour ça. Mais je me sens libre de te dire ce que je ressens de temps en temps.

Mack leva les yeux au ciel.

— Bien, parce que je détesterais penser que tu te plies à mes exigences.

— Ça n'arrivera pas. Les animaux pourraient le faire s'ils reçoivent une friandise en retour.

Le policier les regarda et vit Thaddeus qui le fixait.

— Qu'est-ce que tu veux, mon grand ?

Thaddeus ouvrit le bec.

— Nourriture. Nourriture. Nourriture.

Doreen se leva d'un bond, regarda les animaux et dit :

— Vous ne pouvez pas encore avoir faim.

Pourtant, la culpabilité la rongeant, elle les nourrit à nouveau. Goliath s'approcha, prit quelques bouchées et se coucha devant son bol de nourriture, comme s'il était dégoûté. Par contre, Mugs n'eut aucun problème à dévorer sa gamelle. Il s'approcha du chat et renifla, puis il se coucha tout en poussant légèrement Goliath. Celui-ci tendit une patte et la glissa sur la tête de Mugs. Mais Goliath finit par se relever pour s'éloigner. Mugs en profita pour dévorer le déjeuner du chat. Doreen le regarda fixement.

— Mugs ! Depuis quand tu manges de la nourriture pour chat ?

Mack gloussa.

— Beaucoup de chiens ont du mal à contrôler leur appétit. Dans ce cas, je pense que c'est juste de la jalousie.

— Oh, pour l'amour du ciel, s'exclama-t-elle en retirant la gamelle de Goliath, puis elle la posa sur le comptoir pour que Mugs ne puisse plus en avaler.

Elle se lava les mains, avant de se retourner et de voir Thaddeus en train de se diriger vers la nourriture du chat.

— Non, attends, cria-t-elle et courut vers l'oiseau.

Elle attrapa le bol du chat et regarda Thaddeus.

— Ce n'est pas de la nourriture pour oiseaux.

— Nourriture pour oiseaux, dit-il. Nourriture pour oiseaux.

Et il sauta sur son bras et commença à picorer le bol.

Stupéfaite, Doreen regarda Mack, qui haussa les épaules.

— Dans la nature, les oiseaux mangent toutes sortes de choses, y compris de la nourriture pour chats et pour chiens. Je doute donc que cela lui fasse du mal. Elles sont composées de quoi ?

Doreen regarda l'étiquette sur la boîte qui trônait sur le comptoir.

— Au poisson, répondit-elle.

— Eh bien, voilà. Je suis sûr que Thaddeus ne souffrira pas de manger un peu de poisson.

— Mais c'est la nourriture de Goliath, répliqua-t-elle. Comment vais-je pouvoir suivre qui mange quoi et m'assurer qu'ils ont un apport suffisant s'ils mangent la nourriture de tout le monde ?

— Ne t'inquiète pas pour ça maintenant, dit doucement Mack. Tu as été distraite. Est-il possible que tu ne les aies pas nourris ce matin ?

Elle y réfléchit et haussa les épaules.

— Je n'en ai aucune idée. Si je les ai nourris, cela expliquerait pourquoi Goliath n'est pas intéressé.

Doreen se dirigea vers l'endroit où elle gardait un bol de

graines pour oiseaux pour Thaddeus, et il était vide. Elle fronça les sourcils et haussa les épaules à nouveau.

— Honnêtement, je ne sais pas.

Mais elle déplaça Thaddeus sur la table et mit le reste de la nourriture pour chat dans un sac scellé puis dans le réfrigérateur. Elle ferma celui-ci avec un bruit sourd.

— Et toi ? demanda Mack. Tu as mangé ?

— Je me suis levée tard, alors je n'ai pas beaucoup mangé, avoua-t-elle. Et c'est l'heure du déjeuner. Pourquoi pas un sandwich ?

Elle sortit les ingrédients nécessaires, puis s'arrêta et regarda Mack avec méfiance.

— Tu as faim ?

Il lui fit un sourire.

— Ça veut dire que je suis invité à manger un sandwich avec toi, ou ça veut dire que tu penses que je vais rester assez longtemps pour te piquer un sandwich ?

Doreen se sentit immédiatement coupable.

— Il y a assez pour deux sandwiches, dit-elle, en essayant de mettre ses soupçons derrière elle. Et, oui, je te dois un sandwich.

— Tu ne me dois rien, dit Mack, en fouillant dans le réfrigérateur pour trouver une tomate et de la laitue, puis dans la cuisine pour autre chose, avant de prendre deux assiettes, et de marcher vers la table, pour finir par sortir quatre tranches de pain. Mais, oui, merci. Je vais prendre un sandwich. Quand je n'ai pas dormi, j'ai besoin de manger plus pour tenir le coup.

Doreen se sentait mal.

— Je suis désolée. Tu as raison. Ça a été une journée assez difficile pour tout le monde.

— En effet.

Mack s'assit et commença à préparer son sandwich. Doreen fit de même à côté de lui. Il n'y inséra pas beaucoup de viande, mais surtout des légumes. Elle le regarda avec fascination ajouter des couches à son sandwich. Il mit d'abord des cornichons, puis des poivrons, des tomates, des oignons, de la laitue, et elle continua de le regarder fixement quand il le prit avec ses deux mains.

— Comment peux-tu faire entrer ça dans ta bouche ?

— Facile, lança-t-il, avant d'y croquer à belles dents.

Celui de Doreen était moitié moins grand. Elle s'assit à côté de lui et mangea son sandwich.

— Tu es sûr que c'était Steve dans l'incendie de sa maison ? demanda-t-elle sans détour.

Il se tourna vers elle et répondit :

— C'est au médecin légiste de le déterminer.

— Bien. Je suppose que c'est logique.

Alors qu'elle continuait à manger, son esprit était occupé par les différentes affaires.

— Si tout le monde est mort, j'imagine que les affaires sont classées ?

— Si nous avons suffisamment de preuves et d'éléments indiquant que nous savons qui et quoi était derrière tout cela, et que toutes les personnes impliquées sont décédées, alors, oui, elles seraient classées avec des notes à cet effet.

— Ce serait bien, déclara-t-elle avant de s'illuminer. On peut s'occuper de l'affaire Bob Small.

Mack mangeait son sandwich, mais elle pouvait sentir ses vibrations de colère grandissantes.

Elle soupira, prit une autre bouchée, déglutit, puis ajouta :

— Ou peut-être pas.

Il s'affaissa sur sa chaise, et mit la dernière bouchée de

son sandwich dans sa bouche.

— Certainement pas.

Il se leva ensuite de sa chaise et versa du café dans deux tasses. Il lui en donna une pendant qu'elle finissait de manger.

— Dès que j'ai bu ça, je m'en vais.

— D'accord.

Ils s'assirent dehors, tous deux fatigués, mais heureux d'être là. Finalement, Mack termina sa tasse et partit. Doreen le regarda partir presque tristement. Mais il était comme un boomerang. Plus il partait, plus il revenait.

Et elle commençait à réaliser à quel point c'était une bonne chose.

Chapitre 32

Vendredi après-midi...

DOREEN SE REDRESSA après avoir biné. Son travail dans le jardin de Millicent se passait bien. C'était une journée grise et couverte, et, avec un peu de chance, elle aurait fini en un rien de temps. Ce qui était une bonne chose, compte tenu de la pluie menaçante. Elle aurait pu venir la veille, mais elle avait pris le rythme des vendredis et ne voulait pas le changer. Le jeudi s'était transformé en jardinage chez elle, puis en recherches et interrogations. La journée avait été complétée par sa première tentative de faire des spaghettis elle-même, puis à nouveau du jardinage pour l'occuper pendant qu'elle attendait plus de réponses.

Jusqu'à présent, il n'y en avait pas eu.

Elle sourit à Millicent, qui était sortie avec un morceau de flan de courgettes et une tasse de thé.

— Comment allez-vous cet après-midi ? demanda Doreen.

— Je vais bien, répondit Millicent. Je ne savais pas si je vous verrais ou pas aujourd'hui.

— C'est vrai, dit Doreen joyeusement. J'essaie de caler les vendredis sur mon emploi du temps, même si cela peut changer de temps en temps. Bien sûr, je ne ralentis jamais. Et c'est tant mieux. À ce rythme, nous commençons à avoir un jardin bien propre.

— Êtes-vous d'accord pour couper un peu la bordure de la pelouse dans cette plate-bande ?

Le ton de Millicent était anxieux, comme si elle craignait que Doreen ne fût pas prête à le faire.

Celle-ci la regarda et dit :

— Bien sûr. Avez-vous un coupe-bordure ?

Millicent hocha la tête.

— Je pense que c'est dans la remise.

La vieille dame descendit lentement les marches, malgré les protestations de Doreen, et se dirigea vers la remise, puis sortit un coupe-bordure.

— Jusqu'où voulez-vous que je taille ? demanda Doreen.

Ensemble, elles déterminèrent une ligne de cinq centimètres, et Doreen se mit à tondre le gazon pour que la plate-bande et le gazon n'empiètent pas l'un sur l'autre.

— C'est une manière simple et agréable pour que cela reste propre, n'est-ce pas ?

Lorsqu'elle arriva au niveau de la clôture arrière et qu'elle fit le tour pour redescendre de l'autre côté, elle sentait que ses bras lui faisaient mal. Elle fit une pause, fit le chemin en sens inverse et ramassa tout ce qu'elle avait coupé. Puis elle transporta le tout jusqu'au tas de compost. Dès qu'elle eut terminé, elle ratissa le bord du jardin.

— C'est fantastique, dit Millicent chaudement.

— Ça fait une grande différence, n'est-ce pas ?

Doreen remit le coupe-bordure dans la remise.

— Et juste à temps.

Ses heures étaient terminées, alors, avec un signe de la main, elle rassembla ses animaux et retourna au ruisseau.

La chaleur de son corps couplée à sa fatigue furent suffisantes pour qu'elle immerge ses pieds nus dans l'eau fraîche en arrivant chez elle. L'eau avait monté, donc plusieurs rochers étaient sous l'eau. Elle regarda avec étonnement, puis se pencha et attrapa plusieurs poignées d'eau froide pour s'asperger le visage.

Après cela, elle s'assit sur l'un des quelques rochers au milieu qui était encore sec.

— C'était une bonne journée, déclara-t-elle aux animaux.

Mugs se dirigea au centre du ruisseau et se mit à nager. Elle le rappela pour qu'il revienne sur le rivage.

— Eh bien, c'est une surprise, dit-elle. Je ne pensais pas que c'était si profond.

Avec prudence, il fit quelques pas en avant, et l'eau arrivait juste au-dessus de sa taille, alors il commença à flotter. Un côté paraissait assez pentu. Doreen réalisa que le courant devenait plus fort. Ce serait quelque chose au moment où les crues arriveraient. Mugs était à présent complètement refroidi, et Thaddeus assit sur un rocher à profiter de la brise fraîche, alors elle posa ses fesses à côté de l'oiseau et laissa son corps se détendre. Sa vie était tellement différente ici, tellement libre par rapport à ce qu'elle était auparavant. Thaddeus sauta sur son épaule et se blottit doucement dans son cou.

— Non seulement je suis beaucoup plus libre, lui murmura-t-elle, mais je reçois aussi beaucoup plus d'amour.

— Thaddeus aime Doreen. Thaddeus aime Doreen, déclara-t-il en frottant sa tête contre elle.

Submergée de joie en entendant ces mots et se demandant depuis combien de temps elle n'avait pas entendu quelqu'un lui dire qu'il l'aimait, elle le serra contre elle pendant un long moment, sentant des larmes lui piquer le coin des yeux. Pour ne pas être en reste, Mugs s'approcha d'elle et sauta pour que ses pattes avant soient sur le rocher entre ses jambes. Elle sourit et fit un câlin à la masse poilue et humide.

— Nous n'arriverons jamais à te sécher. Je pense que cela signifie que nous allons nous allonger dans l'herbe pour nous reposer cet après-midi.

Mais elle regarda ensuite son jardin, et elle fut traversée par la culpabilité.

— Ou pas, dit-elle avec un gros soupir.

C'était une belle journée pour jardiner, et elle n'était pas terriblement fatiguée après son court repos, alors peut-être qu'elle pourrait en faire un peu plus. Elle se leva et retourna sous le porche, retrouva ses gants où elle les avait laissés à côté de sa fourche à bêcher et déterra les quelques mètres de mauvaises herbes qui suivaient, les animaux à ses côtés.

Elle travaillait joyeusement jusqu'à ce qu'elle entende quelqu'un l'appeler.

— Je suis derrière, cria-t-elle, mais il n'y eut pas de réponse.

Elle attendit, pensant que ce devait être Mack, bien qu'il soit assez tôt pour lui. Elle retourna dans la cuisine et traversa le salon, mais elle ne trouva personne. Fronçant les sourcils, elle jeta un coup d'œil par la porte d'entrée, mais là encore, elle ne vit rien. Cependant, un groupe de personnes devant la porte parlait à l'un de ses voisins. Heureusement, aucun d'entre eux n'était journaliste. Ils semblaient tous parler avec enthousiasme de leurs projets, puis ils s'entassèrent dans des véhicules et partirent.

Surprise, mais pensant qu'il devait s'agir du bruit de ce groupe ou d'un des autres voisins – puisqu'ils faisaient du bruit de temps en temps – et étudiant les deux portes d'entrée, elle haussa les épaules et retourna dehors. Elle avait presque terminé ce qu'elle avait prévu de faire dans son jardin pour la journée, mais pas tout à fait. Les animaux étaient de nouveau derrière elle, puis ils s'allongèrent sur la pelouse autour d'elle. Elle termina le long d'une plate-bande, qu'elle trouva pleine de gerbéras, de rudbeckies hérissées et d'échinacée. En bref, elles ressemblaient toutes à des marguerites, mais de couleurs jaune, rose, violet et blanc. Ce serait éblouissant.

Sauf que… Elles fleuriraient à des moments différents. Les marguerites blanches allaient bientôt s'ouvrir. Enfin, pas si tôt que ça. Elle étudia les bourgeons et vit qu'ils étaient encore assez fermés. Mais ils étaient en train de se former. Donc, peut-être dans un mois.

Elle continua à travailler, se forçant à dépasser les deux heures qu'elle s'était alloué et se disputa mentalement avec elle-même pour savoir quand elle devrait arrêter. Puis finalement, elle en eut assez. Assoiffée et fatiguée, elle prit du recul et vit qu'elle était à mi-chemin de la plate-bande qui menait jusqu'à la maison.

Elle aimait vraiment ce que Millicent avait fait avec son jardin et le coupe-bordure. Doreen n'était pas sûre d'en avoir un, mais c'était une bonne idée. Et, si elle pouvait trouver des pierres, elle les poserait sur une base de graviers pour dessiner un chemin vers le ruisseau. Inspirée par la conception et avec des idées qui se déversaient en elle, elle retourna dans la cuisine et se versa un grand verre d'eau. Puis elle s'assit avec son bloc-notes et dessina un chemin incurvé autour de l'érable palmé – qui avait besoin d'un peu de soins – et le continua jusqu'au ruisseau.

De grandes surfaces herbeuses avaient besoin d'être aérées et fertilisées, et elle ne savait même pas s'il était possible de passer une tondeuse à gazon à cet endroit. L'herbe devenait longue par endroits, mais pas assez pour qu'il soit nécessaire de la tondre. Doreen rit.

— Je pourrais probablement prendre des ciseaux pour les longs brins d'herbe.

Lorsqu'elle eut terminé, elle se redressa, détendit son cou et se leva pour se préparer une tasse de thé. Elle pensa à prendre sa tasse pour s'asseoir à l'avant de sa maison. Peut-être qu'elle pourrait trouver des idées pour le jardin de devant aussi. Lorsque l'eau bouillit, elle en versa dans une tasse et se dirigea vers la porte d'entrée, l'ouvrit et se figea.

Elle prit son téléphone et appela Mack.

— Qu'est-ce qu'il y a ? demanda-t-il, d'une voix distraite.

— J'ai besoin de toi, tout de suite, cingla Doreen avant de raccrocher.

Elle leva le nez et sentit une nouvelle fois. Il n'y avait aucun doute là-dessus. C'était de l'essence. Elle prit un long moment pour évaluer ce qui brûlerait à l'avant et ce qui ne brûlerait pas et ce qu'elle pouvait faire à ce sujet. De l'eau sur de l'essence, ce n'était pas une bonne idée. Puis la terre lui vint à l'esprit. Ce serait la meilleure solution et ça n'abîmerait pas l'herbe. Peut-être que c'était la seule chose qui pouvait aider. Oh, pourquoi n'avait-elle pas un tas de terreau à utiliser ? Mais Richard en avait un petit tas sur le côté de son garage. Doreen courut dans son propre garage et attrapa la brouette ainsi qu'une pelle avant de courir cette fois jusqu'à la propriété de Richard. Elle remplit la brouette à la pelle, puis s'efforça de la pousser jusqu'à chez elle et de remonter l'allée. Richard ne sembla pas remarquer ses actions puisqu'il ne lui criait pas dessus. Le temps de pousser la brouette jusqu'à l'endroit nécessaire, elle reniflait l'air, à la recherche de l'odeur. Quand elle la trouva, elle recouvrit la ligne de liquide tout autour de la maison avec de la terre.

Quand Mack arriva vingt minutes plus tard, il demanda :

— Qu'est-ce que tu fais ? Tu crois vraiment qu'un sortilège de sorcière va empêcher les méchants de t'atteindre ?

— De l'essence, répliqua-t-elle avec un regard noir.

Le sourire s'effaça du visage du policier. Il huma et hocha la tête. Il appela le capitaine des pompiers et quelqu'un d'autre. Doreen ne savait pas qui ou quoi. Son corps se mit à trembler involontairement quand elle réalisa à quel point elle était proche du but. Alors pourquoi la maison n'était-elle pas en feu ? Pourquoi quelqu'un n'avait-il pas allumé le combustible ?

— Tu as vu quelqu'un ? demanda Mack.

Elle secoua la tête sauvagement.

— J'ai cru entendre une voix m'appeler il y a environ une heure, et j'ai pensé que c'était toi, honnêtement. Je suis venue à la porte d'entrée et j'ai vu un groupe de personnes chez un voisin, et ils riaient, faisaient des plans, puis ils sont tous partis. Je n'ai vu personne d'autre.

— Quand as-tu remarqué l'essence ?

— Il n'y a pas très longtemps. Je jardinais à l'arrière. Je suis entrée, j'ai rempli la bouilloire, et j'avais prévu de m'asseoir avec une tasse de thé à l'avant pour voir si j'avais des idées de jardinage. C'est alors que j'ai senti les vapeurs d'essence. C'est là que je t'ai appelé. Puis j'ai couru chez mon voisin et j'ai pris du terreau dans son tas. Je lui en dois maintenant.

Elle pointa du doigt la propriété de son voisin et vit Richard qui se tenait là, devant la porte d'entrée, le regard fixé sur la brouette et le tas de terre troué sur le côté.

— Est-ce que tu viens de voler ça ? rugit-il.

— Oui. Et de rien.

La confusion se lut sur ses traits. Il ne comprenait manifestement pas ce qu'il se passait.

— Avez-vous vu quelqu'un ici au cours de la dernière heure ? interrogea Mack.

Il leva une main pour englober son oreille ; puis, comme s'il avait finalement compris les mots de Mack, Richard haussa les épaules.

— J'ai vu quelqu'un, mais je n'ai pas réagi. Il y a tellement de gens qui rôdent tout le temps à cause d'elle. Vous devriez les chasser pour avoir ruiné la paix et la tranquillité dans le quartier.

Mack ignora la dernière partie.

— Avait-il un bidon d'essence ?

Richard les regarda, puis il scruta la terre et la ligne qu'elle avait tracée tout autour de la propriété. Elle pouvait voir les détails pénétrer son esprit. Il hocha lentement la tête.

— Il avait quelque chose, mais je ne savais pas que c'était un bidon d'essence. C'était une grande cruche.

— Reconnaîtriez-vous qui c'était ?

Il regarda Mack, puis Doreen.

— Est-ce que quelqu'un vient d'essayer de brûler votre maison ?

— Je ne sais pas si c'était prévu ou non, mais je suppose que oui, répondit-elle lentement. Il n'y a pas eu d'allumette de craquée. C'est ce que je ne comprends pas.

— Il ou elle a peut-être changé d'avis ? s'enquit Richard.

Doreen secoua la tête.

— Je ne sais pas. La personne a certainement été interrompue et a prévu de revenir plus tard pour finir le travail.

Et le fait de ne pas savoir l'inquiétait réellement. Plusieurs véhicules arrivèrent en l'espace de quelques minutes.

Richard lui lança un regard mauvais et ajouta :

— Tu vois ce que je veux dire ? Il y a toujours des gens ici.

Il se précipita vers sa porte et la claqua violemment.

Le capitaine des pompiers sortit de son véhicule, s'approcha et serra la main de Mack, mais sentit ensuite l'odeur de l'essence. Son regard aiguisé remarqua la terre autour de la maison et il laissa échapper lentement un long sifflement avant de se tourner vers Doreen.

— Quelqu'un vous déteste vraiment.

Elle croisa ses bras sur sa poitrine.

— Et certaines personnes ont de bonnes raisons de me détester, dit-elle calmement. Avec mon aide, ils iront en prison pour le reste de leur vie.

Le capitaine des pompiers la dévisagea, remarqua Mugs et Goliath à ses pieds et Thaddeus au creux de son cou.

— Vous êtes la dame des os.

Doreen acquiesça.

— Oui, et ce n'est pas une coïncidence que nous soyons actuellement impliqués dans une affaire d'incendie criminel.

— Laissez-moi jeter un coup d'œil.

Il entra, tandis qu'à l'extérieur son équipe faisait le tour de la propriété pour examiner.

— C'est de l'essence classique, déclara-t-il à son retour. Il y en a seulement à l'extérieur de la maison. C'est un cercle de feu potentiel, mais vous l'avez soigneusement recouvert de terre.

Puis le capitaine sortit un briquet pour lui montrer que rien ne brûlerait. Doreen put sentir une partie de son stress diminuer.

— Mais nous ne savons pas s'il a terminé, ajouta-t-elle. Ou s'il a fait autre chose.

— Je dirais qu'il n'en a clairement pas terminé, répondit le capitaine des pompiers en la regardant. Il n'avait aucune raison de ne pas craquer d'allumette, si ce n'est qu'il fait encore jour, et qu'il y a des chances qu'il ait été attrapé avant que trop de dégâts soient faits.

— Ou quelqu'un l'a interrompu, renchérit Mack, qui regarda Mack avant d'ajouter, comment se comportait Mugs quand tu as vérifié l'entrée ?

— Il n'est pas venu avec moi, répondit Doreen. Il aboyait à l'arrière.

— Ah…

Elle se figea et dévisagea le policier.

— Quoi ? s'enquit-elle.

— Il est fort possible que l'intrus ait pensé que tu n'étais pas chez toi, répondit Mack. Et quand il a compris que le chien était à l'arrière, et que tu étais venue à l'avant de la maison, après avoir pensé avoir entendu quelque chose à l'avant, il a découvert que tu étais bien là. Il a pu aussi en profiter pour verser plus d'essence quand tu es retournée dans le jardin.

— Cela voudrait dire qu'il n'avait pas l'intention de me tuer d'abord, puis de brûler mon corps par la suite, dit-elle lentement. Je préfère cette version.

— Ou du moins, il ne voulait pas vous tuer en plein jour, car il aurait pu se faire prendre, ajouta le capitaine des pompiers, puis il regarda Mack et dit, je vais prendre des notes, mais c'est quelque chose que vous devez garder à l'œil. Et trouvez le pyromane aussi vite que possible.

Le policier hocha la tête.

— Vous voulez dire, avant qu'il ne recommence.

— Exactement, acquiesça le capitaine des pompiers en cachant à peine son gloussement.

Il partit, et Arnold le remplaça, tout en regardant Doreen d'un air sombre.

— Je n'ai vu personne, se défendit-elle, essayant d'être utile. J'ai entendu un bruit, comme si quelqu'un appelait pour savoir si j'étais chez moi.

— C'est la seule bonne chose dans tout ça, dit Arnold. Le fait est que, s'il n'a pas essayé de vous tuer aujourd'hui, il y a des chances qu'il ne cherchât pas à tuer, mais juste à brûler votre propriété.

— Ça n'a aucun sens, déclara Doreen en se massant les tempes.

— Tout n'est pas forcément logique, dit Mack. Viens. On va te ramener à l'intérieur de la maison.

Elle y retourna, puis s'arrêta et dit :

— Je dois rendre le reste de ce terreau à mon voisin.

— Laisse ça. On va prendre des photos.

Les épaules de Doreen s'affaissèrent, et elle hocha la tête, appelant Mugs et Goliath. Puis elle se tourna vers Mack.

— Tu viens aussi ? demanda-t-elle.

— Je dois d'abord parler aux gars.

Elle hocha la tête et entra pour préparer du café. S'il y avait une chose dont Doreen était sûre, c'était que Mack ne dirait pas non à une tasse de café. Et, en ce moment, elle avait vraiment besoin de caféine. Elle ne voulait pas non plus que Mack s'en aille. Le capitaine des pompiers avait vérifié qu'il n'y avait pas d'essence dans la maison, ce qui la rassurait. Mais… pas assez. Le café coulant dans la cafetière, elle se dirigea vers son petit bureau, prit la pile de documents qu'elle voulait apporter à Rosemoor – ceux que Nan lui avait demandé de scanner – et retourna devant la maison.

— J'ai besoin de m'absenter quelques instants, dit-elle. Je vais donner ça à Nan.

Mack hocha la tête.

— Je serai là quand tu reviendras, sauf si on m'appelle ailleurs.

— D'accord.

Cela dit, elle partit en courant. En chemin, elle appela Nan, mais celle-ci ne répondit pas. Doreen gémit. Quand elle arriva au patio de Nan, sa grand-mère n'était pas là. Elle fronça les sourcils, puis haussa les épaules. Nan avait une vie sociale plus animée que celle de Doreen. Elle rédigea une note sur l'enveloppe et la déposa sur la table du patio de Nan. Elle était à l'abri des éléments.

Cependant, Doreen était déçue. Elle avait besoin d'un câlin. Patraque, elle rentra chez elle lentement le long du ruisseau. Arrivée à sa propriété, elle s'arrêta et fixa la maison, se demandant ce qu'elle était censée faire de cette nouvelle information. Elle retourna à l'intérieur et jeta un coup d'œil à l'extérieur. Elle vit deux flics qui parlaient encore devant, mais personne d'autre. Elle gémit, s'assit à la table de la cuisine et dit :

— Et maintenant ?

— Et maintenant, dit un homme derrière elle, maintenant tu vas te suicider et brûler.

Doreen se figea, puis se tourna très légèrement et sourit.

— J'avais donc raison, s'exclama-t-elle.

Steve la fixait du regard.

— Vous aviez raison sur quoi ?

Elle regarda le pistolet dans sa main.

— Personne ne croira que je me suis suicidée avec une arme, dit-elle en secouant la tête. Vous ne faites vraiment aucune recherche sur vos victimes avant de passer à l'acte, n'est-ce pas ?

Chapitre 33

Vendredi après-midi…

S TEVE FRONÇA LES sourcils.

— De quoi parlez-vous ?

— Tout d'abord, jamais je ne me suiciderais. Point final. Personne ici ne le croirait. Et l'essence a été recouverte de terreau. Elle ne brûlera pas.

Il haussa les épaules.

— Je peux revenir avec plus d'essence.

— Bien sûr. Mais ça ne collerait pas.

L'avocat fixa Doreen, la colère grandissant sur le visage de l'homme.

— Quelle différence cela fait-il ?

— Vous suivez un modèle. Et les modèles sont importants pour les pyromanes en série et les tueurs en série. Et…

Ce fut alors qu'elle comprit ce qu'il avait prévu pour elle.

— Vous aviez prévu de répéter votre modèle avec moi : verser de l'essence à l'extérieur, entrer chez moi et m'aider à me « suicider », puis mettre le feu à mon corps, comme le gang était censé le faire à l'origine. Ensuite, vous aviez prévu de sortir et d'allumer l'essence, en attendant là pour garder les éventuels sauveteurs à l'extérieur de la maison pendant que je brûlais tout entière, ne laissant aucune trace médico-légale afin qu'ils ne comprennent pas ce qui s'est passé. D'autant plus que cette vieille maison brûlerait en moins de deux.

Il hocha lentement la tête.

— Vous n'êtes pas si stupide après tout.

— Non, répliqua Doreen joyeusement, ressentant un enthousiasme malvenu. Je ne suis pas du tout stupide. Et j'avais raison.

— De quoi parlez-vous ? demanda-t-il en la fusillant du regard.

— J'ai déjà demandé à Mack s'ils avaient prouvé que ce n'était pas vous dans cet incendie hier. Et je lui ai dit de vérifier vos stratagèmes de blanchiment d'argent et d'étudier vos comptes bancaires par rapport aux chèques que vous avez faits à ces femmes.

Steve la regarda fixement, choqué, et elle hocha la tête.

— Il était impossible que vous vous soyez suicidé dans cette maison. Et le seul moyen de quitter la ville et de faire disparaître tout ça était de vous assurer que vous étiez mort. Au moins *de faire croire* que vous étiez mort. De cette façon, n'importe qui du gang des Devil Riders qui pourrait encore vouloir vous descendre lâcherait l'affaire. Dommage que vous ne soyez pas vraiment mort. Ce serait plus approprié si vous étiez décédé aux côtés de ces pauvres femmes que vous avez tuées. Et tout ça pour quoi ? L'avidité ? Le secret ? Parce qu'elles faisaient partie de l'autre gang ?

Le regard choqué de Steve était désopilant.

— Comment avez-vous su ? murmura-t-il d'une voix rauque. Comment avez-vous su pour tout ça ?

— En sachant qui vous étiez au fond, répondit Doreen doucement. Vous ne les auriez jamais laissées s'en tirer.

N'importe laquelle de ces femmes aurait pu aller voir les flics, et vous seriez tous tombés. Vous auriez été attrapé pour avoir blanchi de l'argent pour le gang et eux, à leur tour, vous auraient tué pour vous être fait prendre.

— Et ils n'auraient pas eu peur de le faire, décréta-t-il. On ne pouvait pas leur faire confiance. Le gang ou les femmes. Et, si c'était le cas, on ne pouvait en aucun cas leur permettre d'encaisser ces chèques. J'ai donc distribué des chèques que tout employé de banque, digne de ce nom, aurait rejetés. J'ai mal orthographié le nom des femmes chaque fois, de sorte qu'en présentant une pièce d'identité dans une banque, leur nom de famille ne correspondrait pas au chèque que je leur ai donné. Vous seriez surprise de voir combien de personnes passent à côté de cela et sont aveuglées par le montant. Elles auraient alors dû me contacter pour obtenir un nouveau chèque qu'elles auraient pu ensuite encaisser. J'étais en train de rénover à l'époque, alors je les ai toutes tuées dans la même journée et j'ai utilisé l'équipement lourd pour les enterrer profondément… Je ne comprends toujours pas comment vous avez compris ça.

— Eh bien, je n'étais pas sûre de l'emplacement des corps, mais merci pour la clarification. Maintenant elles peuvent être exhumées et enterrées correctement et cela va permettre à leurs familles de tourner la page. Et je suppose que vous les avez tuées avec la même arme qui a été trouvée dans le jardin de mon voisin, hein ? Pourquoi acheter une nouvelle arme quand celle-là marchait si bien ? Et aviez-vous prévu de me tirer dessus quand vous avez traversé mon jardin avec cette arme la nuit où Penny était avec vous ? Vous deviez vraiment l'aimer pour essayer de me tuer comme ça. Dommage que vous n'ayez pas simplement quitté la ville. Vous auriez pu continuer à jouer au mort.

— Jouer au mort est une chose, mais j'avais aussi besoin de m'assurer qu'une méchante personne qui ruinait ma vie était morte aussi, cria Steve en armant le pistolet dans sa main. Je n'avais aucune chance à l'époque et regardez tous les dégâts que vous avez causés depuis…

— Je comprends, dit Doreen doucement. Je comprends vraiment. Mais le fait est que vous ne vous en sortirez pas comme ça.

— Et pourquoi ça ? demanda-t-il en ricanant.

— À cause de ça.

À ce moment-là, Goliath, qui s'était glissé derrière lui, sauta aussi haut qu'il le put et s'agrippa au dos de Steve. Sachant que l'arme était pointée sur elle, elle plongea au sol au moment où le coup partit. Entendant des tirs à l'intérieur, Doreen savait que les flics à l'extérieur se précipiteraient chez elle.

Pour ne pas être en reste, Thaddeus, qui était assis sur la table de la cuisine, vola jusqu'à la main armée de Steve et y planta son bec. Steve hurlait et essayait de se débarrasser du chat, en trébuchant, quand Mugs le mordit à l'arrière des genoux. L'avocat s'effondra sur son postérieur. Doreen ramassa la poêle en fonte qu'elle s'était juré d'utiliser un jour. Il lui fallut deux mains pour la soulever et, au moment où elle allait la lancer à la tête de Steve, il leva un bras pour se défendre et la poêle s'écrasa sur son coude.

Crack…

Il hurla à l'agonie quand la porte d'entrée s'ouvrit. Mack et les flics coururent à l'intérieur.

Le pistolet glissa sur le sol de la cuisine, et Mack regarda Doreen, choqué.

Elle fit un pas en arrière.

— Regarde-moi ça. Cette poêle en fonte est vraiment

pratique, dit-elle avec admiration en la posant délicatement sur la table de la cuisine. Mais tu sais quoi, Mack ? Je pense que j'en ai besoin d'une deux fois plus petite.

Le policier lui lança un regard noir, tandis que Steve, toujours au sol, hurla :

— Elle est folle. Elle est complètement folle !

À ce moment-là, Goliath passa devant lui et lui donna un grand coup sur la joue. Steve rugit quand sa joue fut couverte de griffures. Et Mugs, visiblement tout aussi offensé, jeta un coup d'œil à la cheville de Steve tendue devant lui et mordit avec force.

— Enlevez-les de moi ! Enlevez-les de moi ! hurla-t-il à nouveau.

Mack rit, mais il aida Mugs à se calmer suffisamment pour qu'il relâche sa mâchoire. Puis le policier se tourna vers Doreen.

— Sors-les d'ici.

— Pourquoi ? s'offusqua-t-elle. Ils ne font que défendre mon honneur.

Il leva les yeux au ciel.

— Je ne pense pas que ce soit encore nécessaire. C'est terminé pour Steve, et il est à terre. Tout va bien.

Doreen sourit et appela Mugs et Goliath auprès d'elle. Puis Thaddeus.

— Viens, mon grand. Je suis en sécurité maintenant. Allez, viens. Calme-toi.

Il s'approcha en caquetant et, visiblement contrarié par ce qui s'était passé, il s'envola pour sauter sur le dos de Mugs. Les quatre étant réunis, Doreen s'accroupit et passa un bras autour d'eux. Elle s'assit et regarda Mack aider Steve à se lever.

Il s'exécuta, quelque peu tremblant, et serra son bras

blessé contre sa poitrine.

— Tu vois ? J'avais raison, lança Doreen à Mack. Ce n'était définitivement pas Steve dans ce feu.

Mack gémit.

— J'ai compris. Mais toi, tu devrais comprendre que nous aimerions régler certaines choses par nous-mêmes.

Arnold, cependant, n'avait aucun problème à ce qu'elle eût résolu l'affaire. Il tendit la main pour que Doreen vienne la frapper avec la sienne.

— Vous savez, ces animaux ont besoin d'être félicités pour le travail qu'ils font, déclara-t-il.

— N'est-ce pas ? Au moins, maintenant, davantage d'affaires classées sont résolues.

Arnold la regarda, et son visage devint pâle.

— Quoi ?

— Steve a étouffé quatre meurtres de membres de gangs il y a environ vingt-deux ans, expliqua Doreen. Mack a déjà les aveux d'une femme impliquée elle aussi dans les quatre meurtres. Son mari était dans le gang des Devil Riders et a été assassiné par le gang rival. Alors, les Devil Riders ont tué quatre membres du gang rival en représailles.

Arnold la regarda fixement, et se gratta la tête. Puis il la secoua et marmonna en sortant qu'il y avait trop de travail. Mack regarda Doreen, et soupira.

— Je vais bien, maugréa-t-elle. Et, de rien.

Il gloussa, puis la serra dans ses bras.

— Maintenant, tu vas réussir à dormir ce soir ?

Elle acquiesça.

— Je vais dormir comme un bébé. Encore un travail bien fait.

Épilogue

— TOUT CE que tu dois faire maintenant, dit Mack, c'est de rester en dehors des problèmes.

Doreen haussa les épaules.

— Comment puis-je m'attirer des ennuis ? J'ai jardiné toute la journée, et j'arrive au grand buisson d'hortensias. Il n'y a aucun problème que je puisse avoir avec ça.

Il se contenta de la regarder.

— Des hortensias ?

Elle haussa les épaules.

— Ces grandes plantes à fleurs. Je promets que je passerai la journée de demain à jardiner.

Mack la fixa d'un air dubitatif, et Doreen gloussa.

— Évidemment, je ne peux pas garantir ce que je vais y trouver.

— Tu n'as pas à trouver quoi que ce soit, l'avertit-il.

— Eh bien, pourquoi pas ? Il y avait un pistolet dans les gardénias. Peut-être que je trouverai…

Elle s'arrêta, et réfléchit un moment.

— Et si je trouvais des menottes dans les hortensias ? annonça-t-elle triomphalement.

— Et si tu ne trouvais rien du tout ? Et si tu arrêtais d'essayer de trouver quelque chose ?

Sur ce, il se retourna et partit en trombe.

Doreen le regarda sortir par la porte d'entrée d'un air espiègle. Elle le suivit, son regard se posant sur la brouette avec le peu de terre qui restait. Elle devait encore rendre le reste à son voisin.

Elle attrapa les poignées de la brouette et la poussa jusqu'à chez lui. Doreen frappa à la porte. Quand il ouvrit, il la regarda d'un air méfiant.

— Je ramène juste ça. Je te promets de t'en trouver d'autres pour le peu que j'ai utilisé.

Il secoua la tête.

— Ce ne sera pas nécessaire. C'est du surplus. C'est là parce que je suis censé le répandre dans le jardin de devant, mais je n'ai pas eu le temps de le faire.

— Merci pour la terre que j'ai utilisée.

Elle déposa le tout à l'angle du garage. En faisant tourner la brouette, elle regarda les hortensias de son jardin et dit :

— Ce jardin se porte très bien. Et cette bruyère est magnifique. L'hortensia est aussi très beau.

— L'hortensia est joli. C'est la variété à fleurs bleues.

Alors qu'elle étudiait le buisson, elle se demanda à voix haute :

— Je suis surprise que ce buisson soit si petit.

Son voisin haussa les épaules.

— Il a toujours été petit. Je ne sais pas pourquoi. Probablement pas de place pour se développer le long de la maison.

— Puis-je jeter un coup d'œil ? s'enquit Doreen.

Il la regarda bizarrement.

— Tu penses y trouver quoi ?

Mais elle aperçut quelque chose scintiller dans la lumière. Sauf que ce n'était pas dans les hortensias, mais plutôt dans la bruyère en fleurs devant le plus grand buisson.

— Qui sait ? Quelque chose pourrait restreindre les racines du buisson.

Cela lui donna une excuse pour aller examiner la plate-bande. Elle s'accroupit au bord des hortensias, là où la bruyère s'était emmêlée dans quelque chose de métallique.

Doreen identifia presque immédiatement l'objet. Elle sursauta, choquée, puis elle rit. Très soigneusement, elle retira les feuilles et le paillis qui s'étaient accumulés au fil des ans.

Et bien sûr, elle trouva un jeu de menottes, dont l'une était coincée autour de la plante.

Elle s'assit et hurla de rire. Ce n'était pas des menottes dans les hortensias. Au lieu de cela, c'était des menottes dans la bruyère…

Qui l'eût cru ?

Encore mieux, il s'agissait de menottes en satin rose, déchirées et très mal en point… Doreen ricana.

Mack n'était pas prêt à entendre ça…

C'est la fin du tome 7 de *Jolis Jardins Maudits, Une arme dans les gardénias.*

Découvrez *Des menottes dans la bruyère : Jolis Jardins Maudits, tome 8*

Jolis Jardins Maudits :
Des menottes dans la bruyère, tome 8

Un nouveau polar « cozy mystery », par Dale Mayer, auteure de best-sellers au classement du USA Today. Suivez les aventures de Doreen Montgomery, jardinière et détective en herbe, et de ses adorables assistants (un chat, un chien et un perroquet) dans leurs enquêtes criminelles dans la jolie ville de Kelowna au Canada.

Du luxe à la misère… Tout est sous contrôle… jusqu'à ce que tout bascule. Et Doreen se retrouve coincée au milieu !

Les quatre cartons de dossiers que Doreen a hérités du journaliste Bridgeman Solomon l'ont déjà aidée à résoudre un crime et elle espère qu'ils continueront à l'éclairer alors qu'elle fourre son nez dans de nouvelles affaires. Mais quand elle découvre des menottes en satin rose dans la bruyère de son voisin, le très distant Richard de Genaro, elle a du mal à croire que ces documents puissent l'aider à ce sujet.

Ce n'est pas ce qui retient Doreen d'y jeter un œil, et en un rien de temps, elle remonte une nouvelle piste entre prostitution, détournement de fonds et, bien sûr, meurtre. Mais dès l'instant où les dossiers suggèrent un lien avec la spécialité de Doreen, une affaire classée, son ami et partenaire de crime, le brigadier Mack Moreau, s'assure de la garder à l'œil.

Accompagnée de ses fidèles animaux, Doreen décide d'en savoir plus sur le lien entre le banquier respectable, décédé dans un accident suivi d'un délit de fuite, et la prostituée à qui appartenaient les menottes en satin rose. Alors que Doreen assemble les pièces du puzzle, la fin de sa dernière enquête va la surprendre.

Le tome 8 est disponible !

Pour en savoir plus, visitez le site web de Dale Mayer.

https://geni.us/DMFRHandcuffsUni

Note de l'auteure

Merci d'avoir lu *Une arme dans les gardénias : Jolis Jardins Maudits, tome 7* ! Si vous avez apprécié le livre, merci de prendre un moment pour laisser votre avis.

Chers lecteurs,

J'aime avoir de vos nouvelles, alors n'hésitez pas à me contacter sur mon site web : www.dalemayer.com ou sur ma page d'auteure Facebook. Pour être informés des nouvelles parutions et des offres spéciales, inscrivez-vous à ma newsletter ou suivez-moi sur BookBub. Si vous souhaitez rejoindre mon groupe de lecteurs, voici la page d'inscription sur Facebook.

À bientôt,
Dale Mayer

À propos de l'auteure

Dale Mayer est une auteure de best-sellers au classement de *USA Today*, connue pour ses romances militaires sur les forces spéciales, sa série *Psychic Visions* et sa série *Jolis Jardins Maudits*, dans le genre cozy mystery. Ses romances contemporaines sont vibrantes d'émotion et de passion (série *Broken But… Mending, Hathaway House*). Ses thrillers vous laisseront à bout de souffle (séries *By Death* et *Kate Morgan*) et ses comédies romantiques vous feront rire aux éclats (*It's a Dog's Life*, une novella hors-série, et la série *Broken Protocols* avec Charming Marvin, le chat).

Elle laisse libre cours aux séries qui lui viennent… dont certaines sont carrément folles, enfreignant toutes les règles et croisant différents genres !

En plus de ses romans de fiction, elle écrit également des textes documentaires dans de nombreux domaines, dont la rédaction de CV, le jardinage de loisir et le système de crédit immobilier américain. Elle a récemment publié la série professionnelle *Career Essentials*. Tous ses livres sont disponibles aux formats papier et ebook.

Contactez Dale Mayer en ligne

Site web de Dale – www.dalemayer.com
Twitter – @DaleMayer
Facebook Page – geni.us/DaleMayerFBFanPage
Facebook Group – geni.us/DaleMayerFBGroup
BookBub – geni.us/DaleMayerBookbub
Instagram – geni.us/DaleMayerInstagram
Goodreads – geni.us/DaleMayerGoodreads
Newsletter – geni.us/DaleNews